Perle

Titre original : *Pearl*

Le bruit du monde
68, rue de Rome
13006 Marseille
contact@lebruitdumonde.com

ISBN : 978-2-38601-018-7
Dépôt légal : février 2025

Siân Hughes

Perle

Traduit de l'anglais
par Valentine Leÿs

Roman

le
bruit
du
monde

1

Les Veillées

Adam et Ève et Pince-Moi
Vont se baigner à la rivière.
Adam et Ève se noient.
Qui reste-t-il[1] *?*

Chaque année, à la fin de l'été, j'emmène Susannah dans mon village natal pour une sorte de carnaval qu'on appelle les Veillées. Il y a une parade costumée et quelques manèges. On fait rôtir un bœuf entier à la broche sur le terrain de sport. Dans mon enfance, il y avait ce qu'on appelait la course de landaus. Les règles étaient les suivantes : une équipe de deux hommes devait pousser un landau jusqu'au village d'à côté, puis revenir,

1. Les chansons et comptines citées sont reprises dans leur version originale en fin d'ouvrage dans une rubrique dédiée. Les versions françaises sont des traductions de Valentine Leÿs, en conversation avec l'autrice Siân Hughes. Toutes les notes sont de la traductrice.

un courant et l'autre dans le landau. Tous deux devaient boire une pinte de bière dans chaque pub qu'ils passaient en chemin. Chaque duo d'hommes était grimé en mère et en bébé, l'un en vieille chemise de nuit garnie de deux ballons en guise de seins, barbouillé de rouge à lèvres et coiffé de bigoudis, l'autre en bavoir, bonnet et serviette de toilette nouée en couche-culotte.

Quand ils se mettaient en route, le bébé géant était dans le landau, poussé par l'homme en bigoudis et rouge à lèvres, mais pour avoir une chance de gagner, les équipiers devaient se relayer, si bien que dès le premier virage, ils échangeaient de rôles : le bébé sautait hors du landau, la mère sautait dedans, les ballons éclataient, les couches se défaisaient et c'était au tour du bébé barbu de pousser la maman barbue.

De nos jours, il n'y a plus de courses de landaus. Les routes sont trop dangereuses, alors la police les a interdites.

Les Veillées existent là-bas depuis très longtemps. La kermesse est née de la fête de la jonchée, toujours célébrée aujourd'hui. Du temps où le sol des églises était recouvert de joncs, c'était le moment de l'année où l'on enlevait l'ancien sol pour en poser un nouveau. La différence, c'est qu'aujourd'hui, ce sont les tombes de nos familles que nous décorons de joncs. Nous nous garons à l'entrée d'une allée vers le milieu de Duckington Lane, derrière l'ancien tir aux pigeons, pour aller les cueillir dans un fossé.

Nous sommes obligées d'enfiler des bottes en caoutchouc. Je prends le sécateur dans le coffre et je laisse le chien sortir de sa caisse de transport. Il flaire aussitôt une odeur et se met à courir en cercles frénétiques juste devant le portail. Susannah dit merci mais qu'elle attendra dans la voiture. Cueillir des joncs ne l'amuse plus maintenant qu'elle a treize ans. J'ouvre la portière arrière et je lui demande à nouveau. Elle soupire qu'au point où on en est, autant qu'elle y aille, elle pose son téléphone, puis change de chaussures.

Quelqu'un a déjà trouvé toutes les bonnes tiges le long de la bordure. Il n'en reste presque plus aucune avec une jolie tête noire. Susannah est tellement légère qu'elle peut marcher sans effort sur le sol bourbeux et cueillir les dernières tiges qui restent vers le milieu. De retour dans la voiture, je lui donne pour mission de les tresser avec des rubans. Bleus et violets, cette année. Nous avons apporté de la lavande et de la menthe du jardin pour les mêler à la tresse. Quand elle se met à torsader les tiges, leur parfum s'imprime sur ses mains et envahit la voiture.

Nous n'avons besoin que d'un petit bouquet. La tombe que nous décorons est toute petite. Ce n'est pas même une tombe au sens strict du terme. C'est une pierre tombale, et elle ne se trouve pas à l'endroit où les cendres ont été enterrées. Susannah s'est très bien débrouillée avec nos joncs. Sa grand-mère serait fière d'elle. Elle a hérité de ses petites mains robustes, de ses petits pieds, des reflets roux dans ses cheveux, de sa voix délicatement râpeuse quand elle chante.

Nous arrivons à l'église à temps pour le service des Veillées. C'est une sorte d'enterrement collectif qui marque le début de la fête du village. On lit les noms de toutes les personnes de la paroisse inhumées dans l'année. C'est vraiment beau, comme un poème, une incantation. Tous ces vieux noms qu'on retrouve sur les pierres dehors, ceux des mêmes familles qui habitent là depuis toujours : Hewitt, Huxley, Leche, Proudlove, encore un autre du même nom, regrettés paroissiens. Chaque année, je vais écouter la messe, même si aucun nom de ma famille n'a jamais été récité dans cette liste.

Après le service, nous emportons nos petits bouquets de joncs à l'arrière de l'église où le cimetière est plein de familles qui récurent leurs pierres tombales, remplissent leurs vases et étalent leurs nappes de pique-nique. Ce qui est bien, le jour des Veillées, c'est que tout le monde est là. Certains viennent de loin. Même si je n'habite plus au village depuis que j'ai l'âge de Susannah, je suis toujours présente.

Je déplie notre nappe de pique-nique près de la pierre tombale, je déballe les sandwichs, les œufs durs et un tortillon de papier contenant du sel et du poivre. J'ai préparé les *flapjacks*[2] à la mélasse de ma mère. C'est ce

2. Les *flapjacks* sont des gâteaux carrés à base de flocons d'avoine traditionnellement préparés en Grande-Bretagne.

que je fais à chaque fois. Je scrute les visages des gens autour de nous et j'essaie de deviner qui est qui en lisant les noms sur les tombes près desquelles ils se trouvent, en examinant le visage de leurs enfants pour y détecter des ressemblances avec mes camarades d'école primaire.

Je ne crois pas en la résurrection de la chair. Pas vraiment. Mais si les morts devaient un jour décoller le gazon pour faire une sortie, les cheveux pleins de terre, éblouis par la lumière du soleil, la scène ne serait pas très différente de celle à laquelle on assiste dans le jardin de l'église de Tilston pendant le week end des Veillées. Il y aurait juste un peu plus de monde. Chaque année, à la fin août, nous sommes des revenants sur nos nappes assorties, assis sur les tombes des membres de notre famille, chair et os ressuscités de nos ancêtres, affublés des dents tordues et des chevilles fragiles qu'ils nous ont léguées, à nous partager nos sandwichs et nos gâteaux.

Je me demande si les morts sortis de terre sont censés revenir à l'âge où ils sont morts. Si c'est le cas, tant mieux pour ma mère. Et tant pis pour mon oncle perclus d'arthrite.

Je pense à Grand-Oncle Matthew – dont la pierre tombale, voisine de celle que nous décorons, est aujourd'hui presque oblitérée par les lichens –, quand il montait à l'étage faire sa sieste de l'après-midi dans sa maison de retraite, main noueuse crispée sur la rampe, un pas à la fois. Il marquait toujours une pause dans son ascension pour déclarer : « *Caesar se recipit in hiberna* »

(« César se retira dans ses quartiers d'hiver »), ce qui, disait-il, était tout ce qu'il avait retenu de ses cinq ans de collège. J'ai longtemps cru que cela voulait dire : « Je monte faire ma sieste », jusqu'à ce que je recherche la phrase à la bibliothèque quand j'étais à l'université.

Personne d'autre ne veut venir. Mon père, mon frère. C'est toujours la même chose. Quand je leur dis : « Tout le monde rentre au village pour les Veillées », mon père pose sur moi son long regard triste. Depuis que j'ai huit ans, il me répète que ma mère ne reviendra pas. Il n'a même plus à se donner la peine de prononcer ces mots : je sais ce que signifie ce regard. Mais si elle revenait, où d'autre pourrait-elle essayer de nous trouver ? Et par quel autre moyen me reconnaîtrait-elle, si ce n'est en me voyant assise sur cette pierre tombale, plus ou moins identique à elle il y a trente ans ? Et moi, par quel autre moyen la reconnaîtrais-je ?

Si elle apparaissait dans le cimetière et qu'elle avait besoin d'une preuve de mon identité, je lui chanterais une chanson. Je lui chanterais « Green Gravel ». Je la lui chante déjà parfois, quand j'étends le linge ou que je conduis seule la nuit. Je considère que c'est ma chanson, même si je suis assez vieille pour savoir maintenant qu'elle est bien plus ancienne que moi, bien plus ancienne que le bébé pour qui ma mère la chantait il y a tant d'années.

Green gravel, green gravel,
Ton herbe est si verte,

Jamais on ne vit
Demoiselle si parfaite.

Dans le lait frais te baignerai,
Dans la soie t'envelopperai,
Et ton nom écrirai
À l'encre et à la plume d'or.

Enfant, je n'avais aucune idée que c'était d'une tombe que parlait sa chanson : « *green grave* », une tombe verte. Je croyais qu'il s'agissait de gravier, « *gravel* », comme les cailloux de l'allée devant notre maison qui dégringolaient la rue pendant les averses. Et qui est enterré dans cette tombe ? Le lait frais doit être destiné à un nouveau-né, la créature la plus parfaite, la plus pure, pas même effleurée par la moindre minute de vie. Tout ce temps où je croyais que c'était à moi qu'elle la chantait, ma mère s'adressait en fait à cet autre enfant, celui dont la pierre tombale, pas plus grande qu'une boîte à chaussures, ne porte qu'une seule date, naissance et mort à la fois.

Encore aujourd'hui, je me surprends à entamer des conversations avec elle dans ma tête. Quand j'ai eu Susannah, j'ai regardé par-dessus mon épaule pour voir si elle était là, j'ai levé les yeux du visage tout neuf de ma fille et je me suis rendu compte que je m'attendais à ce que le regard de ma mère croise le mien, pour me confirmer que jamais on ne vit demoiselle si parfaite.

J'ai attendu qu'elle chante avec moi. Je me suis mise à la chercher autour de moi et à pleurer. La sage-femme a demandé s'il y avait dans ma famille une histoire de psychose post-partum. Non, ai-je répondu. Seulement du chagrin. Il y a dans ma famille une histoire de chagrin. C'est quelque chose qui peut se transmettre. Comme l'immunité, dans le lait. Comme une chanson.

2

Le Petit Monde de Charlotte

Cendrillon, en robe citron,
S'en va au bal embrasser un garçon.
Par accident, embrasse un serpent,
Combien lui faut-il de médicaments ?

Je ne me souviens pas de ce qui s'est passé quand j'ai répondu cela. J'ai dit beaucoup de choses du même genre, à cette époque. J'étais trop confuse pour me rappeler l'ordre des événements. Différentes personnes sont venues me parler. La plupart étaient gentilles. Certaines avaient la même expression que je me souvenais avoir vue aux instituteurs de mon école ou aux policiers, scrutant mon visage à la recherche d'une faille, d'une mauvaiseté.

(Quand j'avais huit ans, je croyais que ces gens examinaient mon visage pour y trouver la raison de la disparition de ma mère. Ce qui n'allait pas chez moi, ce qui avait poussé ma mère à passer la porte pour ne plus jamais revenir. Plus tard, en grandissant, j'ai eu l'impression qu'ils y cherchaient une ressemblance, un signe de danger indiquant que j'étais sur le point d'en faire autant.)

Après quelques visites, leurs visages se mêlèrent tous pour n'en former plus qu'un. Je n'écoutais pas vraiment ce qu'ils avaient à dire. Susannah a grandi, elle est devenue un bébé grassouillet et joyeux, et sa joie de vivre a fini par déteindre sur moi. Mon travail, c'était de lui apprendre à sourire. Je n'avais pas d'autre choix que d'apprendre moi-même à le faire.

Les questions sont revenues l'an dernier, quand Susannah était à la maison en convalescence après une amygdalite. Une nuit, j'ai entendu ses pas dans la maison et je suis allée lui chercher un verre d'eau. Je l'ai trouvée assise au milieu de sa chambre en train de découper son oreiller en petits morceaux qu'elle disposait en cercle autour d'elle. Un nuage de plumes minuscules flottait autour de ses épaules comme une auréole.

« Qu'est-ce qui se passe ? » lui ai-je demandé, en essayant de garder un air normal.

Elle a continué à découper.

« C'est le frisé qui est là depuis des heures, et toi, tu fais rien qu'à mettre la radio trop fort, et puis tu as des trucs bizarres qui te sortent des pieds. »

J'ai touché son front. À quatre ans, elle avait eu une forte fièvre combinée à une infection de l'oreille et elle s'était mise à sauter sur son lit pour essayer d'attraper les oiseaux dans la pièce, mais cette fois-ci, elle n'était pas chaude. Elle était même un peu fraîche d'être restée assise par terre en pleine nuit.

Le sol s'est dérobé sous mes pieds et j'ai reconnu cette impression, j'ai reconnu quelque chose de ma mère, quand j'étais dans la cuisine avec elle, quelque chose à voir avec la manière dont elle parlait parfois. L'impression a été fugace. Je n'arrivais pas à me rappeler quel souvenir de ma mère avait été éveillé par les hallucinations de ma fille, mais la sensation physique était celle d'une trappe qui s'ouvre sous mes pieds, puis, très vite, se referme pour me rattraper presque exactement au même endroit. Presque au bon endroit, mais pas tout à fait.

En me retenant au chambranle de la porte, je me suis concentrée de toutes mes forces sur ce morceau de bois peint, sur ma main d'adulte aux ongles noircis par la peinture à l'huile, sur la couleur du mur choisie par Susannah, sur le nom écrit sur la boîte de peinture : « Brise océane ». Je lui ai tendu le verre d'eau et je suis descendue téléphoner au médecin de garde.

Cette fois, j'étais prête à affronter leurs questions. J'ai pu les regarder dans les yeux en leur disant : « Ma mère est partie quand j'avais huit ans et on ne l'a jamais retrouvée. Mon frère était bébé. Non, elle n'a jamais été diagnostiquée, parce qu'elle se cachait des docteurs. Elle se cachait de tout le monde. Elle m'a scolarisée à la maison parce que, euh, je ne sais pas. Donc oui, il y a une histoire dans la famille. De folie. »

Cette fois, j'ai utilisé un nom différent. Folie ? Chagrin ? Je parlais de la même chose.

En évoquant le fait d'avoir été scolarisée à la maison, j'ai eu l'impression de la trahir. Je me suis surprise à répondre à la question suivante avant même qu'elle ait été posée. Pourquoi ? Pourquoi me gardait-elle à la maison ? Les gens demandaient toujours ce qui n'allait pas chez elle. De quoi avait-elle peur ? Je ne sais pas. Des grands bâtiments ? Des enseignants ? Des autres parents ? De sortir de la maison ? Personne ne posait jamais les questions auxquelles j'aurais voulu répondre : qu'est-ce que tu faisais, toute la journée ? Qu'est-ce qu'elle t'apprenait ? Comment ça se passait ?

Elle me lisait la Chute de Jéricho dans la bible du roi Jacques, *Alice au pays des merveilles*, *La Petite Princesse*, on faisait pousser des haricots verts dans l'escalier, on construisait des maisons en balsa pour les insectes, on chantait tous les couplets de « Raggle Taggle Gypsies », on cousait des poupées de chiffon qu'on baptisait dans le torrent, on élevait des lapins et des canetons, on cueillait des seaux de framboises et on fabriquait des vitraux avec de la pâte à tarte et des bonbons acidulés.

Mes premières expériences de l'école ont confirmé mon soupçon que la vie était plus agréable chez moi, et quand on me demande aujourd'hui pourquoi j'ai été scolarisée à la maison, j'ai appris à répondre : parce que ma mère était vraiment douée pour ça. Et puisqu'au bout du compte je n'ai pas passé beaucoup de temps avec elle, je suis contente, maintenant, que nous ayons pu vivre toutes ces journées ensemble. Il m'a fallu atteindre le milieu de la trentaine et devenir mère moi-même avant d'apprendre à penser ainsi, d'être assez courageuse pour prendre sa défense et pour défendre mon droit à garder un souvenir positif de ma mère.

Quand une personne met fin à ses jours, elle ne se contente pas de dérober votre avenir, elle profane aussi votre passé. Il devient alors difficile de retenir ce qu'il y avait de bon chez elle. Or personne ne mérite d'être jugé sur les cinq pires minutes de sa vie, même si ces cinq minutes s'avèrent avoir été les dernières.

Tant de fois, quand Susannah était petite, j'ai eu envie de parler à ma mère. De lui dire quand ma fille avait appris un mot nouveau, fermé un bouton pour la première fois ou mis ses chaussures toute seule. De lui poser des questions idiotes du genre : tu crois que je peux mettre des épinards dans cette bouillie de riz ? Est-ce que ça donnerait mauvais goût ?

Maintenant encore, j'ai envie de m'adresser à elle. Je voudrais lui dire que cette chose a un autre nom, qu'on n'a pas besoin de vivre avec cette peur. Qu'on peut prendre des cachets, élaborer un plan de rétablissement, être suivie par une assistante sociale, avertir son médecin si l'on continue à voir des anges dans l'escalier.

J'aimerais lui dire : ce n'est pas ta faute si tu es malade. Je me souviens de toi comme tu étais. Au mieux de toi-même. Je me souviens de ton jardin, de la longue table de cuisine où nous faisions des tampons en patates et des biscuits au gingembre en forme de bonshommes, de la banquette devant la fenêtre où tu m'as lu *Le Petit Monde de Charlotte* pour me distraire de mes démangeaisons de varicelle.

Je me souviens des paroles de « Green Gravel ». Je me souviens des motifs tracés avec du sel sur le sol pour éloigner le mauvais œil, des algues dans des bouteilles suspendues à la fenêtre de la cuisine pour éloigner les esprits, du goût de la pâte à sel que je léchais sur mes doigts, de l'odeur du savon au goudron dans la salle de bains d'en bas, du raclement de la porte de derrière qui rayait le sol en pierre. J'ai tout gardé en moi, à l'abri. J'en avale chaque millimètre. Je refuse d'en lâcher la moindre miette.

La maison était pleine de secrets : des générations d'ajouts et de modifications, des marches qui montaient ou descendaient d'une pièce à l'autre, des recoins obstinément froids, au moins quatre formes différentes de fenêtres. Grand-Oncle Matthew l'avait offerte en cadeau de mariage à mes parents, cette maison décrépite, ainsi qu'une grange remplie de ses inventions abandonnées, pour l'essentiel des outils de jardinage ou de bricolage adaptés pour les amputés et les personnes en fauteuil roulant.

Ma mère a tourné le dos à la maison et creusé dans le jardin des plates-bandes d'herbes de six mètres sur six, formant un quadrillage parfait à partir d'un angle du verger clos de murs. Elle avait vécu toute sa vie au-dessus d'une boutique : elle n'avait aucune idée de la manière dont poussaient les choses. Elle plantait au hasard, à n'importe quel moment de l'année, et les carrés d'herbes se mélangeaient entre eux, montaient en graine ou pourrissaient au gré de leur fantaisie.

Bien avant que nous quittions la maison, le jardin de ma mère est tombé en friche. Il n'a pas fallu longtemps à la nature pour reprendre ses droits. Si une mauvaise herbe n'est qu'une plante qui pousse au mauvais endroit, alors tout ce qui poussait dans le jardin de ma mère s'est transformé en mauvaises herbes pendant les années où nous attendions son retour dans cette maison. Mais peut-être n'existe-t-il pas de délimitation nette entre l'avant et l'après. Peut-être les plantes n'en faisaient-elles déjà qu'à leur tête, même sous sa garde.

Nous n'avions pas l'intention de tout laisser partir à vau-l'eau, les tas d'herbes en décomposition bloquant les allées, les contours des plates-bandes brouillés et écroulés. Mais nous n'avons pas non plus fait tellement d'efforts pour l'empêcher. Nous avons laissé les pommes tomber des arbres et attirer les guêpes dans l'herbe, tandis que nous mangions des sucreries dans des emballages plastiques qu'elle aurait détestés.

Nous avons levé son interdiction sur la télévision et la *junk food*. C'était comme un défi. Une sorte de mauvais sort pour qu'elle revienne, furieuse, remettre les choses en ordre. C'était aussi une expression de ma propre colère, de porter des chemises de nuit décorées de personnages Disney, de jouer avec des poneys en plastique aux queues couleur de l'arc-en-ciel, de manger nos *fish and chips* dans la voiture encore garée dans l'allée, parce qu'on avait la flemme de traverser le jardin sous la pluie.

Nous n'avons pas réussi à parler d'elle à Joe. Nous lui avons chanté les chansons des publicités et laissé regarder *Le Roi Lion* en boucle. Nous n'avons pas réussi à l'éduquer comme elle l'aurait souhaité. Quand nous lui avons appris à parler, nous l'avons écartée de son vocabulaire. Il était notre refuge, notre page blanche, notre elfe de l'oubli, et nous le brandissions pour nous protéger du monde. Aujourd'hui, je me sens coupable de ne pas avoir cherché à la préserver dans son esprit.

Lorsque nous nous sommes remis à parler d'elle, nous avions laissé passer trop de temps. Nos histoires ne concordaient plus tout à fait, plus personne ne savait quelle était la bonne version. Aujourd'hui, j'ai du mal à faire la différence entre ce que je me rappelle d'elle et ce que je me rappelle du récit de quelqu'un d'autre.

Je n'ai pas eu la varicelle avant d'être entrée à l'école, ce qui paraît logique. Où d'autre aurais-je pu l'attraper ?

Mais alors, qui me lisait *Le Petit Monde de Charlotte* sur la banquette de la fenêtre, pour tenir mes pauvres mains pleines de croûtes éloignées de mon visage ? Est-ce que mon père s'était mis en congé ? Ou bien était-ce une de nos nounous ? Étais-je même assise sur cette banquette ? Je me souviens qu'elle avait des coussins avec des motifs bleus de saules pleureurs. Mon père dit qu'il ne se souvient pas d'avoir eu des motifs bleus de saules pleureurs dans la Vieille Maison. Il pense que les coussins de cette banquette étaient en velours.

Même la chanson « Raggle Taggle Gypsies » est ouverte à débat. Je sais que je m'amusais à mettre en scène les paroles ; je courais à travers le jardin, je chevauchais un rondin de bois, je m'allongeais dans les herbes hautes pour chanter : « *Tonight I'll lie in a wide open field, along with the raggle taggle gypsies-oh*[3]*!* »

Je me souviens de : « *Oh what care I for my high-heeled shoes, a-made of Spanish leather-oh*[4]*!* » Je me souviens d'avoir pris une paire de chaussures dans l'armoire de ma mère et de les avoir jetées dans le carré de pommes de terre, puis d'avoir dû ressortir les chercher à la lueur d'une lampe-torche. Mais mon père dit qu'elle n'a jamais possédé de chaussures à talons. Et pourquoi m'aurait-elle envoyé les chercher dans la nuit ? Où

3. « Ce soir je dormirai dans une grande prairie, avec les bohémiens dans leurs guenilles-oh ! »
4. « Oh, que m'importent mes chaussures à hauts talons, faites de cuir espagnol-oh ! »

aurait-elle bien pu aller avec ses chaussures ? Tout cela n'a aucun sens.

Je sais que tout cela n'a aucun sens. Une mère qui s'en va par la porte de la cuisine, laissant son bébé endormi dans son couffin, pour ne jamais revenir. Sans même s'arrêter pour refermer la porte derrière elle.

Je tiens à tout ce que je peux sauver du temps d'avant. Même si quelqu'un me dit que tous les détails sont erronés, ou dans le désordre. Parce qu'ils sont à moi. Les motifs bleus de saules pleureurs sur la banquette devant la fenêtre. *Le Petit Monde de Charlotte*. Les bonshommes en pain d'épice avec leurs boutons de raisins secs. Les haricots verts dans l'escalier. Les talons hauts jetés dans le carré de patates, les chevauchées sur mon cheval-rondin.

Le parfum de menthe et de feuilles sur les mains de ma mère quand elle me bordait dans mon lit et me taquinait en chantant : « *Oh what care I for my goose-feather bed, with the sheets turned down so bravely-oh*[5]*!* » Toute ma vie, j'ai replié mes draps si bravement-oh. Au fil des années, j'ai secoué tant de braves draps, bordé tant de braves coins de lits, et c'est son chant qui m'accompagnait. J'ai souvent eu besoin d'être brave.

5. « Oh, que m'importe mon lit de plume d'oie aux draps repliés si bravement-oh ! »

3

Par rangs de neuf

Huit, sept, six, cinq, quatre, trois, deux,
Les enfants sages montent aux cieux.
Un sou pour la mer,
Deux sous pour la pluie,
Trois sous pour le train,
Et la voilà partie !

Le seul endroit où j'arrive à me représenter clairement ma mère, avec la certitude absolue que cette image provient de mon esprit à moi, est le verger. Elle est assise sous un pommier dont l'ombre se découpe très nettement autour d'elle, ce qui me fait penser que c'est l'été. Une chaise de cuisine est tirée sous un arbre et son panier à couture en raphia rouge et or est posé près d'elle. Elle coud des étiquettes à mon nom sur des uniformes scolaires gris.

Je l'espionne, cachée dans une plate-bande. Les plantes sont des sortes d'euphorbes. Leurs cosses chauffent, se contractent et s'amenuisent sous le soleil jusqu'à éclater, laissant échapper une pluie de graines. J'organise mentalement une course entre deux plantes : j'ai parié que celle qui se trouve le plus près de moi explosera la première.

Près d'elle, sur le sol, se trouve une couverture sur laquelle sont posées des assiettes. J'ai pris une cuiller couverte de confiture et je la lèche, assise par terre. Ma mère m'avertit : « Marianne, ne la remets pas dans le pot après l'avoir léchée. »

J'étais convaincue que ma mère était douée d'une vision et d'une ouïe surnaturelles. Elle encourageait cette croyance, surtout quand il s'agissait de m'empêcher de chiper de la nourriture.

Il y a par terre une pile de tuniques grises, de cardigans rouges et de blouses d'écolière à col rond sur lesquels elle a cousu mon nom. Si je suis sage, elle me laissera jouer avec les étiquettes restantes : avec leurs lettres aux boucles rouges, elles font d'excellents pansements de poupée pour jouer à l'hôpital. En remplissant au feutre les blancs entre les lettres, je leur donne une apparence sanguinolente du plus bel effet.

Cet été pourrait être n'importe lequel entre mes quatre et mes huit ans. Je suppose qu'il s'agit de celui de mes sept ans, l'année où j'ai lu *Harriet l'espionne* – j'ai passé une grande partie de cet été-là à espionner mes parents depuis les plates-bandes d'euphorbes. Chaque année, les uniformes faisaient leur apparition dans un énorme sac en plastique vert et, chaque année, ma mère s'asseyait dans le jardin pour coudre mon nom dessus, puis les rangeait dans la penderie sur le palier, prêts pour septembre. J'avais parfois la permission d'enfiler la tenue complète pour parader devant mon père. Mais je n'allais jamais à l'école.

Tous les ans, quand l'anniversaire de mon père arrivait à la mi-septembre, j'étais toujours à la maison. Une année, j'ai demandé si je pouvais y aller. Alors on m'a emmenée jouer chez une famille du voisinage dont la fille, Pippa, fréquentait l'école du village. Elle avait une pièce spéciale qui s'appelait une salle de jeux, et six poupées très maigres avec de longs cheveux emmêlés et toutes sortes de tenues différentes. J'étais surtout impressionnée par leurs chaussures. Aucune de mes poupées n'avait de chaussures. J'ai demandé à Pippa comment s'appelaient ses parents.

« Qui ça ? m'a-t-elle répondu.

– Tes parents, ta maman et ton papa. Ils s'appellent comment ? »

Elle m'a renvoyé un regard vide. Puis elle a répondu : « Ils n'ont pas de noms. Juste Maman et Papa. » J'ai éclaté de rire.

« Mais quand ils étaient enfants ? Ils devaient bien avoir un nom, même quand ils étaient bébés ! »

Elle m'a renvoyé un autre regard vide. Quand ma mère est venue me chercher, Pippa était toujours fâchée contre moi. Dans la voiture en rentrant, mon père m'a demandé si je voulais aller à l'école avec Pippa. J'ai répondu : « Je crois qu'elle n'est pas très forte pour la conversation, mais ses poupées sont très jolies. »

Mes parents ont échangé un long regard. Je savais que cela signifiait que je n'irais pas à l'école. C'était sûrement à cause du mot « conversation ». Le lendemain, j'ai regardé dans l'armoire à uniformes et elle était à nouveau vide.

Je n'ai aucune idée de ce qui est arrivé à tous ces uniformes. Ils ne les auraient pas rapportés au magasin avec mon nom cousu à l'intérieur. Quand j'ai fini par aller en classe, au mauvais moment de l'année, à l'improviste, parce que personne ne savait quoi faire de moi, il a été impossible de trouver la moindre chaussette blanche ni le moindre cardigan rouge. La penderie sur le palier était pleine de draps, de serviettes et de vêtements de bébé trop petits. Mon père semblait aussi perplexe que les autres. Comment aurait-elle pu les cacher ? Elle ne savait pas conduire. Comment aurait-elle pu les donner ? Les avait-elle brûlés ?

Il a fallu que j'aille à l'école en pleine semaine, en plein milieu d'un trimestre, avec mon jean vert vif en velours côtelé aux pièces roses en forme de cœur sur les genoux et mon pull tricoté main avec des rangées de perles colorées en bouclettes autour des poignets.

Quand nous nous sommes retrouvés assis dans le bureau de la directrice, avec mon père qui essayait de remplir les formulaires tandis que Joe pleurait et recrachait sa tétine, le cours de maths avait déjà commencé. J'ai suivi la directrice jusqu'à la classe et je suis restée debout devant le bureau de la maîtresse. Tout le monde s'est arrêté de parler.

Les autres enfants m'ont dévisagée. Je savais pourquoi. Ils se demandaient ce qui n'allait pas chez moi. Je me posais la même question. Je voyais à leurs visages qu'ils pensaient que c'était à cause de mes vêtements bizarres, et de mes cheveux qui s'échappaient de mes nattes mal faites parce que mon père ne les tressait pas assez serrées, et la maîtresse le savait aussi. Quand elle a déclaré : « Je suis sûre que tout le monde aimerait bien avoir un pull aussi spécial que le tien, Marie », j'ai su avec certitude que j'étais mauvaise. J'étais tellement mauvaise qu'il fallait qu'on raccourcisse mon nom, qu'il fallait que mon pull soit mal tricoté. Je ne l'ai même pas corrigée sur mon prénom.

Elle a dit que comme j'avais manqué tellement de classes, en ne commençant l'école que maintenant, il valait peut-être mieux que je m'asseye avec les enfants les plus jeunes. Je dépassais tous les autres élèves de ma table, telle une géante mal à l'aise dans mes vêtements colorés, et je me suis aperçue qu'aucun d'entre eux n'était très fort pour la conversation. J'ai aussitôt compris que l'invisibilité était le seul moyen de survivre dans cet endroit ; que quand on domine de la tête et des épaules tous les enfants de sa table, qu'on a un nom trop long pour que la maîtresse se fatigue à le prononcer en entier et des perles aux poignets qui claquent et cliquettent contre le plateau de la table, alors on est une mauvaise, très mauvaise personne.

Je ne serais guère restée longtemps à la minuscule table des petits, à me cogner les genoux contre le dessous de mon bureau, si seulement je n'avais pas oublié comment lire. Je me souvenais des choses que j'avais lues avant que ma mère parte. Je connaissais par cœur le livre d'histoire de la collection Ladybird sur Elizabeth Fry et les prisons. J'aurais pu décrire l'orphelin Smith avec toutes ses couches de vêtements imprimées sur la peau parce qu'il ne les avait jamais retirés. Pourtant, j'étais incapable de comprendre pourquoi aucun des mots sur les pages qu'on me donnait à l'école n'avait le moindre sens pour moi. Était-ce une sorte de ruse ?

J'ai d'abord dit que je ne savais lire que l'anglais, comme dans les livres de chez moi. Est-ce que je ne pouvais pas apporter un de ceux-là ? Et même quand ils m'ont prouvé qu'ils n'étaient pas en train de me jouer un mauvais tour, que tout était dans ma tête, je n'ai jamais cessé de me méfier de ces gens. Je continuais à les regarder de biais sous ma frange trop longue en murmurant des sorts pour me protéger de leur désapprobation.

Pour la première fois aussi, j'ai su que personne dans ma famille ne comprendrait un mot de ce que j'avais à dire sur ce qui m'arrivait. Dès que je suis arrivée à l'école, je me suis trouvée seule. J'ai appris à hausser les épaules, à dire que ce n'était pas grave, en fait, vraiment, que je ne me souvenais pas de ce que j'avais mangé, ou lu, ni de ce que nous étions en train d'apprendre. Tout cela les dépassait.

J'ai dû apprendre à lever la main pour demander quelque chose. Pour m'entraîner, je levais beaucoup la main, mais ensuite je n'avais rien à dire, ou en tout cas rien de particulier. Alors je demandais à aller aux toilettes. Les toilettes se trouvaient dans une construction derrière le bâtiment principal, il fallait grimper deux marches en béton. Les cabines avaient d'énormes portes en bois vert et de lourds verrous dans lesquels je me coinçais les doigts. Je restais assise là, à laisser mes fesses s'engourdir de froid, en attendant que la maîtresse envoie « quelqu'un de raisonnable » pour me ramener en classe.

Je mordais les boucles de perles à mes poignets, assise là, et quand le fil cédait entre mes dents, j'avalais les perles par séries de neuf, en les comptant avec ma langue contre mon palais. Parfois, je restais là assez longtemps pour que certaines des perles de la veille ressortent par l'autre extrémité, incrustées dans la merde, et je les regardais disparaître dans la canalisation.

Quand j'ai cassé la première rangée de perles, je me suis inquiétée de ce que dirait ma mère quand elle rentrerait à la maison et qu'elle verrait que j'avais abîmé mon pull. Tout l'hiver précédent, elle l'avait tricoté pour moi, pour que je ne sois pas jalouse de toutes les choses qu'elle préparait pour le bébé. Nous nous étions assises dans notre coin préféré du canapé et je l'avais aidé à ranger les perles par neuf, en les triant dans un plateau fabriqué avec une vieille boîte de Rice Krispies. Puis je me suis dit que quand elle verrait le pull, elle comprendrait comme j'étais triste à l'école, et je n'aurais plus besoin d'y aller. Je sortirais le plateau en boîte de Rice Krispies et nous nous installerions toutes les deux pour le réparer parfaitement, jusqu'à ce qu'il ne reste plus une trace du temps que nous avions passé séparées.

Mais la deuxième petite rangée de neuf perles est partie dans les égouts, et la suivante, et ma mère n'était toujours pas revenue pour réparer le pull. Une fois les perles défaites, les bords des poignets ont commencé à se détricoter par longues rangées jusqu'au coude. Je savais désormais que j'étais une mauvaise fille. J'avais détruit le pull spécial qu'elle m'avait tricoté, et il n'y en aurait plus jamais d'autre. Parce qu'elle ne rentrerait jamais à la maison.

4

La bouilloire qui chauffe à vide

Maman bien-aimée
Une puce a attrapé,
L'a mise dans la théière
Pour faire une tasse de thé.
La puce s'est enfuie,
Maman a poussé un cri,
Papa est arrivé
Tout débraillé.

Je peux identifier le moment exact où la police a cessé de rechercher une femme disparue et commencé à rechercher un corps, lequel serait probablement méconnaissable. Ce jour, c'est celui où, en téléphonant à mon père, ils ont arrêté de lui dire qu'ils avaient trouvé « quelqu'un » et commencé à dire « quelque chose ». Quelque chose dans les bois. Quelque chose dans la rivière. Quelque chose.

Il partait avec eux pour voir ce qu'ils avaient trouvé. Lindsey venait nous garder, ou bien sa sœur Mel, ou bien les deux si c'était la nuit, parce qu'elles disaient que la maison était hantée. Elles apportaient des gâteaux du magasin ou des biscuits colorés, elles me préparaient un chocolat chaud et elles m'autorisaient à me coucher tard pour regarder des séries avec des inspecteurs de police. Pendant des années, j'ai cru qu'elles le faisaient exprès. Edward s'en allait avec la police et moi, je regardais des histoires où l'inspecteur arrive toujours à résoudre le mystère. J'ai compris bien plus tard que c'était simplement ce qu'elles regardaient à la télévision le soir. Le genre de choses qui, en général, passait après mon heure de coucher.

Quand Edward rentrait à la maison, il secouait la tête et personne ne disait rien. Aujourd'hui, il affirme qu'il regrette toutes ces fois où il y est allé et où il a rencontré d'autres familles, d'autres maris, femmes, parents, enfants adultes qui venaient tous voir si ce quelque chose était celui qu'ils attendaient. Il regrette de les avoir laissés partir sans leur parler, sans leur avoir demandé leur adresse et promis de rester en contact, sans leur demander régulièrement : alors, vous l'avez trouvée ? Vous l'avez trouvé ? De ne pas avoir formé un groupe de soutien. Organisé un pique-nique annuel. Mais il ne l'a pas fait. Quelque chose l'a empêché de regarder ces gens dans les yeux et de leur demander : pour qui êtes-vous là ? Quelque chose les a empêchés de le regarder dans les yeux et de lui poser la même question.

Quand il revenait, je voulais qu'il me rapporte leurs histoires. Qui ils étaient, qui ils cherchaient, qui manquait à leur vie. Je voulais savoir : comment les avaient-ils perdus ? Les avaient-ils égarés sur un parking en allant faire des courses ? Oubliés à la plage pendant les vacances ? Ou bien les avaient-ils perdus à la maison, comme nous ? Portaient-ils leur manteau, ou juste un pull ? Avaient-ils emporté un sac d'affaires ? Avaient-ils de l'argent sur eux ? Avaient-ils quelque part où aller ?

Je collectionnais les histoires de deuil, d'abandon, de honte. Le père de Susannah a été le premier à me fournir une bonne histoire de disparition. Dans mon souvenir, j'étais déjà amoureuse de lui bien avant qu'il ne me parle de la disparition de sa mère. Peut-être émanait-il de lui un signal que mon radar avait capté, comme une marque d'abandon. Sa mère était partie et, lorsqu'il avait demandé quand elle reviendrait, son père avait ouvert la grande penderie dans leur chambre. Elle était vide. « C'est ici qu'elle rangeait ses vêtements, avait-il dit. Donc je suppose qu'elle ne reviendra pas. » Grande révélation. Quelques cintres restants qui tintent doucement au moment où la porte s'ouvre. L'odeur du bois et rien d'autre. Il avait exactement le même âge que moi quand ma mère est partie. Il avait un souvenir précis de sa disparition. Peut-être pas du moment où elle était partie, mais du moment où il l'avait su. Moi, je n'avais rien. J'ai été tentée, je l'avoue, d'emprunter sa version. Elle est tellement meilleure que la mienne.

De quoi est-ce que je me souviens ? Je me souviens des policiers qui arrivent à la maison. Le plus vieux est resté avec Edward, le plus jeune s'est assis à la table de la cuisine et a regardé ses mains. Il avait une rangée de boutons sur le cou à l'endroit où son col frottait sur la peau. Je suis restée debout derrière sa chaise à côté de la gazinière et je me suis demandé comment on mettait la bouilloire à chauffer. Je ne l'avais jamais fait. Je n'avais pas le droit de toucher la gazinière. Mais je savais qu'on était censés le faire quand quelqu'un venait à la maison et s'asseyait à la table de la cuisine avec l'air d'attendre quelque chose.

Joe pleurait dans son couffin posé par terre. Je n'avais pas le droit de le porter toute seule. C'était une règle encore plus stricte que celle de la bouilloire. Personne ne m'avait expressément interdit de mettre la bouilloire à chauffer. Le besoin ne s'était jamais présenté. Mais la règle concernant le bébé était très claire. J'avais le droit de lui caresser le visage et d'essayer de le distraire avec un jouet ou un hochet. J'avais le droit de lui chanter une chanson et de lui tenir la main. Mais pas de le porter.

Le sol de la cuisine était revêtu d'énormes dalles de pierre irrégulières. Quand Joe se mettait à pleurer, si ma mère se trouvait dans la salle de bains ou quelque part à l'étage, qu'elle était en train d'étendre le linge au jardin ou de répondre au téléphone dans l'entrée, je ne devais en aucun cas le soulever. Il était en sécurité dans son couffin. Pleurer ne pouvait pas lui faire autant de mal que le sol. Embrasse-lui les pieds pour ne pas lui passer ton rhume. Le tapis de change se pose par terre, jamais sur une table. Ne mets rien dans sa bouche au cas où il l'avalerait. Lave-toi les mains avec du savon.

Alors, quand Joe s'est mis à pleurer, je suis restée assise près de son couffin en essayant de lui chanter des chansons et de lui embrasser les pieds à travers sa grenouillère, de jouer à coucou-caché. Il pleurait de plus en plus, la bouilloire bouillait de plus en plus fort et la vapeur emplissait la pièce. C'était le genre de bouilloire qui reste posée sur la gazinière et qui ne peut pas s'éteindre toute seule. Je n'ai aucune idée de combien de temps cela a duré. Pas très longtemps, j'imagine. Je ne me souviens pas si Edward a fini par revenir et déplacer la bouilloire, ou bien si c'est le policier qui s'est levé et l'a fait lui-même.

Je ne me souviens pas lequel d'entre eux a pris le bébé. J'ai une image d'Edward faisant les cent pas dans la cuisine avec le bébé sur l'épaule, le corps carré de Joe de la taille de la main qui lui tapotait le dos, le hoquet et le gargouillis au moment où le lait est remonté, le filet qui a dégouliné dans le dos de la veste d'Edward. Mais à quel jour cette image appartient-elle ? Combien de fois ai-je assisté à cette même scène ? Tous les jours. Pendant longtemps. Je n'ai aucune idée des jours auxquels appartiennent les différents souvenirs, ni de leur ordre.

Pourquoi n'ai-je pas remarqué qu'elle était partie ? Dès la minute, la seconde où elle a passé la porte ? Cette question m'a troublée pendant des années. Et si je l'avais vue, si je l'avais suivie ? Si je lui avais demandé de rentrer pour regarder mon découpage ? De m'aider à fabriquer une poupée en cure-pipes ? Et si je l'avais rattrapée alors qu'elle descendait le chemin vers la rivière ? Elle avait laissé ses bottes en caoutchouc. Et si je l'avais suivie en courant avec mes bonnes chaussures, et que je les avais tachées dans la boue ? Aurait-elle fait demi-tour pour m'emmener me changer ? C'est possible.

Elle ne nous a pas laissés seuls. Je ne veux pas vous laisser croire ça. Mrs Wynne était là. Pendant toute l'année, Mrs Wynne avait été là pour aider avec le nouveau bébé. Elle arrivait après le déjeuner. Puis ma mère montait Joe dans sa chambre pour le nourrir et faire la sieste, et pendant ce temps, je m'occupais sans faire de bruit pour ne pas les déranger. Mrs Wynne pliait des piles de vêtements de bébé, elle rangeait la vaisselle et elle me tenait compagnie pendant que je recopiais des poèmes dans mon cahier d'écriture. Parfois, elle jouait au jeu de l'oie avec moi.

Elle ne passait pas l'aspirateur pour ne pas réveiller les autres à l'étage. Elle passait la serpillère et épluchait des pommes de terre pour le dîner. Quand elle se penchait, je voyais le haut brun de ses bas sous sa jupe. Elle me nouait un torchon autour de la taille en guise de tablier et acceptait que je l'aide à faire des petits gâteaux.

Ses bras étaient tendres comme de la pâte quand elle enfonçait le torchon sous la ceinture de mon jean, elle sentait la vanille. Rien ne semblait l'étonner. Un double six au jeu de l'oie. Un œuf avec un double jaune parmi les ingrédients.

Quand ma mère et Joe descendaient, Mrs Wynne préparait une théière, s'asseyait et buvait une tasse de thé avec ma mère tandis qu'elles admiraient le bébé et que je montrais à ma mère ce que j'avais fait, puis Mrs Wynne remontait sur son vélo et descendait l'allée en cahotant lentement. Les jours de pluie, elle portait une capuche en plastique par-dessus sa permanente. Je ne sais pas combien de temps elle avait l'habitude de rester. Une heure ou deux.

Je ne peux pas vous dire quand ma mère est partie, pas exactement. À un moment dans l'après-midi. Le temps que je m'aperçoive que quelque chose clochait sérieusement, Mrs Wynne avait déjà appelé Edward pour qu'il rentre du travail plus tôt, parce que c'était l'heure de rentrer pour elle aussi et qu'elle ne savait pas où ma mère était partie. Je ne me souviens pas de l'avoir cherchée de pièce en pièce. Je ne me souviens pas de Mrs Wynne montant chercher le couffin dans la chambre quand Joe s'est réveillé. Je ne me souviens pas de m'être mise à courir dans le jardin en criant son nom sous la pluie. Je ne me souviens de rien de tout cela, mais j'imagine que c'est ce qui a dû arriver.

Je me souviens de Mrs Wynne téléphonant à Edward, du fait qu'elle a dû demander à parler au Dr Brown dans son bureau. Elle a dit quelque chose comme : « Je suis désolée, elle m'a peut-être parlé d'un rendez-vous ou de quelque chose dans le genre. Mais je n'ai pas le souvenir qu'elle ait dit quoi que ce soit. »

Je me souviens qu'à mesure que Mrs Wynne parlait, l'air dans la pièce autour de nous a changé de texture, comme une gelée qui se fige et dans laquelle tous les objets tremblotent dès qu'on les regarde trop longtemps. Les mots n'étaient plus des mots normaux. L'air autour du téléphone s'est coagulé sous l'effet de ces mots.

Je me souviens d'avoir guetté la voiture d'Edward à la fenêtre de devant. Je me souviens du visage de Mrs Wynne qui se détournait déjà de moi, de l'air saturé de honte. Avant même l'arrivée d'Edward, nous n'arrivions déjà plus à nous regarder dans les yeux. Nous étions là toutes les deux. Nous l'avions perdue. La honte a rempli la maison, une pièce vide après l'autre, comme un énorme ballon spongieux aspirant tout l'air peu à peu jusqu'à ce que nous ne puissions plus respirer.

Quand Edward est rentré, Mrs Wynne a proposé de rester pour aider pendant qu'il attendait que ma mère revienne, mais il lui a appelé un taxi pour qu'elle n'ait pas à partir à vélo dans le noir. Il lui a dit : « Je suis sûr qu'il y a eu un malentendu. » Mais Mrs Wynne regardait par terre, comme si ce que nous avions était contagieux. Comme si un simple rayon de lumière, d'une paire d'yeux à une autre, pouvait transmettre la honte de notre mauvaiseté, de notre malchance. La nuit est tombée et nous n'avions toujours pas la moindre nouvelle, alors il a appelé la police.

Joe n'a certainement pas pleuré toute la soirée dans son couffin, par terre dans la cuisine. Il n'a dû rester là que quelques minutes, le temps qu'Edward sorte parler au policier pour que sa fille n'entende pas ce qu'ils disaient. Mais ce dont je me souviens, c'est du bébé qui pleurait, des parents partis, de l'homme en uniforme assis dans son nuage de vapeur sans savoir quoi faire. Tout cela est devenu pour moi l'image dramatique, la penderie vide, le moment du départ.

Edward a fait tout son possible pour parler au policier derrière la porte ou dans une autre pièce, mais le soir était arrivé et Joe n'arrêtait pas de pleurer. Il pleurait toujours le soir. Ma mère appelait cela les coliques de dix-huit heures, et si je faisais remarquer qu'il était, par exemple, presque huit heures moins le quart, elle répondait : « Oh, il est trop petit pour savoir l'heure. »

Je ne cessais d'aller chercher Edward pour qu'il fasse les cent pas en portant Joe, ce qui était généralement efficace. C'est pourquoi malgré tous ses efforts pour me tenir à l'écart de la conversation, j'ai entendu le principal.

Le policier a demandé à Edward s'il pensait que sa femme était dans un état d'esprit où elle pourrait représenter un danger pour elle-même. Edward a répondu que non, absolument pas. Il ne serait pas allé au travail s'il avait cru un seul instant qu'elle, non, pas du tout.

Le policier a répondu à voix très basse : « Vous comprenez, Mr Brown, si on nous dit qu'elle est en danger, qu'elle était dans un état d'esprit préoccupant, alors on peut commencer les recherches. »

Il y a eu une longue pause. Edward ne regardait pas le policier. Il marchait de long en large devant la fenêtre de la cuisine, en faisant sauter Joe sur son épaule. Il se balançait d'avant en arrière en tapotant le dos du bébé. Quand il s'est retourné, il avait le visage très blanc et tendu autour des yeux, la peau tirée.

« Je vois, a-t-il dit. Très bien. Je crois que ma femme était dans un état d'esprit préoccupant cet après-midi, quand elle a quitté la maison. »

Le policier a retourné son petit carnet noir brillant et fait claquer son élastique.

Je me souviens de ce que nous avons mangé au dîner ce soir-là. Du poisson pané et des haricots en boîte. Je me souviens de la pluie. Les policiers qui étaient venus à la maison étaient trempés d'avoir remonté l'allée du jardin, ils avaient les pieds couverts de boue. Sauf que nous n'avons jamais mangé de poisson pané avec des haricots en boîte avant que Lindsey ne vienne nous garder. Et que la pluie s'était arrêtée. Quand ils ont demandé si son manteau avait disparu, je me souviens d'avoir répondu : mais aujourd'hui, il s'est arrêté de pleuvoir, un peu, je crois. Peut-être qu'elle n'en a pas eu besoin. Laissez-moi au moins la pluie. Je veux bien renoncer au poisson pané. Il ne me reste pas grand-chose. Laissez-moi la pluie.

5

Les lois de la physique

Maman dans la cuisine
Coud à la machine
Arrive le croquemitaine
Qui la jette de-hors !

En sortant de notre village par la route du bas en direction du vieux moulin à eau, on longe une rangée de vilains étangs sombres que nous appelions les fosses. Ils sont entourés d'arbres dont certains sont à moitié écroulés dans l'eau, et la surface est couverte de feuilles mortes huileuses. Nous y allions quand j'apprenais à faire du vélo et ma mère roulait devant, en pédalant très lentement pour que je puisse la suivre. Elle devait constamment faire demi-tour ou ralentir en équilibre instable au milieu du chemin pour m'attendre. Quand nous arrivions aux fosses, elle roulait du mauvais côté de la route, à distance des étangs.

Ce n'était pas gênant. Il n'y avait presque jamais de voitures.

Chaque fois que nous passions par là, elle me disait que cet endroit était hanté et que c'était pour cela qu'elle restait le plus loin possible de l'eau. Elle m'a raconté comment, des années auparavant, une jolie jeune fille était passée sur ce chemin en rentrant chez elle après les Veillées, et qu'un jeune garçon l'avait suivie, peut-être, certains disent que oui, d'autres que non, et qu'on l'avait retrouvée noyée dans une des fosses. Si l'endroit était hanté, c'était parce que le garçon n'avait jamais été puni. Personne n'avait été puni. Elle ne pouvait donc pas trouver le repos.

Ma mère faisait ensuite demi-tour un peu plus bas sur le chemin et roulait à côté de moi, et elle me racontait qu'au bout du compte, cet homme avait peut-être été puni, parce qu'il avait vieilli dans une maisonnette non loin de chez nous et qu'au moment de sa mort, la maison était recouverte de ronces comme le château de la Belle au bois dormant. Les tiges étaient entrées par les fenêtres et par les portes pour s'enrouler autour du porche qui avait fini par se décrocher de la façade ; le jardin était devenu une masse épineuse qu'il fallait tailler pour se frayer un passage. Rien ne pouvait empêcher ces épines de devenir plus robustes à mesure qu'on les coupait.

Sur son lit de mort, le vieil homme avait fait appeler son frère, affirmant qu'il avait quelque chose d'important à lui dire, et le frère avait dû prendre une échelle et l'appuyer contre la fenêtre de la chambre pour l'entendre parce que sa femme ne voulait jamais le laisser entrer, mais c'était trop tard. Et pendant toutes les années où il avait vécu avec sa femme dans cette maison, il n'y avait jamais eu d'enfants. Pas un seul.

Je savais que ma mère suggérait que les épines étaient la fille morte revenue pour le chercher : c'étaient ses doigts qui avaient grimpé jusqu'à lui, brisant le ciment, aspirant toute la vie de la maison, et c'était la fille morte qui avait empêché des bébés d'arriver. Je lui ai demandé si elle avait déjà vu la maison aux ronces, si elle était encore là. Elle m'a répondu que oui, que nous passions devant tout le temps, mais qu'on la remarquait à peine parce qu'elle était tout effondrée et recouverte. Le jardin était plein de rhubarbes et de framboisiers montés en graine, et parfois des gens entraient pour les cueillir par un endroit où la haie s'était effondrée. Moi, jamais je n'entrerais là-dedans, disait-elle. Jamais je n'y METTRAIS LES PIEDS.

J'avais une peur bleue des fosses. Chaque fois que nous passions devant à vélo, j'imaginais la fille flottant à la surface, sa longue robe gonflée comme un ballon, ses pauvres pieds gelés qui dépassaient, tout jaunes, son visage dissimulé dans l'eau tourbeuse. J'arrivais à peine à regarder droit devant moi, et je dérivais vers le milieu, plus près de l'endroit où ma mère roulait le long du fossé opposé. Parfois, elle me laissait attraper son porte-bagage et me tirait jusqu'à ce que nous soyons sorties du couvert des arbres qui surplombaient le chemin, loin de l'obscurité glaciale de cet endroit.

Quand m'a-t-on dit pour la première fois qu'on pensait que ma mère s'était noyée ? Pas tout de suite. Des semaines sans doute, peut-être des mois, après son départ. Je ne les ai pas crus. J'ai dit : « Non ! Elle roule toujours de l'autre côté de la route, jamais elle n'y METTRAIT LES PIEDS. Elle détestait cet endroit, là où la fille s'est noyée. » Et tandis que je répétais : « Non, non, non ! », j'ai entendu ma voix s'enfuir de plus en plus loin, de plus en plus petite dans le lointain, comme si je criais en silence dans un long tube étroit. Le tube était enveloppé de ténèbres mais tout au bout du tunnel, il y avait de la lumière, un cercle d'eau dans lequel une jeune fille flottait à plat ventre.

Je ne savais pas que j'étais en train de m'évanouir. J'avais déjà entendu l'expression « tomber dans les pommes ». Mais personne ne m'avait jamais décrit ce que je ressentirais si cela m'arrivait. J'ai cru que cette perte soudaine de mon audition, réduite à un murmure très reculé, cette réduction de mon champ de vision à un minuscule cercle lointain, seraient permanentes. J'ai pensé à cet instant que plus jamais je ne verrais ni n'entendrais comme avant. Et en un sens, j'avais raison.

J'ai perdu connaissance sur le sol de pierre de la cuisine, le choc a fait tomber mes dernières dents de lait et m'a occasionné un léger traumatisme crânien. J'étais contente. Au moins, ils arrêtaient de parler de l'eau. J'ai aussi très vite découvert que c'était un moyen d'éviter d'aller à l'école. Chaque matin, on me demandait si j'avais encore mal à la tête. Si c'était le cas, j'avais le droit de rester au lit et de manger des tartines de Marmite[6] en laissant les croûtes au bord de l'assiette, de faire des dessins et de regarder par la fenêtre.

Après une semaine environ, le docteur est venu me voir. Il a dit que c'était inhabituel pour une personne de mon âge de ressentir les effets d'un traumatisme crânien pendant si longtemps. Qu'il fallait peut-être que j'aille faire une radio. Que je n'avais pas d'autres symptômes, ni étourdissements ni nausées, mais qu'il fallait peut-être vérifier. Il a dit tout cela à mon père dans l'entrée, me fournissant ainsi quelques armes utiles à mon combat contre l'école. Étourdissements, nausées. Quand les maux de tête n'ont plus fonctionné, j'ai essayé les autres options. J'étais trop rusée pour employer les mots exacts du médecin. J'ai donc tenté différentes manières de décrire des étourdissements : « J'ai l'impression d'être sur un manège et de ne pas pouvoir descendre », ou bien « Je sens tout qui tourne autour de moi ».

La plupart du temps, Edward me répondait avec un haussement d'épaules : « Moi aussi, mon cœur », et il

6. Pâte à tartiner salée à base d'extrait de levure, très populaire au Royaume-Uni.

me permettait de rester au lit. Je me suis aperçue que presque n'importe quel symptôme physique pouvait maintenant être attribué à la disparition de ma mère. Maux de tête, nausées, insomnies, somnolence, ongles noirs, plaques d'eczéma, nez qui coule, caries, cheveux emmêlés, poux. Surtout les poux. Je ne m'interdisais aucune excuse.

À peu près au moment où je me suis évanouie sur le sol de la cuisine, Lindsey est venue garder Joe tous les jours pour qu'Edward puisse reprendre le travail. Si je prétendais me sentir mal, il se contentait de dire à Lindsey que je restais à la maison et il s'en allait.

J'adorais Lindsey. Elle peignait mes ongles rongés de couleurs vives. Elle me laissait caresser son pull jaune en laine poilue. Elle me brossait les cheveux jusqu'à ce qu'ils se dressent tel un duvet saturé d'électricité statique, puis tentait de les aplatir en me les tressant. Elle n'essayait pas de me dire que les taches de rousseur, c'était joli, ni que j'avais de beaux cheveux. Elle disait : « Quand tu seras grande, si tu veux, tu pourras te mettre du fond de teint. Et ça aiderait peut-être si tu te faisais des mèches. »

Elle laissait la cheminée électrique allumée toute la journée, ainsi que la télévision, et ne se souciait pas du nombre de fois où Joe regardait le même épisode de *Thomas et ses amis*. Elle nous préparait des plats tout droit sortis de boîtes en carton dans le congélateur. Elle me lisait mon horoscope dans ses magazines, et il était toujours question de garçons. Elle parlait à sa sœur au téléphone pendant des heures, le combiné coincé entre l'épaule et l'oreille, Joe posé sur une de ses hanches. Elle était tellement maigre qu'il pouvait faire le tour de sa taille avec ses jambes. Elle sentait les bonbons à la réglisse et la pomme. Chaque fois qu'elle posait Joe, il se mettait à pleurer, alors elle le portait toute la journée. Elle parvenait à se maquiller d'une main en gardant Joe en équilibre sur sa hanche. Elle le laissait tenir les petits tubes de peinture. Elle avait un pinceau spécial pour se poudrer le visage, avec lequel elle me chatouillait le nez.

Si je lui faisais un dessin, elle me disait : « Oh, tu es douée de tes mains. Je suis sûre que tu tiens ça de ta mère, la pauvre. » Je ne crois pas que ma mère dessinait ni qu'elle peignait, mais j'acceptais tout de même son compliment. J'aimais bien la faire parler de ma mère, même si elle ne l'avait jamais rencontrée. Je lui apportais des objets pris au hasard dans la maison et je lui disais que c'étaient les préférés de ma mère, ou bien que c'était elle qui les avait fabriqués, ou qu'elle les avait trouvés dans le jardin. La moitié du temps, j'inventais.

Quand la dame de l'école chargée de surveiller les absences a fini par venir chez moi, j'étais allongée en pyjama sur le canapé en train de regarder « *Pigeon Street* » sur notre nouvelle télévision, en mangeant des sandwichs de pain de mie avec du fromage en tranches. La dame des absences était vêtue des pieds à la tête de choses marron et brillantes. Chaussures marron et brillantes, collant brillant marron clair, col roulé marron et brillant, jupe marron et brillante qui grinçait. Je crois qu'elle devait être en cuir. Je n'avais jamais rien vu de pareil. Lindsey a dégagé un fauteuil et lui a offert un thé. Elle lui a demandé comment elle le prenait. J'ai répondu à sa place. « Marron, ai-je déclaré. Elle aime son thé marron. » Je trouvais ça très drôle.

La dame marron a ouvert son sac marron et brillant dont elle a sorti un carnet et un stylo. « Alors, a-t-elle dit en faisant claquer la fermeture de son sac. J'ai cru comprendre que tu avais récemment perdu ta mère. C'est bien cela ? » C'était peut-être la première fois que quiconque décrivait la chose de cette manière. J'avais perdu ma mère, bêtement, par inadvertance. J'avais échoué à la garder avec moi, je l'avais laissée disparaître. J'avais joué à un jeu avec elle dans le jardin et j'avais oublié où je l'avais mise. J'avais arrêté de penser à elle pendant une minute et je m'en étais souvenue trop tard.

Je comprenais maintenant pourquoi la police m'avait posé toutes ces questions. Où est-ce que j'étais, qu'est-ce que je faisais, quelle heure était-il quand ? Toutes les questions qu'on pose à quelqu'un qui a perdu quelque chose. Où l'as-tu vu pour la dernière fois ? Est-ce que tu l'as emporté dehors ?

Cela faisait partie des choses qui m'énervaient chez mes parents. Si je disais à l'un d'eux : « Je ne trouve pas mon soulier », ou mon nounours, ou mon cardigan, ils me répondaient : « Il est exactement là où tu l'as laissé. »

Quand j'insistais, Edward aimait ajouter : « D'après les lois de la physique, Marianne, la matière ne peut être ni créée ni détruite. Elle n'a donc pas pu disparaître de la surface de la terre. »

J'ai plissé les yeux à l'intention de la dame marron, en me concentrant pour ne pas pleurer. Je me donnais du mal pour effacer de mon esprit l'image de ma mère en train de dire : « Réfléchis, Marianne ! Je dois être exactement là où tu m'as laissée. Où est-ce que tu m'as laissée, cette fois-ci ? Où est-ce que je pourrais être ? Tu ne m'as pas laissée dans le jardin ? » J'ai dégluti avec difficulté et j'ai répondu : « D'après les lois de la physique, la matière ne peut être ni créée ni détruite. » J'ai continué à la regarder fixement pour prouver que je ne pleurais pas vraiment, même si mon visage était assez mouillé.

Elle m'a considérée un long moment avant de parler. Elle m'a demandé : « Qu'est-ce que tu lis, en ce moment ? » Comme si tous les gens âgés de plus de six ans lisaient quelque chose en ce moment. J'avais beaucoup de difficultés à lire, donc je lui ai parlé de la dernière chose que je me souvenais avoir lue quand ma mère était encore là. La Chute de Jéricho. L'armée qui marche encore et encore au pas cadencé autour des remparts, jusqu'à ce que les murs finissent par s'écrouler. Elle m'a demandé si je croyais que c'était arrivé pour de vrai. Et j'ai répondu que oui, pourquoi pas ? Par quel autre moyen pouvait-on faire écrouler les remparts d'une ville ?

« Oh, je n'en sais rien, a-t-elle avoué. Peut-être avec un genre d'explosifs ? »

Après cela, je me suis mise à apprécier la dame marron. Ce qui tombe bien, parce qu'elle est revenue me voir souvent.

J'ai développé tout un assortiment de symptômes. Je prêtais attention à toutes les histoires qui touchaient à la médecine. Lindsey était une excellente source d'informations inadaptées pour mon âge. La majorité de ses histoires étaient remplies d'hémorragies mystérieuses ou de personnes qui buvaient quelque chose qu'elles n'auraient pas dû boire. J'ai même essayé de dire : « J'ai trop bu hier soir. J'ai mal au crâne. » Je n'ai absolument pas compris pourquoi mon père trouvait cela drôle. Ni pourquoi il m'a tout de même envoyé à l'école le jour où j'ai déclaré : « J'ai les Anglais qui débarquent. »

Par ailleurs, comme beaucoup d'hypocondriaques, j'étais, incidemment, souvent malade. J'ai rattrapé toutes les maladies infantiles que j'avais manquées en restant à la maison. C'était comme si, chaque fois qu'on me traînait à nouveau en classe, j'en contractais une nouvelle. Le plus étonnant, c'est que je ne me souviens pas d'avoir eu l'impression que les journées où je restais chez moi parce que j'étais réellement malade étaient très différentes. Je regardais la télévision. Je dessinais. Je construisais indéfiniment des tours de cubes en bois que Joe détruisait, je fabriquais des circuits de chemin de fer sur le tapis rayé du salon tandis qu'il me suivait à quatre pattes et démontait tout derrière moi. Parfois, j'avais d'horribles boutons, des ganglions enflés, un mal de tête ou le nez qui coulait. D'autres fois non. Chaque fois que quelqu'un me demandait comment je me sentais, je répondais avec sincérité : « Très mal. »

Après ce jour-là, je n'ai plus jamais prononcé la phrase sur la matière qui ne peut être ni créée ni détruite. Mon père a cessé de l'utiliser. J'ai donc présumé qu'il s'agissait d'un mensonge. Comme beaucoup de certitudes du monde d'avant le départ de ma mère, il s'agissait d'une tromperie. La matière pouvait tout à fait être détruite. Il était parfaitement possible de perdre quelque chose. De manière permanente. Le fait de se souvenir où on l'avait vue pour la dernière fois n'était d'aucun secours. Même les choses auxquelles on se cramponnait, sur lesquelles on gardait un œil, pouvaient se transformer en une chose autre et méconnaissable.

Votre petit frère peut se mettre à sentir les vêtements neufs et la crème contre l'eczéma, les lingettes pour bébés et la purée orange des petits pots. En grandissant, il peut devenir méconnaissable, même si vous êtes restée à la maison à surveiller le moindre de ses mouvements. Votre cuisine peut se mettre à sentir le chewing-gum, la laque pour les cheveux et les haricots en conserve. Toutes les plantes sur le rebord de votre fenêtre peuvent se transformer en brindilles mortes de couleur brune.

Votre lit peut vous donner l'impression de ne plus être à vous. Vous pouvez vous réveiller dedans un jour et découvrir qu'il est recouvert d'un nouveau dessus-de-lit décoré d'un cheval multicolore, et que les draps pelucheux à rayures sont devenus lisses, roses et brillants. Votre maison peut changer de voix, le timbre de la radio être remplacé par celui des publicités télévisées pour le thé en sachet, les sardines en boîte ou les KitKat.

Vous pouvez vous retrouver avec un jardin rempli de gens en uniforme et envahi de mauvaises herbes, aux allées piétinées, au gravier labouré par le passage des voitures et emporté par le ruissellement jusqu'au pont en bas de la rue. Soudain, votre père qui hier n'avait pas d'âge en particulier devient un vieil homme. Avant, c'était Papa, mais d'un seul coup, il y a beaucoup de gens dans la maison qui l'appellent tous Edward alors vous vous mettez à en faire autant. Vous n'aviez jamais pensé à l'éventualité de sa mort, mais c'est maintenant un fait que vous devez envisager. Toute matière peut être détruite. Tout ce qui compte.

6

Créatures aériennes

Je voguais sur la rivière,
La rivière m'a chaviré,
Et j'ai vu deux petits merles
Sur un grand arbre perchés.

L'un m'a traité de rascal,
L'autre m'a traité de brigand,
Alors j'ai pris mon bâton noir
Et leur ai cassé les dents.

Je vais vous dire une chose au sujet des oiseaux. Grand-Oncle Matthew, qui a donné à mes parents la maison dans le village, était en fait mon arrière-grand-oncle, mais c'est trop long à prononcer. Et quand Oncle Matthew était très âgé, Edward m'emmenait lui rendre visite à la maison de retraite où il est devenu de plus en plus léger, jusqu'au jour où il s'est évaporé. Envolé. Ses épaules se sont voûtées, ses bras se sont repliés comme des ailes sur le dessus-de-lit et il ne restait guère plus de ses doigts que des plumes brunes recroquevillées dans ses paumes.

J'étais toute jeune quand il est mort mais je me souviens de ces visites. Nous lui apportions des fleurs du jardin, des petits gâteaux que j'avais aidé à décorer, mes peintures, de la glace à la noix de coco. Une fois, nous avons fait des caramels. Je l'aimais bien. Il parlait d'un seul côté de sa bouche et n'arrivait à se servir que d'une seule de ses mains, et il sentait le propre, comme un pyjama fraîchement sorti du tiroir, et ses épais cheveux blancs peignés en arrière de son front lui descendaient jusque sous les oreilles.

Il m'apprenait des comptines idiotes. Ma préférée était celle sur les chevaliers du bon vieux temps. Je croyais que c'était de lui qu'elle parlait.

Au bon vieux temps, les chevaliers vaillants
Portaient des armures couleur d'argent,
Aujourd'hui les nuits sont si pleines de froideur
Qu'ils mettent des pyjamas
de chez Marks & Spencer.

Oncle Matthew était un chevalier mais malheureusement, la maison de retraite avait perdu son armure couleur d'argent, ou alors ils l'avaient laissée rouiller dans le jardin, et maintenant c'était mon chevalier vaillant en pyjama bien repassé. Il en connaissait une autre sur les chevaliers :

Un beau jour, en pleine nuit,
Deux morts pour se battre se sont levés.
Dos à dos, nez à nez,
Ils se sont tiré dessus avec leurs épées.

Je savais donc qu'il était spécialisé dans les chevaliers. J'avais compris qu'en secret, il en était un. Il était déguisé en pyjama parce qu'il devait se lever en pleine nuit pour livrer combat. Cela me semblait tout à fait logique. Il est mort quand j'avais quatre ans.

Edward l'a conduit à l'hôpital pour examiner les dernières radios de ses os, et ils étaient pleins de trous. Grand-Oncle Matthew a dit qu'ils ressemblaient à des os d'oiseau. Le cancer les avait grignotés jusqu'à ce qu'ils soient remplis de minuscules poches d'air, des bulles dans la limonade, une radio tachetée de ses os creux, vides, prêts à s'envoler pour rejoindre leur Créateur.

Et la veille de l'enterrement, quand on a transporté son corps à l'église, ma mère a eu de la peine pour lui, tout seul dans le froid pour sa dernière nuit à la surface de la terre, alors elle est allée à l'église à la nuit tombée pour s'asseoir près du cercueil. Au moment où elle s'avançait dans l'allée centrale, trois oiseaux noirs se sont échappés à tire-d'aile du clocher en poussant des cris aigus. Ils ont plongé sur sa tête et ses bras, qu'ils ont picorés en lui piaillant au visage. Edward m'a dit qu'elle avait couru sans s'arrêter jusqu'à la maison, et que les coupures sur son visage et ses avant-bras étaient bien réelles.

Le lendemain, ils sont retournés à l'église pour l'enterrement mais les oiseaux n'étaient pas là. Et quand Edward a soulevé le cercueil pour le porter jusqu'au cimetière, il a dit qu'il avait eu l'impression qu'il était vide. C'était un cercueil d'osier, comme une sorte de panier à pique-nique géant ou comme les caisses qu'on utilise pour transporter les pigeons. Le poids de l'âme, dont j'ai oublié la mesure exacte, n'était plus là. Edward a raconté que quand il a aidé à le descendre en terre, il s'est dit qu'il aurait peut-être fallu vérifier s'il y avait vraiment quelque chose à l'intérieur. Mais il ne l'a pas fait.

Ma mère croyait aux anges. Elle en voyait tout le temps. Elle disait qu'ils aimaient tout particulièrement l'escalier sous la fenêtre allongée. Elle mettait des petites statuettes à leur effigie un peu partout dans la maison. Au-dessus de chaque porte. Sur le palier, il y en avait toute une collection. Elle aimait les anges en bois sculpté, en plâtre et même ceux en plastique, trouvés dans des crèches de Noël bon marché. Elle aimait ceux qui ressemblaient à des bébés joufflus et aussi les longs anges pareils à des jeunes filles minces, avec leurs ailes repliées et leurs yeux baissés.

Après l'incendie, j'ai voulu savoir si les anges avaient été sauvés. Edward en avait récupéré une caisse, ceux en bois principalement. Ceux en plâtre avaient été tellement noircis par la fumée qu'on les aurait abîmés en les frottant, et la plupart des images étaient humides, tachées ou ne valaient simplement pas la peine qu'on fasse l'effort de les sauver. J'ai suspendu ceux qui restaient en rang tout au long de mon escalier. Susannah leur a donné des noms. Par ordre alphabétique : Abbie, Barney, Cindy, Davey. Je suis sûre qu'elle a choisi le second en hommage à son père, pour voir si je réagirais au fait d'avoir un ange prénommé Barney – je m'efforce de ne pas le faire. Je crois que ma mère approuverait. Si je m'autorisais à avoir les mêmes croyances qu'elle, je dirais que je l'entends rire doucement chaque fois que nous montons les escaliers. Mais ce n'est pas le cas.

7

Le changelin

Hinty minty, *blé joli,*
Épine de pomme, pépin du fruit,
Ronce, verrou, bout de ficelle,
Trois oies volent dans le ciel.
Une vers la Chine, une vers le Pérou,
Une au-dessus du nid de coucou.

Ma mère affirmait croire en toutes sortes de choses. Du genre de celles qu'on raconte aux enfants. La plupart d'entre elles, je l'ai toujours su, n'avaient ni queue ni tête. Les racines d'arbres qui pendaient au plafond de la petite grotte de grès au-dessus du pont n'ont jamais appartenu à une vieille sorcière du nom de Grand-Mère Grump. C'étaient des racines d'arbres. Les orties qui en gardaient l'entrée n'étaient que des orties, et non un genre de sortilège.

Quand nous mangions du pain perdu au petit-déjeuner, elle racontait que sa bonne amie Mme Pamplemousse l'avait livré de France le matin même, après avoir fait atterrir son hélicoptère dans le champ de derrière. Je criais avec elle par la fenêtre de la cuisine : « *Merci*[7], madame Pamplemousse ! », faisant mine d'apercevoir l'hélicoptère au moment où il repartait vers le sud.

Il y avait aussi des zones grises. Ma mère possédait un livre de photographies des fées de Cottingley, une merveilleuse mystification créée en utilisant des fées découpées dans du papier aux robes légères et aux ailes parfaites qui, en leur temps, en avaient abusé plus d'un. Lorsque je lui ai fait remarquer que le livre racontait justement comment on avait fabriqué ces petites poupées de papier fixées sur des bâtons de sucette pour donner l'illusion de la vérité, elle m'a répondu : « Oui, mais réfléchis deux minutes. Si ces petites filles voulaient que les gens croient à l'existence des fées qui jouaient avec elles, il fallait bien qu'elles leur donnent la même apparence que les fées des livres, avec leurs robes, leurs ailes et leurs jolis petits visages. Les VRAIES fées avec lesquelles elles jouaient dans leur jardin étaient peut-être très différentes. Toutes moches, peut-être, et sans vêtements. Avec des petits ventres marron qui leur pendouillaient par-dessus les genoux, et des touffes d'herbe qui leur sortaient des oreilles. »

7. En français dans le texte.

Ma mère demandait la permission de l'arbre avant de lui couper une branche. Mais peut-être seulement quand il s'agissait d'un vieil arbre. Ou bien d'un sorbier. Elle saluait toujours les pies qui étaient seules. Si par accident quelqu'un prononçait le même mot en même temps qu'elle, elle devait conjurer le mauvais sort en tournant sur elle-même dans le sens inverse des aiguilles d'une montre (elle appelait ça « aller à reverchon »), puis se tenir à cloche-pied, mettre un doigt dans le nez de l'autre et crier le nom d'un poète. N'importe lequel. Je criais toujours : Robert Louis Stevenson. Elle criait toujours : Ella Wheeler Wilcox, que je n'ai jamais considérée comme une personne réelle. Je croyais qu'elle n'était rien d'autre qu'un nom rigolo à crier tout fort.

Les gens racontent toutes sortes d'histoires à leurs enfants. C'est amusant. Quand ils grandissent et que vous êtes encore là, vous pouvez en rire avec eux. Mais que se passe-t-il si votre mère disparaît au beau milieu d'une de ses histoires ? Si elle est emportée par les fées ? Ce conte était l'un de ses préférés : l'histoire du changelin.

Par une nuit de pleine lune, tandis qu'un joli bébé dort dans son berceau, les fées viennent pour l'emporter. Elles l'emmènent dans leur pays, qui est caché dans un coin de notre monde mais invisible, et seules les fées savent passer de l'un à l'autre. Elles laissent à sa place dans le berceau un de leurs bébés-fées, un enfant changelin.

Le changelin grandit mais sans jamais forcir. Il est étrangement lourd, dense et malhabile. Il apprend à chanter mais ne peut apprendre à parler. Pis encore, le changelin est têtu, d'une espièglerie inconcevable.

Et pendant tout ce temps, la mère sait que les fées la surveillent pour s'assurer qu'elle est bonne envers le changelin. Elle n'ose punir l'enfant, ni lui parler trop sévèrement, de peur que les fées ne punissent son propre bébé. Le changelin est pour elle une épreuve, une longue confrontation avec un amour à sens unique, mais elle doit lui donner tout l'amour dont elle est capable, dans l'espoir que les fées en fassent autant avec son vrai bébé.

Il n'y avait pas de fin heureuse. Chaque fois que je demandais : « Mais qu'est-ce qui se passe, après ? Qu'est-ce qui lui est arrivé, à son vrai bébé ? », ma mère répondait avec un haussement d'épaules : « Ça, personne ne le sait.

– Et le changelin, qu'est-ce qui lui arrive à la fin ?

– Oh, les changelins ne trouvent jamais le bonheur. Ils ne grandissent jamais vraiment. »

Je trouvais l'histoire des changelins terrifiante, même avant la disparition de ma mère.

Après son départ, je me suis demandé si c'était moi qui avais été enlevée par les esprits, ou bien elle. Étais-je encore dans le monde réel, ou tout cela n'en était-il qu'une mauvaise copie ? Et si ma mère était en train de me chercher partout en criant mon nom ? Et si je pouvais me laisser tomber en arrière et atterrir hors de cette pauvre réplique décolorée de la réalité pour me retrouver en plein milieu d'un parterre d'euphorbes et, en levant les yeux, voir ma mère assise sous le pommier, en train d'enfiler son aiguille pour coudre mon nom sur mes uniformes d'école que je n'aurais jamais besoin de porter ?

Après la naissance de Susannah, j'ai interprété différemment l'histoire du changelin. J'ai compris le miracle quotidien que constitue le fait de voir votre enfant s'éveiller et grimper dans vos bras, toujours présente, toujours elle-même. La fièvre se déclare, les colères se dissipent, le soleil se lève, les médicaments agissent, et pourtant elle est bien là, toujours là, légère et forte, résolument et puissamment elle-même.

Autre chose. Ce n'est peut-être rien mais chaque fois que j'essaie d'écrire la liste des croyances de ma mère, le fichier implose. Il disparaît de mon ordinateur. Il tombe derrière le radiateur et quand, je veux agrafer les pages ensemble, il a encore disparu. Je ne peux pas vous dire combien de fois j'ai essayé de dresser des listes de tout ce qu'elle croyait, ou de tout ce qu'elle me disait croire. Cette liste n'est pas complète. Il m'en manque encore la moitié. Je voulais vous parler de ses fantômes, de ses enchantements et de ses prières, des bouteilles suspendues au-dessus de la porte de la cuisine, de l'âme qui, quand on meurt, peut passer dans un autre être vivant, un animal, un arbre, puis dans un instrument de musique taillé dans le bois de cet arbre. Mais chaque fois, mes tentatives disparaissent. Je ne veux pas parler comme ma mère, mais j'ai l'impression qu'elle n'aime pas que je m'essaie à écrire tout cela.

De temps à autre, Edward essaie de faire du rangement et il m'apporte une boîte pleine d'objets qu'il croit m'appartenir. En plus d'une collection d'animaux empaillés que je jure n'avoir jamais vus de ma vie, il m'a apporté un exemplaire du *Petit Monde de Charlotte.* Il m'a dit qu'il savait que ce livre avait de l'importance pour moi, qu'il se souvenait du moment où j'avais réappris à lire toute seule pour la seconde fois, quand j'avais manqué l'école à cause de la varicelle et que j'étais restée à la maison, assise sur la banquette devant la fenêtre, concentrée de toutes mes forces sur le livre pour éviter de gratter mes croûtes. Quand les croûtes sont tombées, je savais lire à nouveau. Lentement, mal. Mais je lisais.

Je me souviens de mon édition de poche avec ses pages cornées, son dos fendu d'avoir été tant feuilleté, les taches huileuses de lotion de calamine sur les pages. L'exemplaire qu'il m'a apporté était impeccable. Avec une couverture rigide que je ne reconnaissais pas. Malgré cela, je ne lui ai pas dit qu'il m'avait apporté le mauvais livre. En effet, pour une raison que j'ignore, mon nom est inscrit à l'intérieur du livre qu'il m'a apporté, au stylo-plume vert, dans une écriture qui ressemble à la mienne.

Je me souviens du *Petit Monde de Charlotte* sur la banquette de la fenêtre. Mais je n'étais pas seule. Ma mère était là, en train de me faire la lecture, de me relire mes passages préférés comme j'aimais le lui demander, sans se soucier que nous les ayons déjà parcourus. Encore et encore. Je me rappelle sa main fraîche posée sur la mienne, pour m'empêcher de toucher les boutons sur mon poignet et surtout les plus énervants, sur la peau tendre près du pli à l'intérieur de mon coude. Ses doigts qui calaient une mèche de cheveux derrière mon oreille pour les écarter de la ligne de boutons le long de mon sourcil, là où j'ai gardé une rangée de petits trous. Elle inventait différentes voix pour les personnages : rauque et aiguë pour le rat Templeton, lente et empâtée pour Wilbur, et une sorte de voix de maîtresse d'école de l'ancien temps pour Charlotte l'araignée.

Pourtant, je sais qu'elle était partie depuis longtemps quand j'ai eu la varicelle. Et je refuse de croire aux fantômes. Obstinément, en dépit du bon sens, je refuse de croire aux choses auxquelles elle croyait. Même si je pourrais y trouver du réconfort. Même si le passé est replié encore et encore sur lui-même comme une pâte feuilletée et que ma mère, entre tous, comprendrait combien je suis coincée entre ses épaisseurs, incapable de trouver la sortie.

8

Ce que j'ai perdu dans les herbes hautes

Petits pois, ragoût d'agneau,
Ma mère est-elle au tombeau ?
Arriverai-je assez tôt ?
Petits pois, ragoût d'agneau.

L'année où je suis entrée au collège, nous avons tous dû apprendre à utiliser une machine à coudre électrique. Trois garçons dans ma classe étaient particulièrement doués. C'étaient les mêmes qui étaient assis au dernier rang dans tous les cours et jetaient des boulettes de papier mâché aux professeurs. Un an plus tard, ils ont été renvoyés pour avoir cassé toutes les vitres du laboratoire de chimie. Mais pendant une brève période au début du collège, leurs broderies piquées à la machine ont été exposées dans le hall.

Leur maîtrise de la machine à coudre était due au fait qu'ils savaient tous conduire des tracteurs. Quand vous êtes habitué à conduire un tracteur avec des caisses en bois fixées aux pédales depuis que vos jambes sont assez longues pour arriver à mi-hauteur du siège, alors la machine à coudre n'est qu'une pédale parmi d'autres. Facile.

J'ai ressenti pendant ce bref moment un élan de camaraderie pour ces conducteurs de tracteurs et leurs machines à coudre. En effet, je savais que rien de ce qu'on apprend à la maison n'est utile à l'école. Sauf par accident. Chez moi, je savais faire du pain, chanter des chansons, grimper aux arbres, inventer des tours pour faire rire mon petit frère quand il pleurait ; je savais prendre des messages importants au téléphone et lire des histoires le soir dans mon lit, découper un chapeau à un cupcake et en faire deux ailes de fée plantées dans la crème au beurre ; je savais me tracer une raie derrière la tête avec le manche du peigne et tresser mes cheveux toute seule avant de me coucher.

À l'école, en revanche, je ne savais jamais quand il fallait dire quelque chose ou se taire, je ne savais jamais si j'en étais à la semaine A ou à la semaine B de mon emploi du temps, ni quelles chaussettes il fallait pour les cours de sport de ce trimestre et pourquoi ce n'étaient pas les mêmes que celles de la fois d'avant.

Je connaissais le nom du dieu égyptien du foyer associé à la naissance des enfants, celui qui a une queue de crocodile, un corps de lion et une tête d'hippopotame. Je savais nommer les affluents du Nil. Mais tous ces trucs ne comptent pas. Ce qui compte, c'est quels crayons de couleur vous avez et dans quel Tupperware vous apportez votre déjeuner. Savoir laver ses chaussettes soi-même, à la maison, c'est judicieux. Mais pour l'école, ne retrouver que des chaussettes dépareillées dont une déteinte de couleur grisâtre, ce n'est absolument pas judicieux – même s'il s'agit des deux moitiés d'une même chose.

Être bête à l'école primaire, c'est déjà difficile, mais ce n'est rien en comparaison de ce que cela fait quand on arrive au collège. Dans les groupes d'élèves en difficulté, il n'y a que très peu de filles et personne n'a envie de les connaître. Quand on lit lentement, ou qu'on doit tout relire deux fois pour être sûre de ne pas se tromper, on ne parvient pas à suivre tous les exercices que les filles sérieuses exécutent avec leurs crayons de couleur non mâchouillés. Quand on lit lentement, en cours de cuisine, on n'a pas le temps de mettre le plat qu'on a préparé au four à temps et on est obligée de le jeter à la poubelle, tandis que les filles sérieuses stockent le leur dans un grand Tupperware spécial et le ramènent chez elles pour dîner.

Et de toute manière, même si j'avais ramené le mien à la maison, Joe n'aurait pas pu en manger à cause de ses problèmes de peau, ni Edward qui s'était mis à avoir du diabète après le départ de ma mère. Peut-être que

Joe aurait eu de l'eczéma dans tous les cas. La maladie peut se déclarer vers cet âge. Mais Edward, lui, est rentré chez lui plus tôt un jour parce que sa femme était partie pour l'après-midi sans dire à personne où elle allait, et du jour au lendemain, il est devenu un homme veuf qui pisse du sucre.

Depuis ce moment, chaque jour de sa vie, il s'injecte dans les veines la réalité de l'abandon de ma mère, il la mesure en doses d'insuline et la plante profondément dans son ventre. Cette conséquence exacte et chimique partage sa vie entre un avant et un après. Un jour elle le rendra aveugle, puis handicapé, puis elle le tuera, et tout cela semble juste et proportionné. Je m'apitoyais sur moi-même parce que j'avais oublié comment lire. Mais à la maison, il valait mieux ne pas se plaindre. Je m'en tirais plutôt bien et je le savais.

La vie après le départ de ma mère s'est trouvée partagée entre les choses qui pouvaient être réparées et celles qui ne pouvaient pas l'être. Mes cheveux, par exemple, pouvaient être réparés. Au début, je ne comprenais pas pourquoi ils étaient rêches et marronnasses et qu'ils collaient à mon visage. Pourquoi la brosse n'améliorait rien. Puis j'ai eu des poux et Edward a découvert le shampoing à l'arbre à thé et les tresses, et nous avons appris que les cheveux font partie des choses réparables.

D'autres ne pouvaient pas être réparées. Le diabète post-traumatique de type 2. L'eczéma chronique. Les assiettes que je faisais tomber. Les pulls tricotés main pleins de trous que nous faisions rétrécir au lavage. Le potager. L'air dans la cuisine : la manière dont l'air dans cette pièce s'était figé comme une gelée, si bien qu'il fallait rassembler son courage pour y entrer, laisser la radio allumée très fort ou bien ouvrir la porte du salon et passer en boucle des émissions pour enfants à la télévision afin de briser la gelée en segments mobiles autour desquels il devenait possible de se mouvoir. La manière dont le contour des choses était devenu assourdi, spongieux, impénétrable, distant. Cette distance n'a jamais vraiment disparu.

Il n'existe pas de loi naturelle, pas de code simple pour distinguer ce qui est réparable de ce qui ne l'est pas. C'est bien là le problème. Il faut essayer de tout réparer avant de le découvrir.

Malgré ma lenteur, je continuais à lire constamment. Cela me prenait plus longtemps, alors je m'endormais plus tard. Les nuits dans notre maison n'étaient plus jamais tout à fait silencieuses. Joe souffrait davantage de ses démangeaisons la nuit, quand il n'avait rien pour se distraire, et Edward faisait les cent pas, le berçait, lui mettait ses crèmes et lui racontait des histoires. Parfois, j'entendais le murmure de sa voix qui racontait, ou les pleurs, ou le bruit du placard sur le palier qui s'ouvrait quand Edward essayait de changer ses draps pour l'apaiser. Si je me levais aussi, nous préparions des boissons chaudes et je m'allongeais de l'autre côté du lit d'Edward, avec Joe couché entre nous deux, et je tenais doucement ses petites mains chaudes en écoutant les mêmes vieilles histoires encore et encore.

Le matin, Edward était frêle comme une feuille de papier à cause du manque de sommeil, et moi je refusais tout simplement de bouger. Je me levais en retard et je ratais le bus scolaire, je ne me brossais pas les cheveux, j'oubliais ce que j'étais censée faire ce jour-là. Alors je restais à la maison. Edward et Joe étaient déjà partis depuis longtemps en ville, où mon frère allait à la crèche de l'université de mon père.

Certains jours, je partais prendre le bus scolaire mais, au dernier moment, je me décourageais, alors je me cachais derrière une haie et je le regardais partir sans moi avant de rentrer à la maison grâce au loquet cassé de la fenêtre de la salle à manger. Même quand Edward pensait à le fermer, j'avais un outil pour le déverrouiller que j'avais fabriqué avec un cintre tordu que je gardais sous un bidon d'essence.

Une fois rentrée, je me préparais le petit-déjeuner que j'avais sauté et je me recouchais pour éviter d'avoir à allumer le chauffage. Je remplissais mon lit de miettes de pain et de livres de ma mère qui restaient grands ouverts, posés sur les pages à l'endroit où je m'étais endormie.

Le téléphone sonnait vers neuf heures et demie, quand l'école appelait pour connaître les raisons de mon absence. Parfois, je décrochais et je faisais semblant d'être une garde d'enfants ou une femme de ménage.

J'avais un assortiment de voix comiques. Enfin, je les trouvais comiques. Surtout les voix écossaises. Je m'entraînais à rouler le « r » de Brown et à arrondir les voyelles.

« Oui, je travaille pour la famille *Brrroon*. Marianne *Brrroon* est sortie passer une radio ce matin, après s'être fait tomber un fer à repasser sur le pied. Comme d'habitude, il y a une file d'attente. C'est un scandale, le manque de financements ! »

S'ils demandaient à parler à Edward, je proposais toujours de lui transmettre un message et je disais qu'il serait de retour après dix-huit heures. Je savais qu'à cette heure, ils seraient déjà rentrés chez eux.

Je revenais aux livres que j'avais lus avec ma mère, encore et encore, parce que j'en connaissais déjà les mots. Puis j'ai lu ses livres de jardinage et de cuisine. J'ai tracé et retracé son nom, inscrit à l'intérieur, suivant les pistes qu'elle avait laissées dans l'espoir de retrouver sa trace.

C'est à ce moment-là que j'ai commencé à essayer de lire *Perle*. L'exemplaire de ma mère avait une couverture verte unie ornée d'un pentagramme. C'était une forme que j'avais déjà vue quelque part. Quelque part d'important. Je savais comment la dessiner, d'instinct, sans lever le crayon du papier. Je savais que ce devait être quelque chose que ma mère m'avait appris, mais j'ignorais où j'avais vu cette forme et pourquoi ma mère m'avait appris à la dessiner.

Dedans, il y avait *Sire Gauvain et le Chevalier vert* suivi de *Perle*. La section *Gauvain* du livre était annotée, avec des indications de vocabulaire recopiées de la fin du livre, et la section décrivant l'armure de Gauvain quand il s'habille pour se lancer dans sa quête était particulièrement griffonnée. Dans la marge, il y a une liste des ensembles de cinq que représente le pentagramme : ses cinq sens, ses cinq vertus, ses cinq doigts et les cinq joies que la mère de Dieu tire de son enfant. Il n'est pas précisé quelles sont ces cinq joies.

Je ne savais pas qu'il s'agissait des cinq mystères du rosaire. Je croyais que la mère de Dieu avait cinq manières différentes de se réjouir de son enfant. J'ai essayé de deviner lesquelles cela pourrait être. Comme j'avais observé ma mère avec Joe, j'en avais une petite idée. Je savais qu'elle l'avait senti grandir dans son ventre, devenir plus rond et plus anguleux tout au long de l'hiver.

Je savais qu'elle aimait regarder ses jambes gigoter, le nourrir, le baigner, embrasser le sommet tendre de sa tête ou les plantes de ses pieds, lui tricoter des pulls à rayures qui lui iraient quand il serait plus grand, lui chanter des chansons, le bercer, le porter sur son épaule en lui tapotant le dos pendant qu'il bavait son lait sur un carré de mousseline. Le pentagramme n'avait pas assez de pointes pour toutes les joies qu'elle tirait de son enfant. Peut-être que la Sainte Vierge n'avait eu droit qu'à cinq de ces joies ? Lesquelles ma mère aurait-elle choisies ?

Après *Gauvain*, les notes se font plus clairsemées. Il y en a beaucoup dans les premières pages de *Perle*, puis elles disparaissent. La raison pour laquelle j'insistais pour essayer de le lire, c'était une note que ma mère avait inscrite dans l'index. Elle avait encerclé le mot « Perle » et tracé une flèche jusque dans la marge où elle avait écrit en capitales : CONSOLATIO. Je ne savais pas pourquoi elle avait oublié la dernière lettre. Mais c'était la consolation que je recherchais. C'était ce qui me poussait à fouiller ses livres.

En secret, je piochais des vêtements dans les tiroirs sous son lit et je les mettais un par un sous mon oreiller, pour essayer de préserver l'odeur des perles imprégnées de cannelle qu'y mettait ma mère. Je frottais dans la paume de ma main des herbes du jardin, à la recherche du parfait mélange de menthe, de pousses de petits pois et d'oignon frais, et quand, au lieu de cela j'arrachais des feuilles d'orties, les tirant entre mes doigts par leur côté piquant jusqu'en haut de la tige, je m'enveloppais la main dans des feuilles d'oseille et j'imaginais que la brûlure faisait partie de la magie. Si je souffrais suffisamment, je pourrais la faire réapparaître.

Perle était trop difficile pour moi. J'arrivais à lire les premières pages où elle avait griffonné des mots dans les marges et même tracé des petits croquis du jardin d'herbes et de la tombe. Enfin, c'était peut-être un croquis du jardin d'herbes mentionné dans le poème, à moins qu'elle n'ait dessiné bien plus tard un plan de son jardin à elle. Les notes au crayon de papier étaient usées et effacées, et elles transparaissaient au verso des pages, si bien que les mots semblaient être des incantations secrètes écrites dans un alphabet inconnu. Mais je persistais, comme je persistais avec tout le reste. J'en recopiais des extraits dans des cahiers d'exercices. J'apprenais à tracer les drôles de lettres bouclées qui avaient disparu de notre langue. Je n'avais aucune idée de leur sens ni de comment elles sonnaient.

Son écriture dans l'index me promettait la consolation. Personne ne m'avait jamais suggéré cette possibilité. Mais comment aurais-je pu savoir s'il s'agissait d'une chose réparable ou irréparable ? Je croyais que si je réussissais à lire tout le poème jusqu'à la fin, je serais consolée. Je ne me souciais pas du fait que ma mère n'ait peut-être pas fini de le lire elle-même, ou qu'elle n'ait certainement pas ouvert le livre depuis plus d'une décennie, lorsqu'elle avait quitté l'université.

Je ne me souciais pas non plus du fait que le livre était d'occasion quand elle l'avait acheté et que le nom d'une autre étudiante avait été inscrit à l'encre bleue à l'intérieur de la couverture, puis barré et remplacé par son nom de jeune fille : Margaret Brooke. Pendant des années, il ne m'est jamais venu à l'idée que les notes à l'intérieur pouvaient ne pas avoir été écrites de sa main. Je ne savais même pas si elle avait aimé le livre.

Je savais qu'elle aimait *Sire Gauvain et le Chevalier vert*. Elle m'avait raconté l'histoire de nombreuses fois. Elle appelait toujours la chapelle sur la rivière la Chapelle Verte, et ce n'est que des années après sa mort que j'ai découvert que la vraie Chapelle Verte, celle de l'histoire, se trouve à environ une heure de route, et qu'il ne s'agit pas vraiment d'une chapelle mais plutôt d'un tumulus vert au bout d'un chemin sombre. Du moins, je crois qu'elle m'a raconté l'histoire de Sire Gauvain. Il se peut que je l'aie confondue avec une autre de ses préférées, celle des enfants verts.

Un jour, alors que des villageois déterraient des pierres dans une carrière pour construire leurs maisons, deux enfants verts sortirent de terre. Un frère et une sœur. Leurs vêtements étaient verts et leurs cheveux étaient verts, mais ce n'est pas tout. Leur peau aussi était verte, et même les blancs de leurs yeux étaient d'un vert très pâle.

Les enfants étaient terrorisés, et ils parlaient un langage que personne ne comprenait. Ils montrèrent leur bouche pour indiquer qu'ils avaient faim mais quand les villageois leur offrirent du pain, du fromage et des pommes, ils refusèrent de manger.

Alors les villageois cessèrent de creuser et emmenèrent les enfants voir l'homme qui possédait toutes les terres alentour, un homme qui avait voyagé et connaissait plusieurs langues. Le propriétaire terrien essaya toutes les langues qui lui venaient à l'esprit mais il ne parvint pas à leur parler, lui non plus. C'était un homme bon et il leur offrit à manger tout ce qu'il put, et quand quelqu'un leur proposa des haricots verts, ils les acceptèrent.

Les enfants restèrent avec l'homme et peu à peu, ils se mirent à manger d'autres choses et leur couleur verte commença à s'atténuer, et bientôt ils apprirent la langue des gens qui les entouraient. Mais même quand leur peau eut changé de couleur, ils gardèrent des yeux verts comme ceux des chats et des cheveux couleur de foin mouillé.

Les enfants racontèrent qu'ils s'étaient aventurés dans une grotte et qu'en sortant, ils s'étaient perdus. Ils expliquèrent que chez eux, tout le monde était vert. Les villageois voulurent les aider à retrouver leur chemin, mais personne n'y parvint. Alors les enfants restèrent.

Le petit garçon mourut et on l'enterra près de l'endroit où on l'avait trouvé, dans l'espoir que son fantôme trouverait le chemin pour rentrer chez lui. La fille grandit et se maria, et elle eut à son tour des enfants à moitié verts, mais elle ne cessa jamais de chercher le chemin pour revenir à sa première maison, et elle ne le trouva jamais.

Enfin, c'est l'histoire telle que je l'ai retrouvée en faisant des recherches. Dans la version que ma mère me racontait, les deux enfants avaient trop le mal du pays et mouraient tous les deux. J'ai dû me la rappeler de travers. Ou peut-être que je préférais l'idée que les deux enfants restent ensemble. Je n'aimais pas l'idée que la sœur vive en terre étrangère sans son frère. Il se peut que j'aie réclamé une nouvelle fin à ma mère, ou bien que je l'aie changée moi-même après son départ.

9

Quelques pistes

Eaper Weeper, le ramoneur,
Sa femme est allée voir ailleurs.
Il l'a mise en prison
À l'intérieur d'un potiron.

Parmi les livres de ma mère, il y avait un petit guide de voyance de l'époque victorienne qui s'appelait *L'Oracle des dames*. Il suffit de choisir l'une des questions qu'il propose, puis de fermer les yeux, de se concentrer sur sa question et de poser son doigt au hasard sur une page de symboles. On retrouve ensuite la page correspondant au symbole, qui contient votre réponse. Ce sont des questions du genre de « Celui à qui je pense pense-t-il à moi lui aussi ? », tandis que les réponses sont généralement une variation sur le thème de « Peut-être. Laissez faire le temps ».

Une grande partie des questions portent sur le risque de scandale : « Si ma faute est découverte, sera-t-elle pardonnée ? », « Que puis-je faire pour éviter que l'on découvre ce que je souhaite cacher ? », mais on trouve aussi, pour celles qui hésitent à faire fi de la vertu, « Dois-je résister ou lui céder ? ». Pour une question plus tranchée comme « Aurai-je des enfants ? », j'ai un jour reçu la réponse suivante : « L'un sera charmant, les autres détestables. » Merci bien.

Malgré ses questions ridicules et ses réponses pires encore, j'ai consulté *L'Oracle des dames* régulièrement tout au long de mon adolescence, et résolument ignoré chacun de ses conseils. Je pense que c'est à cela que sert ce livre. Et même si mon apparence n'avait rien de commun avec celle de la demoiselle victorienne de la couverture, cachée derrière son éventail, mes préoccupations n'étaient guère différentes des siennes. M'aime-t-elle ? Serons-nous heureuses ? Quelqu'un connaît-il mon secret ? M'aimera-t-elle encore si elle le découvre ?

J'ai longtemps cru que j'étais forte pour les jeux de questions-réponses. J'y jouais souvent avec ma mère et elle m'avait appris qu'il existait de nombreuses manières de répondre correctement à une question. La première fois qu'un policier m'a dit : « Il faut que je te pose quelques questions », j'ai été soulagée. Si, à l'aide de questions et de réponses, toute l'affaire pouvait être résolue, réglée et la situation revenir à la normale, alors j'étais sûre que cela ne prendrait pas plus de quelques heures.

Cependant, il s'est avéré que je n'étais pas du tout douée pour répondre à ces questions. Mes réponses ne convenaient pas. J'ai réessayé. J'ai dit autre chose. J'examinais sans cesse leurs visages au-dessus de moi, guettant un signe qui indiquerait que j'avais trouvé la bonne réponse : j'attendais que leur expression perplexe et gênée laisse place à une admiration ravie, après quoi tout irait bien. Rien de ce que je savais sur les questions et réponses ne m'a été d'aucun secours. Pour la police, il n'y avait qu'une seule bonne réponse et je ne la connaissais pas. Plus j'essayais de réponses différentes, plus je m'attirais d'ennuis.

Les agents feuilletaient des petits carnets, tournant la page pour revenir à celle de la veille, puis à celle de l'avant-veille, et vérifier ce que j'avais dit la fois d'avant. Rien ne collait jamais. La réponse d'hier n'avait pas marché. Ma mère était toujours perdue. Alors j'en essayais une autre. Je regardais autour de moi pour choisir un objet au hasard, puis j'expliquais, au moyen de récits toujours plus inventifs, en quoi cet objet constituait un indice. Quand finalement ils ont arrêté de me questionner, j'ai su que j'avais échoué.

Ils m'ont posé beaucoup de questions sur l'endroit où elle aurait pu laisser un mot. Où aurait-elle déposé son message ? Parfois, les gens en laissent un près de l'endroit où ils entrent dans l'eau. Mais il pleuvait et il n'y avait aucun endroit abrité où déposer une enveloppe. Peut-être dans la vieille chapelle ? Là-bas, il y avait des vieux pots de confiture à nous mais nous n'y avons trouvé que les rubans moisis de vieux bouquets de fleurs, des bouts de chandelles, des araignées et de la mousse.

Peut-être son papier avait-il dérivé sur la rivière en crue pour s'accrocher plus loin en aval à un roseau ou à une berge, jusqu'à ce que l'eau le réduise à néant. Peut-être était-il resté dans sa poche. Mais la raison la plus probable pour laquelle nous n'avons jamais trouvé de mot, c'est qu'elle n'en avait pas écrit. Et sans mot de sa part, nous ne pouvions pas prouver que sa disparition avait été intentionnelle.

Il y a eu beaucoup de questions aussi sur ce qu'elle avait emporté en partant. Un manteau aurait pu signifier qu'elle prévoyait de parcourir une certaine distance. Une paire de bottes aurait indiqué qu'elle comptait emprunter le chemin inondé ou le raccourci à travers champs. De l'argent aurait suggéré son intention d'utiliser les transports en commun. Du maquillage aurait laissé entendre qu'elle avait rendez-vous. Des vêtements élégants. Une valise aurait signifié qu'elle envisageait de dormir ailleurs, une carte, qu'elle avait une destination en tête.

Mais il est très difficile de déduire ce qu'une personne a pu emporter avec elle. Il faut savoir exactement combien de choses elle possède au départ, puis calculer exactement combien il en reste. Nous ne savions ni l'un ni l'autre.

Edward a essayé de me préserver de leurs questions, sans succès. J'étais l'une des dernières personnes à l'avoir vue, il fallait donc qu'ils m'interrogent. Et moi, j'étais toujours là, en train d'essayer d'occuper Joe pendant qu'ils interrogeaient Edward, d'écouter attentivement par la porte ouverte de la cuisine, de les espionner la nuit entre les barreaux de la rampe d'escalier au lieu de dormir, de tendre l'oreille quand il répondait ou passait des coups de fil nocturnes à ses amis et à ses collègues. Est-ce qu'elle s'était cachée ? Avec qui pouvait-elle bien avoir rendez-vous ?

Les gens aimaient tout particulièrement cette dernière question. Chaque fois que de nouvelles personnes venaient chez nous pour tenter de résoudre l'énigme, elles en revenaient toujours là. C'était leur piste favorite. Personnellement, je l'ai éliminée depuis des années, mais les enquêteurs l'aimaient tellement que je me sens obligée de l'inclure ici. Je vous laisse voir si vous arrivez à l'écarter aussi facilement que moi.

Dans les années 1970, les campagnes étaient pleines de femmes surdiplômées venues de la ville et qui croyaient dans le retour à la terre. Elles voulaient que leurs enfants grandissent en faisant du vélo sur des chemins boueux et en se construisant des cabanes dans les haies. Elles voulaient cultiver leurs légumes elles-mêmes, préparer leurs confitures et coudre leurs vêtements. Mais tout cela pose un problème : est-ce que le résultat n'est pas qu'elles se sont retrouvées de nouveau derrière les fourneaux, sans aucun moyen de gagner leur vie ? N'ont-elles pas régressé, revenant à la condition de la génération précédente, abandonnant à leur mari les clés de la voiture et le carnet de chèques du ménage ?

Ma mère a grandi au-dessus d'une épicerie où ma grand-mère travaillait des journées de douze heures aux côtés de son mari, et avait le même accès que lui à leurs finances. Elle a passé ses premières années sur le sol de la boutique, et ma grand-mère la nourrissait derrière le comptoir jusqu'à ce qu'elle soit assez grande pour empiler des boîtes de conserve et transporter des marchandises. Elle faisait ses devoirs sur une petite étagère escamotable que son père avait construite sur le côté de la caisse enregistreuse afin de pouvoir surveiller le magasin tout en préparant ses examens, et elle a étudié à l'université la plus proche pour pouvoir continuer à aider pendant les week-ends.

Quand ma grand-mère est morte, leur affaire a périclité en même temps que son mari déclinait : l'un comme l'autre n'ont pas tenu plus d'un an sans elle. Une fois l'enterrement payé et les dettes remboursées, on a résilié le bail de la boutique. Ma mère était alors à l'université. Elle s'est installée dans la résidence étudiante pendant sa dernière année, puis elle a épousé Edward une semaine après avoir obtenu sa licence. Il était son professeur d'histoire.

Ma mère était issue d'une longue lignée de femmes actives, de femmes qui n'avaient jamais mis en question leur droit à gagner leur vie. Elles n'avaient pas d'autre choix. La garde d'enfants était un luxe que seuls les riches pouvaient sc permettre. Les enfants devaient aider, se taire et ne pas rester dans les jambes des adultes. Ma mère n'avait aucun modèle à suivre quand elle a emménagé dans une vieille maison branlante en pleine campagne où elle a essayé de faire pousser ses légumes et d'éduquer ses enfants. Elle improvisait au fur et à mesure.

Il n'y avait pas de transports en commun. Pas d'Internet. Elle n'avait ni revenu ni voiture. Elle ne connaissait personne là-bas et, comme je n'allais pas à l'école, elle n'a jamais rencontré d'autres parents.

Ce qui est arrivé à toutes ces femmes éduquées et idéalistes, quand elles se sont soudain trouvées coupées du monde du travail, de l'argent et du pouvoir, c'est qu'elles se sont mises à tromper leurs maris. À la campagne, cela signifiait des rendez-vous dans des granges, dans des champs à l'abri des regards. Cela signifiait que les gens finissaient par l'apprendre. Dans un village, tout finit par se savoir.

Je ne crois pas qu'elle ait eu rendez-vous avec quelqu'un ce jour-là. Si elle avait prévu de sortir, elle aurait demandé à Mrs Wynne de rester plus tard pour nous garder. Elle aurait laissé un biberon tout prêt et un papier avec les horaires des tétées. Elle aurait pris ses bonnes chaussures et un manteau. De l'argent, un sac. Elle se serait arrangée pour qu'on vienne la chercher en voiture au bout de l'allée et elle serait sortie en bottes, un parapluie dans une main, un sac contenant ses chaussures dans l'autre.

Nous savons que c'est ce qu'elle aurait fait parce que des années plus tôt, quand elle sortait retrouver quelqu'un, c'est ce qu'elle faisait. Si bien que tout le village était au courant. Et maintenant, je le suis aussi. L'homme qu'elle allait retrouver possédait des champs de l'autre côté du village. Quand elle avait demandé au magasin du coin si quelqu'un pouvait venir l'aider avec son jardin, la conseiller ou peut-être lui vendre du fumier pour ses nouvelles plates-bandes de légumes, la dame du magasin lui avait répondu qu'elle demanderait à Stan de passer.

Un matin, ma mère était arrivée dans son jardin en robe de chambre avant le petit-déjeuner pour boire son thé et sortir ses poules, et il était là, appuyé sur sa fourche, en train de se rouler une cigarette. Il lui avait dit qu'elle creusait aux mauvais endroits, que la plupart des pommiers étaient irrécupérables, même en les taillant, que de toute manière c'étaient des pommes à cuire, et qu'il prenait deux sucres avec beaucoup de lait.

À l'intérieur, Stan donne toujours l'impression de ne pas être à sa place. Il a cette manière qu'ont les gens du village de parler très lentement, de laisser ses phrases en suspens avec un haussement d'épaules ou un coup d'œil vers l'horizon, comme pour dire : « Vous voyez ce que je veux dire, je ne vais pas vous embêter plus longtemps. » Je ne sais pas à quel point les rumeurs sur ma mère et lui étaient vraies. En ce qui me concerne, tout ce que j'ai connu de lui, c'est sa bonté.

Après la disparition de ma mère, il a laissé des tas de bois pour le feu dans notre cour, gratuitement, il disait que de toute manière il avait abattu quelques arbres et qu'au moins, comme ça, nous aurions chaud. Il est venu à des heures indues pour réparer notre toit, ou pour consolider notre grange quand il faisait mauvais. Il a creusé des fossés de part et d'autre de notre allée pour éviter les inondations. Quand le jardin est retourné à l'état sauvage, il est venu avec un tracteur-tondeuse et il a tout nettoyé, ne laissant plus qu'une pelouse rêche et clairsemée qui, au moins, serait plus pratique. Il a fait un tour sous les pommiers décrépits avant de tondre, et il a empilé toutes les pommes pourries et infestées de guêpes dans des sacs en toile de jute.

Il n'entrait jamais dans la maison. Si on l'invitait, il répondait par un demi-haussement d'épaules et indiquait comme excuse sa cigarette à demi fumée. Il cognait à la fenêtre de la cuisine et disait : « Deux sucres, et des bons. Et beaucoup de lait. » Il laissait toujours son mug quelque part dans le jardin.

Je n'ai jamais considéré la bonté dont il a fait preuve pendant toutes ces années comme l'expression de sa culpabilité. Il a choisi d'être notre ami quand la plupart des gens ne voulaient rien avoir à faire avec nous. Si la police est venue l'interroger encore et encore, pendant des années, contrariant sa femme à chaque fois, faisant remonter toute l'histoire, repassant en revue chaque fois tous les détails, il ne nous en a pas voulu pour autant. Il a continué à remplacer les ardoises sur notre toit, à démonter les lattes pourries de la porte de notre grange, à curer la vase noire de nos fossés et à nous apporter du bois pour le feu.

C'est un homme agréable, toujours à l'aise. Il ne parle pas beaucoup. S'ils ont eu une liaison, qui suis-je pour les juger ? Je n'ai pas réussi, comme eux, à rester mariée. Je n'ai même pas réussi à conserver une relation ressemblant de près ou de loin à un mariage. Si je m'étais trouvée isolée, à la dérive, aurais-je pu rejeter un homme bon, un homme qui avait un faible pour moi ? Probablement pas.

Je ne vous raconte pas tout. Ils ont emporté les journaux intimes et les cahiers de ma mère. Ils ont tout lu. Ils ont pris des photos des pages qui parlaient de leur liaison. Elle avait écrit des poèmes dessus. Des poèmes d'amour embarrassants. Ils les ont montrés à mon père. Ils l'ont fait à dessein, pour observer sa réaction, afin de juger s'il avait des instincts meurtriers. Était-il un mari bafoué en quête de vengeance ? Avait-il un tempérament dangereux ? Et s'il ne montrait rien, qu'il gardait son calme, cela signifiait-il qu'il n'avait pas de cœur ? Est-ce qu'il la gardait enfermée au bout de cette allée, sans argent ni voiture, pour mieux la dominer ? Pourquoi la petite n'allait-elle pas à l'école ? Pour cacher ses bleus ? Quel était leur secret ?

Tous ces journaux intimes et ces poèmes d'amour remontent à avant ma naissance. Je ne peux donc pas vous dire comment mon père et le reste du village les ont découverts, ni comment mes parents ont réussi à réparer leur mariage et à rester ensemble, heureux pour ce que j'en sais. Je ne sais pas si ma mère souffrait des ragots, s'ils l'ont empêchée de se faire des amis. Quand je vivais avec mes parents, ils étaient tellement proches qu'ils ne semblaient avoir besoin de personne d'autre. Entre eux, les plaisanteries restaient inachevées : il leur suffisait de lever les sourcils pour se signifier toutes sortes de choses. Ils lisaient les mêmes livres.

Je connais la question suivante, donc je vais m'en débarrasser tout de suite. Cette histoire ne va pas être de celles où je découvre que je ne suis pas vraiment la fille de mon père, et où je tiens cette découverte pour responsable de mes mauvaises actions ou de mes relations difficiles avec les hommes. Oui, ma mère a très probablement eu une liaison peu avant ma naissance. Mais quand on grandit avec des taches de rousseur comme les miennes, on n'entretient pas de doute sur sa filiation. Je suis le portrait craché de Joe. Et au moins à moitié celui de mon père. Surtout, je n'ai jamais pensé que cela pouvait avoir la moindre importance. Pourquoi me soucierais-je de cela ? Il est déjà assez difficile, et assez bon, d'être la fille de mes vrais parents. Ils me suffisent largement, dans tous les sens du terme.

J'ai entendu Edward évoquer cette période avec un de ses amis. Il avait emporté le téléphone dans le jardin et, au moment où il est passé devant la fenêtre ouverte, je l'ai entendu dire : « À l'époque, ce n'est pas comme si j'étais un mari exemplaire, moi non plus. Tu es au courant. » Donc j'imagine que cela voulait dire qu'il avait lui aussi des maîtresses. Une, au minimum. Au moins une dont son ami avait entendu parler.

Il y a un mot pour désigner ce que je fais, je le sais. Minimiser. C'est plus facile que le déni total. Le déni requiert la capacité d'ignorer les données initiales. Pour minimiser, il suffit de les voir, de les entendre, puis de les déplacer dans une catégorie moins importante. C'est ce que je fais avec les preuves des liaisons de mes parents. J'accepte leur existence. Je choisis de croire qu'elles ne constituent pas la réponse à tout.

Dans le village, tout le monde minimise. C'est un mode de vie. Si quelqu'un commet un crime, on dit : « Oh, mais il est pas comme ça, Jonesy. Il l'a pas fait exprès. » Même si j'ai laissé le village loin derrière moi, j'ai gardé cette habitude. Je minimise. C'est dangereux. Je devrais pourtant le savoir. C'est une habitude qui, au fond, appartient à la génération de mes parents. Une habitude datée. Les gens de leur âge avaient l'habitude de dire : « N'exagère pas. » Surtout aux enfants. Ne sois pas si dramatique. Franchement, Marianne.

Détester est un mot un peu fort. Sauf que ce n'était pas vrai.

Je détestais l'école. Je détestais mes chaussettes d'uniforme. Je détestais mes professeurs. Je détestais mes camarades de classe. Je détestais mes cheveux. Je détestais le professeur de soutien en lecture qui nous rendait visite chaque trimestre. Je détestais les lettres qui arrivaient chez moi, écrites dans leur langage tout spécialement minimisé. Marianne met un peu de temps à s'acclimater au rythme scolaire. Malgré ses capacités, Marianne devra acquérir de bonnes habitudes pour profiter au maximum de sa scolarité. Marianne a parfois des difficultés.

Si détester est un mot trop fort, alors que dire du mot aimer ? Est-ce que ma mère aimait Stan ? Dans ses poèmes, elle disait que oui. Est-ce que mon père le lui a pardonné ? Ou bien est-ce que pardonner est encore un mot trop fort ?

10

Une cuiller nommée Geoffrey

Maison à louer, pour y habiter,
Toquez à la porte pour vous renseigner.
Interdit de fumer, de boire et de priser,
Ne trouvez-vous pas que c'est assez ?

Au début, je n'ai pas trop protesté contre le déménagement. Edward m'a assise en face de lui et m'a expliqué en substance le rôle de l'argent dans ce monde, ce qui était pour moi une nouveauté. Je voyais bien que la maison dans laquelle nous habitions avait besoin d'aide pour arrêter de fuir, de branler et d'être froide. Mais d'un seul coup, j'ai découvert le coût de la crèche et des transports, et aussi l'existence des dettes. J'ai découvert que tous ces professeurs de cours particuliers qui m'agaçaient, que j'ignorais ou avec qui j'étais insolente, coûtaient de vastes quantités de cette chose qu'on appelle l'argent.

J'étais adolescente, tout juste, et je pensais que déménager dans une ville serait synonyme de liberté et de nouveaux endroits où aller. En entendant les mots « maison de ville », j'imaginais une grande demeure élégante dans une rangée de maisons avec des greniers, des caves, un escalier de pierre incurvé menant à la porte. Je me suis demandé si j'aurais le dernier étage pour moi toute seule.

Notre maison était un véritable bric-à-brac, un labyrinthe de recoins infestés de culpabilité, dont le jardin était devenu une forêt de ronces enchevêtrées. Le chemin menant à la route était criblé de nids-de-poule, ce qui signifiait qu'il fallait soit laisser la voiture à l'entrée du portail sur la route et monter en bottes jusqu'à la maison, soit risquer de perdre le pot d'échappement ou d'autres pièces dont je ne connaissais pas les noms et qui vivaient sous la voiture. Ces choses-là coûtaient de l'argent, elles aussi.

Joe devait quitter la crèche de l'université où travaillait Edward, qui était ouverte de huit heures du matin à six heures du soir. Les écoles n'avaient pas les mêmes horaires. Si Joe allait à l'école du village, il faudrait payer quelqu'un pour le garder le matin et le soir. À cette époque, les écoles ne proposaient pas de garderie. Si nous déménagions en ville pour vivre à côté de l'université, Joe pourrait continuer à aller à la même crèche pour le petit-déjeuner, puis on le conduirait avec les autres enfants en file indienne jusqu'à l'école, et dans l'autre sens le soir. Il resterait avec les enfants avec lesquels il avait toujours été.

Je n'avais jamais vraiment songé que Joe puisse avoir des amis. Ne passaient-ils pas leurs journées à mâcher de la pâte à modeler, à faire pipi par terre et à se mordre les uns les autres ? Je me suis rendu compte qu'il possédait tout un univers à lui, celui qu'Edward et lui partageaient lors des longs trajets en voiture matin et soir, un monde dont je ne voyais que les emballages de sucreries et les gourdes moisies remplies de lait tourné, les cassettes d'histoires et les piles de dessins ratés et de sculptures en déchets recyclés qu'il rapportait à la maison et qui n'arrivaient jamais plus loin que la banquette arrière de la voiture. Désormais, cet autre monde que j'avais totalement ignoré allait prendre la priorité sur le mien.

Ensuite, il y a eu la question des allergies de Joe. L'école de la ville avait déjà un élève qui souffrait d'un assortiment comparable de réactions allergiques, et ils étaient d'accord pour prendre toutes les dispositions nécessaires. En cas d'urgence, Edward et l'hôpital n'étaient qu'à cinq minutes.

Edward m'a fait comprendre que, de toute manière, je n'allais presque jamais à mon collège, et que donc ce ne serait pas très grave si j'en changeais. Peut-être même que le nouveau me plairait davantage. Mon école lui avait envoyé un tableau de présence, ou plutôt d'absence, en classe. Les cases étaient vertes pour les journées ou les demi-journées où j'étais allée en cours, et rouges pour les absences non autorisées. Les cases étaient orange pour les demi-journées où j'allais aux cours particuliers que mon père avait organisés pour moi.

Mon tableau ressemblait à un feu d'artifice. Il était censé ressembler à une ferme. J'ai été étonnée de découvrir qu'ils avaient surveillé mon assiduité. Ils ne m'en parlaient presque jamais. C'est ce jour-là que j'ai compris, plutôt tardivement, que les gens dont le métier est de vous surveiller ont généralement tendance à le faire.

Ensuite, il y a eu le problème de la vente de la Vieille Maison. Il fallait la garder bien rangée pour les visites, et la plupart du temps, les gens venaient avec les agents immobiliers pendant les jours de classe, quand je n'étais pas supposée y être. Sauf que j'y étais. Alors je me retrouvais à devoir me cacher dans un coin de la grange ou dans le jardin, tout en essayant de deviner si la maison leur plaisait, ou s'ils me plaisaient assez pour que je les laisse l'acheter. Le mois d'août est arrivé et il n'y avait toujours aucun acquéreur. Joe avait une place à l'école en ville. Et moi au collège, mais j'avais refusé d'aller le visiter. Et après ?

Edward m'a une nouvelle fois fait asseoir en face de lui pour m'expliquer une chose du nom de « prêt relais », qui générait beaucoup plus de dettes mais qui nous permettrait d'emménager dans une maison qu'il avait trouvée près de son travail. Les propriétaires étaient partis en maison de retraite et n'avaient plus besoin de leurs meubles, nous pourrions donc emménager directement et laisser la Vieille Maison telle quelle jusqu'à ce que quelqu'un l'achète. En raison du « prêt relais », nous allions devoir attendre avant de faire des travaux dans la nouvelle maison, comme changer la moquette ou installer une salle de bains plus jolie, mais tout cela pouvait attendre, ce qui n'était pas le cas de la rentrée des classes.

J'ai demandé : « Depuis quand on en a quelque chose à foutre, de la rentrée ? », et il m'a répondu : « Depuis que nous avons besoin d'une garde d'enfants gratuite fournie par l'État pour les parents qui travaillent : c'est plus ou moins à cela que sert l'école. » Et moi qui croyais que c'était une question d'éducation. Mais tout ça, c'était avant de découvrir l'argent.

Je suis entrée dans une bouderie tardive et parfaitement contre-productive et j'ai refusé de préparer un seul carton, y compris de mes propres affaires. Edward a laissé une brochure de l'agence montrant la Nouvelle Maison sur la table de la cuisine et a collé dessus des Post-it qui disaient par exemple : « Chambre Marianne ? » ou « Piano ici ? », ou encore « Pièce pour regarder la télé ensemble ? ». J'ai renversé du thé sucré dessus et j'ai replié la brochure, pour qu'on ne voie plus les photos. C'était probablement mieux comme ça.

J'ai accepté de venir voir la maison environ une semaine avant notre installation. Nous nous sommes garés dans une allée pavée de briques devant une maison mitoyenne rouge et trapue, avec une immense bay-window disgracieuse au rez-de-chaussée et des plaques de verre givré de couleur en haut des panneaux vitrés. J'ai refusé de sortir de la voiture. Mais au bout d'un moment, j'avais une telle envie de faire pipi que j'ai dû aller sonner pour qu'Edward me laisse entrer et utiliser les toilettes.

L'allée était bordée de pots de fleurs en plastique orange pleins de tiges mortes. Les précédents propriétaires avaient ajouté un petit auvent au-dessus de la porte d'entrée et des rampes le long des murs. La sonnette jouait une petite musique aigrelette désespérément triste. La moquette en nylon dans l'entrée, le couloir et les escaliers, était décorée de petits motifs géométriques qui tombaient sous le pied d'une manière légèrement différente à chaque pas, ce qui faisait cligner des yeux et provoquait une légère sensation de nausée. Tout sentait bizarre. De même que l'eau a un goût bizarre quand on n'est pas chez soi. Pas mauvais, juste bizarre.

Joe faisait des allers-retours en courant entre les deux salons, celui de l'avant et celui de l'arrière, tous deux carrés, hauts de plafond et identiques en taille et en laideur. Il ne pouvait pas atteindre les poignées de porte, qui étaient trop hautes et faites d'une sorte de plastique terne et cassant. Des assiettes en céramique décorées de fleurs roses et violettes étaient accrochées aux portes.

J'ai monté les escaliers à la recherche des toilettes. Quand je les ai trouvées, dans une petite pièce séparée, il y avait à l'intérieur une espèce d'échafaudage le long des murs pour permettre aux personnes âgées de s'asseoir et de se lever. Le porte-rouleau était en plastique rose.

J'ai trouvé ma chambre à l'avant de la maison. Elle contenait une minuscule cheminée recouverte de carrelage marron clair, entourée de gigantesques portes d'armoire en plastique blanc. Il y avait deux lits jumeaux avec des dessus-de-lit matelassés jaunes. Les placards étaient remplis de draps de différentes couleurs, posés sur des étagères portant des étiquettes écrites sur des morceaux de scotch : chambre avant, chambre arrière, nouvelle chambre.

La nouvelle chambre était une extension au-dessus de la cuisine, et elle était pour Joe. C'était la seule chambre qui avait été vidée, à cause des allergies de mon frère : un sol en stratifié venait d'y être posé pour éviter la poussière et les fibres. Edward avait commandé pour Joe un énorme lit compliqué avec une petite échelle et une cabane en dessous, et il a passé le reste de la journée à le monter tandis que mon frère l'aidait en lui passant les mauvais outils et en s'échappant avec les morceaux de bois les plus importants.

J'ai passé ce temps à retirer tous les draps des lits et des placards dans ma chambre pour les empiler dans l'entrée. Les pieds de lits étaient recouverts de froufrous. Chaque brassée de tissus portait l'odeur de la maison de quelqu'un d'autre. Quand j'ai décroché les rideaux à fleurs, les petites attaches en plastique se sont effritées entre mes mains et sont tombées dans la moquette jaune à poil long sous la fenêtre. Derrière les premiers rideaux se trouvaient des voilages tout aussi fleuris, des hectares entiers de tissu rêche parfumé au citron.

Quand j'ai eu tout empilé dans l'entrée, Edward a dit : « Peut-être que les voilages pourraient te servir. Avec les réverbères dans la rue, et puis pour éviter que les gens voient à l'intérieur. » Je n'avais jamais entendu parler de rideaux pour empêcher les gens de voir à l'intérieur. À la Vieille Maison, derrière nos fenêtres, il y avait des vaches, des haies et de temps à autre une chouette ou une chauve-souris. On tirait les rideaux pour garder la chaleur quand on avait allumé le feu, ou pour empêcher les courants d'air d'entrer par la porte de la cuisine.

Quand nous avons eu faim, nous sommes sortis dans la rue et nous avons marché, passant devant d'innombrables paires de maisons de briques rouges aux bay-windows et aux allées de gravier identiques, jusqu'à tomber sur une petite rangée de boutiques où nous avons acheté du *fish and chips* et une bouteille de lait. La marche m'a paru très longue parce que j'étais habituée à considérer les maisons comme des repères de distance, et que nous en avions dépassé tellement.

Quand nous avons cherché dans la cuisine quelque chose pour faire boire Joe, nous avons trouvé de tout petits verres décorés de personnages de dessins animés démodés. Edward a dit que c'étaient sûrement des pièces de collection. Nous avons supposé qu'ils avaient appartenu aux enfants de la maison il y a très longtemps, du temps où il y avait des enfants dans la maison. Il y avait d'autres trésors. Nous avons trouvé une cuiller d'enfant avec un éléphant en haut du manche et le nom Geoffrey gravé dessus.

« L'affaire du siècle, ai-je commenté. Non seulement on récupère leurs draps à fleurs violets et verts, mais en plus on a une cuiller nommée Geoffrey.

– Arrête tes bêtises, a dit Edward. C'est évident que c'est l'éléphant qui s'appelle Geoffrey. »

Je savais, maintenant que nous en étions à faire des blagues sur la vaisselle, qu'il n'était plus envisageable de faire machine arrière. Il allait falloir que je m'ADAPTE.

Nous l'appelons toujours la Nouvelle Maison. Depuis vingt-sept ans, nous l'appelons la Nouvelle Maison. Tant que c'est la Nouvelle Maison, nous avons une excuse pour nos piètres tentatives pour l'apprivoiser, nous l'approprier et la rendre accueillante. Si elle était devenue simplement la Maison, alors il aurait fallu que nous nous installions pour de bon, que nous sortions du salon de derrière les fauteuils des anciens propriétaires et que nous décollions l'affreux papier peint du salon de devant, plutôt que de nous contenter de construire toujours plus d'étagères par-dessus.

Je n'étais pas la seule à avoir du mal à m'adapter. Edward ne disait pas que la Vieille Maison lui manquait.

Il n'avait pas besoin de le dire. Quand il rentrait du travail, il passait tout le temps involontairement devant la Nouvelle Maison sans s'arrêter : il devait ensuite faire demi-tour au bout de la rue pour revenir. En arrivant par ce côté, le virage pour accéder à l'allée était trop serré, alors il éraflait la peinture sur l'aile de la voiture contre le pilier du portail. Il n'a jamais essayé de la faire réparer.

Il ouvrait un placard pour chercher quelque chose qui ne s'y trouvait pas et en le refermant, il claquait la porte un peu plus fort que nécessaire. Ou bien je le trouvais en train de regarder par la fenêtre de la cuisine, les yeux perdus dans le vide, comme s'il cherchait la trace de la vue d'avant. Je l'ai vu déplacer, d'un geste négligent, des tas d'objets empilés en désordre sur le rebord de la fenêtre, comme s'il les accusait de ne rien avoir à faire avec lui.

Le week-end, il lançait : « Je crois qu'il faudrait qu'on passe à la Vieille Maison, histoire de vérifier qu'elle n'a pas décidé de s'écrouler sans nous », essayant de prononcer ces mots d'un ton primesautier qui ne trompait personne. Jusque-là, je ne m'étais jamais aperçue qu'il parlait de la Vieille Maison comme d'une personne.

Si notre Nouvelle Maison avait été une personne, il se serait forcément agi d'une personne de sexe masculin. Il sentait que nous ne l'aimions pas vraiment, et quand nous partions pour le week-end, il nous jouait de mauvais tours. Quand nous rentrions le dimanche soir, il refusait de laisser notre clé tourner dans la serrure jusqu'à ce qu'elle casse : il nous fallait alors briser une vitre dans les toilettes du bas pour que je puisse grimper et me glisser à l'intérieur en me retenant tête en bas aux rebords de la cuvette.

La Nouvelle Maison se moquait de nous. Quoi que nous apportions dans l'entrée, la pièce retrouvait toujours son odeur initiale de talc et de vieux imperméables. Quand nous approchions, les tuiles glissaient du toit et s'écrasaient dans l'allée juste à côté de la voiture, comme un coup de semonce. Les portes intérieures gonflaient, se bloquaient et refusaient de nous laisser entrer dans certaines pièces. La cheminée électrique dans le salon de devant a pris feu la première fois que nous l'avons allumée. La plomberie produisait ce qu'on appelle un coup de bélier : quand on tirait la chasse d'eau la nuit, cela déclenchait une bonne demi-heure de claquements qui nous réveillaient non seulement nous, mais aussi les voisins de la maison mitoyenne qui prétendaient que cela n'était jamais arrivé avec les occupants précédents. Un dimanche soir, en entrant, nous avons tout juste eu le temps de constater que nous avions les pieds mouillés avant d'allumer la lumière de l'entrée et de faire sauter les plombs. Le ballon d'eau chaude s'était fendu et vidé dans l'entrée à travers les gaines d'électricité.

Nous n'avions pas d'argent pour réparer tout cela. La porte d'entrée a gardé une clé coincée dans la serrure pendant presque un an. Nous entrions par l'arrière. Le plafond de l'entrée a séché, laissant une tache orange sombre, et la lumière n'a plus jamais fonctionné. À la place, nous utilisions celle du palier. Nous avons coupé le ballon d'eau chaude et utilisé une douche électrique, ce qui impliquait de descendre une bassine d'eau dans l'escalier chaque fois que nous devions faire la vaisselle. Les marches n'ont pas tardé à être tachées et délavées par toute l'eau renversée. Edward disait que ce n'était pas grave, que nous remplacerions la moquette dès que nous aurions de l'argent.

Nous avons rafistolé la fenêtre cassée des toilettes d'en bas avec un morceau de bois, ce qui me permettait d'aller et venir facilement quand je décidais de rentrer plus tôt du collège. Généralement vers neuf heures trente. J'ai pris l'habitude de me faufiler par la fenêtre d'en haut et de me cramponner à la cuvette malodorante, de me laisser glisser et tomber par terre, en renversant la marche et le siège plastique de Joe.

Bien vite, nous avons découvert que beaucoup des aspects de notre vie qui nous semblaient déprimants dans la Vieille Maison nous avaient suivis dans la nouvelle. Nous étions opprimés par les Choses. Par la choséité des Choses. Le sac du cours de natation de la semaine précédente qui se mettait à sentir mauvais sous le portemanteau. Les lettres de l'école qui se perdaient. Les pièces manquantes des jeux de société, les affreux jouets gratuits amassés dans des sacs plastiques, le buffet de la cuisine couvert de lettres de la banque jamais ouvertes, de dessins pas finis, de vieilles listes de courses que nous ne pensions pas à prendre avec nous, de Lego, de chemises d'uniforme aux boutons manquants, de plantes mortes, de pinces à linge avec une moitié manquante, de paquets de graines que nous ne planterions jamais et de gobelets plastiques pleins de terre dans lesquels Joe avait planté quelque chose à l'école et que nous n'arrosions jamais. Les Choses n'avaient plus aucun sens pour nous. Leur non-sens nous enfermait, nous pourchassait tandis que nous errions d'une pièce à l'autre en quête d'un refuge.

Dans la Nouvelle Maison, il y avait une marée de nouvelles Choses que nous avions entraînées dans notre sillage, entassées par-dessus les Choses accumulées par une autre famille défunte. Au fond du placard, où aucun des gobelets pour bébés n'avait le bon couvercle, où tous les mugs étaient ébréchés ou sans anse, il y avait des souvenirs de lieux où nous n'étions jamais allés, des petits pots de céramique surmontés d'un couvercle brillant pour faire des trucs bizarres avec les œufs, des cuillers spéciales pour la marmelade avec des oranges en émail sur le haut du manche et des cendriers mal foutus peints en coccinelle, remontant à l'époque où l'on faisait fabriquer des cendriers aux enfants en cours de poterie.

Sous l'évier, nous trouvions des pots de confiture à moitié vides sur lesquels était écrit « NOURRITURE TORTUES » et qui contenaient des biscuits pour chiens moisis. Nous trouvions des vases en verre orange et des graines pour oiseaux qui avaient pris l'humidité et germé, formant une miniprairie autour du tuyau d'évacuation. Dans le tiroir à couverts, il y avait plusieurs ustensiles servant à ouvrir les bocaux quand on a les mains trop vieilles, et un assortiment de paquets entamés de serviettes en papier portant l'odeur des Noëls et des fêtes d'enfants des autres.

J'ai essayé plusieurs fois de m'enfuir à la Vieille Maison au lieu d'aller en classe. Je réussissais à éviter le bus scolaire, à revenir à la Nouvelle Maison, à entrer par la fenêtre, et d'un coup je me disais : c'est débile tout ça, je rentre chez moi. Je savais que la Vieille Maison était vide. Je me disais que si j'y installais mon camp de base et que je refusais purement et simplement de partir, alors Edward serait forcé d'abandonner cette Nouvelle Maison à la noix et de revenir chez nous avec Joe.

Seulement voilà : réussir à rejoindre la Vieille Maison sans rien d'autre que l'argent de mon déjeuner n'était pas chose facile. Je pouvais toujours me glisser dans le tortillard qui traversait le Shropshire vers le nord, éviter les contrôleurs en descendant du train pour remonter ensuite, attendre sur une succession de quais vides en bordure de divers petits villages, mais au bout de la ligne, il me restait encore un long trajet en bus depuis le village, et il n'en passait que très rarement.

Deux fois, je suis arrivée jusque là, mais la seconde fois qu'Edward est venu me récupérer, il m'a dit qu'il déduirait le coût de l'essence de l'argent de mon déjeuner des deux semaines suivantes, et qu'il me ferait des sandwichs à la place. Il a ajouté que c'était très perturbant pour Joe de devoir passer la soirée à faire des allers-retours en voiture, au lieu de manger tranquillement son poisson pané et de faire sa lecture. La prochaine fois, il demanderait à la police de venir me chercher. S'ils n'avaient pas mieux à faire.

Sur le chemin du retour, il m'a raconté comment il avait fugué lui aussi, à peu près au même âge, pour aller dans cette maison. Il était dans un pensionnat qu'il détestait, et il savait que s'il rentrait chez lui, ses parents le renverraient là-bas aussitôt, alors il avait essayé d'aller chez son Grand-Oncle Matthew. À l'époque, il n'y avait pas du tout de bus : il faisait donc la plus grande partie du chemin à pied. Cela lui prenait parfois plusieurs jours. Il se préparait des provisions pour la route en mettant de côté de la nourriture de son dîner à l'école, puis il se mettait en route avec un paquet en papier kraft contenant du pain à moitié rassis et de la margarine.

Oncle Matthew le laissait généralement rester au moins quelques jours avant de le renvoyer au pensionnat. Au total, à chaque fugue, il arrivait à s'offrir une semaine entière si l'on comptait le temps qu'il mettait pour parvenir là-bas, puis les délais de réaction de l'établissement et l'échange de courriers : cela compensait largement à ses yeux les ampoules qu'il se faisait en marchant, la faim en chemin et la volée de coups de canne qu'il recevait en revenant au pensionnat. C'était une des raisons pour lesquelles il aimait tant la Vieille Maison. Elle avait toujours été un abri pour lui.

Je ne sais pas comment nous avons fait, lui et moi, pour quitter cet endroit. Je crois que nous nous sommes dit que nous avions déjà le cœur brisé. Comment aurions-nous pu le briser davantage ? Pourtant, c'est ce qu'il s'est passé. Perdre l'endroit où ma mère avait vécu heureuse m'a donné l'impression de la perdre une seconde fois. La dégradation progressive de la Vieille Maison, abandonnée au froid et au chaos, a été une perte physique qui nous a mis tous les deux à genoux.

Pour Edward, ce devait être encore pire car, avec cette maison, il perdait son enfance, et puis aussi à cause de l'Argent. Le fait d'avoir deux maisons tombant en ruine alors même que les taux d'intérêt s'envolaient et que le prêt relais pesait sur lui a fait blanchir les derniers cheveux qui lui restaient et voûter ses épaules : il est devenu un vieil homme. Les nouveaux instituteurs de Joe croyaient toujours que c'était son grand-père qui venait à la réunion des parents.

Joe aussi l'appelle la Nouvelle Maison, même s'il prétend qu'il ne se souvient pas d'avoir vécu ailleurs. Il est resté ami avec quelques-uns des enfants de la crèche, ceux dont les parents étaient des collègues d'Edward. C'est grâce à lui et à sa longue liste d'allergies que nous avons retiré les horribles moquettes et découvert dessous un parquet impeccable sur tout le rez-de-chaussée, préservé par les épaisseurs de nylon à motifs.

Nous n'avons jamais réussi à nous approprier la cuisine. Comment une cuisine peut-elle être froide ? On dirait que quoi que nous y cuisinions, elle reste pleine d'échos et d'humidité et que, bizarrement, elle ne sent jamais la nourriture, à part le citron. La pièce sent le citron. Le temps de poser son repas sur la table, on a déjà trop froid pour manger là, alors on finit par apporter un plateau jusqu'au salon de derrière, là où se trouvent les fauteuils que nous n'aimons pas et la grosse boîte marron de la cheminée à gaz.

Maintenant que nous avons tous les deux vieilli, Edward et moi pouvons parler plus librement de la Vieille Maison, de ce qu'elle signifiait pour nous, de ce que sa perte a signifié pour nous. Nous pouvons en parler pendant des heures. Les moments passés à regarder les chauves-souris voleter hors de la grange. La longue table de cuisine égratignée, avec ses piles de pièces de puzzle et la vieille théière marron posée au milieu. La couleur chaude du mur du jardin en fin d'après-midi. Les vieux pommiers noueux dont les branches ployaient jusqu'au sol, lourdes de fruits énormes. Les sols de pierre et les marches usées de l'escalier. Les hautes fenêtres cintrées sur le palier.

Et puis, il y a encore toutes les choses dont nous ne pouvons pas parler. La voix de ma mère en train de chanter avec la radio le matin. L'odeur du pain qui lève. Les hauts bouquets cueillis dans le jardin et plantés dans des carafes, l'odeur de fumée quand on allumait la cheminée le soir, le parfum de cèdre de la boîte à tricot de ma mère qui imprégnait nos pulls. La senteur de terre propre sur ses mains, de menthe et de lavande. Son rire tendre, éraillé, essoufflé, sa passion pour les blagues débiles, ses cheveux tirés en arrière et réunis en une torsade au sommet de sa tête, les fines mèches châtain clair qui tombaient sur son visage et qu'elle calait derrière ses oreilles.

Nous réussissons même, aujourd'hui, à dire que c'était une erreur, un défaut d'imagination, à avouer notre profond regret de ne pas avoir gardé la maison. À l'époque, c'était par réalisme résigné. Ce n'est pas possible de vivre loin de son travail, au milieu de nulle part, dans une vieille maison qui a besoin de beaucoup d'entretien et avec des enfants en bas âge, à moins d'avoir une autre personne qui reste à la maison avec eux.

Aujourd'hui, nous parvenons à entrevoir les choix différents que nous aurions pu faire, maintenant que nous ne sommes plus trop épuisés et malheureux pour concevoir d'autres solutions. Nous aurions pu louer en ville pendant un moment, payer une nounou à plein temps ou une jeune fille au pair, vendre la grange ou des terres, ou même tout vendre mais conserver un bout de terrain pour nous construire une nouvelle maison. Mais ce n'est pas ce que nous avons fait. Il est très difficile de concevoir de nouvelles idées quand on est triste. Plus tard, quand on est moins triste, ces idées semblent aller de soi, mais il faut de l'imagination, ou plutôt quelque chose d'autre. Il faut croire que nos actions ont de l'importance.

Chacun de nos pas semblait nous dire de revenir en arrière. Chaque objet inanimé nous rappelait que nous nous étions fourvoyés, nous enfonçait les naseaux dans l'odeur de notre chez-nous mais, tel le cheval têtu du proverbe, nous refusions de boire, nous ne laissions pas nos instincts nous mener là où ils voulaient aller. La Vieille Maison et la Nouvelle Maison avaient uni leurs forces contre nous pour essayer de nous renvoyer à notre place, de nous attirer, de nous enfermer dehors, mais nous ne sommes pas revenus.

En général, ces conversations ont lieu dans le salon de derrière de la Nouvelle Maison. Nous nous asseyons dans les mêmes fauteuils à accoudoirs en bois qui étaient là quand nous sommes arrivés. Au début, ils avaient des housses en nylon élastique, et quand les housses ont été trop usées, nous avons trouvé dessous un velours rêche à rayures pareil à celui des sièges dans les trains. Nous les avons recouverts de couvertures, pour éviter qu'ils nous grattent les jambes, mais les couvertures n'arrêtent pas de tomber. Quand nous les avons vus pour la première fois, nous nous sommes dit que nous allions nous en débarrasser. Mais nous ne l'avons jamais fait.

De temps à autre, je promets de coudre des housses qui ne tombent pas, mais je ne me suis jamais décidée à le faire, ou bien parfois un visiteur nous dit que ces fauteuils valent une fortune, que presque personne n'a gardé ce genre de trucs des années 1960 quand ils sont devenus démodés, mon Dieu, c'est vraiment le tissu d'origine ? Il y en a pour une fortune ! Nous haussons les épaules et nous continuons à nous asseoir dessus, à nous plaindre qu'ils grattent, et à faire comme si, après vingt-sept ans, ils ne nous avaient jamais appartenu.

11

Twiglets

Je t'ai bien eu,
Tu as regardé,
Le coiffeur
Tes cheveux va couper.
Couper tes mèches,
Couper tes couettes,
Avec un couteau
Et une fourchette.

Je ne vous ai pas parlé de la pierre tombale. J'ai retardé le moment de le faire. Parce que si je vous parle de la pierre tombale, il faut d'abord que je vous parle d'Emily. Et ensuite, il faudra que je vous parle de la mère d'Emily. Et du bébé. Et du feu. Et tout cela est englué dans la honte. Ma honte et celle d'Edward. La honte est cette substance noire et visqueuse qui bouche les tuyaux sous l'évier. Elle fait remonter toute votre crasse la plus crasseuse qui reste ensuite accrochée aux parois de l'évier, là où tout le monde peut la voir. Il n'y a pas d'autre solution. L'eau ne retrouvera pas sa clarté tant que tout ne sera pas vidangé. Et moi, je veux que l'eau soit claire. Je veux voir à travers.

Emily était ma copine quand j'avais quinze ans. Elle était plus âgée que moi, dix-huit ans, et la différence me semblait énorme. Emily allait à la fac, pas au lycée, et la journée, elle avait le droit de s'habiller comme elle voulait. Ce qui dans son cas voulait dire un tas d'épaisseurs noires et grises très chères et très déchirées, comme des toiles d'araignées. Fait majeur pour moi, elle n'habitait plus chez ses parents et elle refusait de reconnaître leur existence. Quand je lui demandais de leurs nouvelles, elle répondait : « Oh, eux ! »

Edward n'était pas dupe. Il me disait : « À ton avis, qui lui paie son appartement ? »

En un sens, Edward en savait plus que moi à son sujet parce que la mère d'Emily était la directrice de son département, mais quand j'étais avec elle, je parvenais à éviter d'y penser. Je l'avais rencontrée à une garden-party chez ses parents. Quand il s'était mis à pleuvoir, tout le département d'histoire avec leurs conjoints et enfants avaient couru s'abriter dans les trois immenses salons, entrant et sortant en masse de la cuisine gigantesque pour se servir à boire et à manger sur l'îlot central en marbre. Tout le monde, sauf moi.

J'ai couru dans un de leurs bungalows de jardin et je me suis amusée avec le tapis de course. Emily, assise en tailleur sur un tapis de yoga jaune vif, fumait un énorme joint. Elle me l'a tendu en disant : « Je sais qui tu es. Tu es la fille de la disparition suspecte. Celle qui ne savait plus lire. »

J'ai réglé le tapis de course sur montée et j'ai tenu son joint. Elle m'a questionnée : « Je me demande un truc : si tu as oublié comment lire, qu'est-ce que tu as oublié d'autre ? »

C'était une bonne question. Mais je n'avais aucun moyen d'y répondre. Alors j'ai répondu : « Quand on ne lit pas très bien, il faut avoir une excellente mémoire. Réfléchis deux minutes. »

Elle a éteint le tapis de course avec l'interrupteur au mur et j'ai sautillé jusqu'à ce qu'il s'arrête, puis elle m'a embrassée. J'étais sur le point de lui demander comment elle était au courant pour la lecture, vu que je croyais qu'Edward et moi étions les seuls à le savoir, mais quand j'ai ouvert la bouche pour lui poser la question, elle m'a embrassée à nouveau. Je me suis demandé si ce n'était pas pour cela que j'avais ouvert la bouche. Ou bien si je lui avais donné cette impression.

Elle avait un goût de cannabis, de vin rouge et de biscuits apéritifs Twiglets. Je me suis dit qu'elle avait dû se servir au buffet. Mais plus tard, quand je me suis mise à l'embrasser presque tous les jours, je me suis aperçue que ce goût légèrement aigre et poivré était en fait le sien. Je lui ai dit : « Tu as un goût de Twiglets », et elle a répondu : « Trop la classe ! Toi, tu as un goût de nounours Haribo. » Peut-être à cause du joint, nous avons trouvé cela très drôle.

Elle a retiré son débardeur effiloché par-dessus sa tête et elle a dit : « Et ici ? J'ai le goût de quoi ? », alors j'ai goûté l'espace juste au-dessous des ailes osseuses de ses clavicules, à gauche et à droite. Vraiment salé. Puis j'ai enlevé la couche suivante de sous-vêtements élastiques, puis la suivante, et j'ai senti un goût d'écorce d'orange et de gâteau à la vanille sur son ventre, de biscuits secs à l'intérieur de ses cuisses, de Twiglets et de vin rouge entre ses jambes. Moi, j'avais le goût de zeste de citron et de vin blanc. À ce qu'il paraît.

Elle m'a demandé si j'avais du gloss dans mon sac, parce que toutes ses affaires étaient dans la maison. Je lui ai passé un petit pot de beurre de cacao et nous nous sommes enduites de son odeur, sur nos mains et entre nos jambes. Emily aimait regarder. Elle avait de très grands yeux verts, magnifiés par ses lunettes rondes à monture noire. Tout le reste de sa personne était minuscule.

Elle mesurait à peine un mètre cinquante et chaussait du trente-cinq. Elle avait la peau cireuse, presque jaunâtre en hiver, et ses sourcils étaient châtain foncé. C'était difficile de savoir de quelle couleur étaient ses cheveux parce qu'ils étaient teints de six nuances différentes. En enlevant une à une toutes ses couches d'habits, j'ai eu l'impression qu'elle devenait de plus en plus petite, jusqu'à n'être plus que cette minuscule créature sombre au milieu d'un nid de vêtements. À côté d'elle, j'avais l'impression d'être un énorme bloc gélatineux à la peau blanche, comme si, à mesure que je me déshabillais, je devenais de plus en plus grosse en me défaisant des épaisseurs qui me contenaient.

Nous avons fumé un autre joint et remis nos vêtements. Le bouton de mon jean était enduit de beurre de cacao, nos doigts salés, les ourlets de nos vêtements humides et luisants de sexe. Il avait cessé de pleuvoir et nous avions raté presque tout le buffet. Des gens ressortaient dans le jardin pour jouer au badminton sur la pelouse. Emily m'a dit que je ferais mieux de rentrer dans la maison avant que les autres ne remarquent quelque chose de suspect. Elle n'est pas venue avec moi. Suspect faisait partie de ses mots préférés. Et Edward était un de ses suspects préférés.

Aujourd'hui, je m'aperçois que tout en elle signalait qu'elle était riche. Assez riche pour mettre quatre ans à terminer un cours de deux ans à la fac si elle en avait envie. Assez riche pour avoir son propre appartement et dépenser son argent comme elle le désirait. Assez riche pour avoir une salle de gym dans un des bungalows de sa mère. Assez riche pour avoir tout un stock d'herbe dans sa poche. Assez riche pour que rien de tout cela n'ait d'importance.

Le week-end, elle était serveuse dans un café, du moins c'est ce qu'elle disait. Il appartenait à un ami de sa mère, et j'ignore si elle y travaillait vraiment. Elle m'a dit que je pouvais venir la rejoindre là-bas si j'en avais envie. Alors je restais assise dans le café avec une boisson que je faisais durer dans l'espoir qu'elle arrive et soit libre de venir s'asseoir un petit moment avec moi. De temps à autre, elle le faisait.

Je sentais bien qu'Edward ne voulait pas que je m'approche d'elle, et cela me rendait curieuse. Il ne disait pas grand-chose. Mais il a eu l'air paniqué quand je lui ai raconté que je l'avais rejointe dans le bungalow. Pourquoi n'était-elle pas revenue avec moi dans la maison ? Qu'avait-elle dit ? Il m'a raconté qu'il l'avait déjà rencontrée quelques fois, des années plus tôt, quand sa mère avait rejoint son département, et qu'elle avait toujours été difficile. Comment ça, difficile ? me suis-je demandé. Avec moi, elle avait été tout le contraire.

Eh bien, a-t-il poursuivi, peut-être qu'elle voulait seulement protéger sa mère, qu'elle préférait la garder pour elle toute seule. De quoi aurait-elle voulu la protéger ? Je ne comprenais pas. Peut-être qu'elle a changé, ai-je répondu. Qu'elle a grandi. Oui, oui, a-t-il acquiescé, elle doit avoir dix-huit ans maintenant, et ils ont tous l'air beaucoup plus stables maintenant. Tous ? De qui parlait-il ? C'est sûr que vus de l'extérieur, ils avaient l'air plutôt stables, avec leur pelouse assez grande pour jouer au badminton, leur cuisine en marbre, leurs équipements de salle de sport et leurs Twiglets de luxe. « Des Twiglets ? s'est-il étonné. J'ai raté les Twiglets ? Je n'en ai pas vu depuis des années. De quoi on parlait, déjà ? »

Emily a arrêté de faire semblant de travailler au café de l'ami de sa mère, et a commencé à tenir le vestiaire d'une boîte de nuit. Elle me faisait entrer par l'issue de secours derrière le vestiaire au sous-sol et nous passions la soirée à nous embrasser, à fouiller les poches des manteaux et à partager notre butin. Nous gardions nos vêtements, au cas où quelqu'un arriverait pour demander quelque chose, et je devais plonger derrière les cintres chaque fois que les patrons apparaissaient, si bien que nous passions toute la soirée dans un état de surexcitation, à glisser des doigts poisseux sous nos jeans trop serrés, en nous laissant des marques de morsures à l'encolure de nos t-shirts. Les soirs de pluie, nous nous embrassions dans une brume de laine fumante, parmi l'odeur d'aftershave qui s'élevait des vestes en jean humides, le doux parfum moisi de marijuana émanant des parkas trempées.

Edward a essayé une nouvelle fois de me mettre en garde. Il m'a dit qu'elle avait toutes sortes de raisons de s'intéresser à moi. Des raisons qui n'avaient rien à voir avec moi. Ni avec elle. Je me suis dit qu'il parlait des joints.

De toute manière, je n'étais pas prête à écouter ce qu'il avait à dire à son sujet. J'adorais ses étranges épaisseurs de vêtements de toutes sortes de noirs différents, ses cheveux rasés d'un côté de la tête et multicolores de l'autre. J'aimais frotter la partie rasée et sentir la peau tendre se plisser, hérissée de minuscules piquants. J'aimais l'aider à se faire de nouveaux piercings à ses lobes d'oreilles. J'aimais ses longues cigarettes fines mentholées, ses cocktails bizarres à base de vodka et de tout ce qui lui tombait sous la main. J'aimais sa collection de chapeaux vintage accrochés à des clous qui recouvraient tout un mur de son studio.

J'aimais son odeur de tabac et la pièce dans laquelle elle vivait toute seule, avec la pile de livres hérités du locataire précédent qui lui servait à caler la porte de la douche, ou qu'elle arrangeait en un rectangle approximatif pour servir de table basse. J'aimais le mur derrière son lit sur lequel elle avait écrit au marqueur des citations qu'elle aimait, des Beatles ou plus probablement des Doors, ou de Gandhi, ou de n'importe qui d'autre.

Quand je venais dans son lit, j'avais le droit d'ajouter des citations sur son mur. J'ai recopié intégralement le poème de Philip Larkin « This Be the Verse », mais elle a dit qu'il était trop long. Je prenais trop de place sur le mur. Je me suis dit que si j'étais sa copine, j'avais bien droit à un grand morceau de mur. Alors j'ai écrit « Jésus pleura », le verset le plus court de la bible. Elle a dit : « OK, tu peux arrêter, maintenant. »

Elle commençait déjà à s'ennuyer. C'était tout le temps comme ça.

Elle aimait que je vienne directement en uniforme du lycée, tout juste descendue du mauvais bus, pour pouvoir me déshabiller. Une fois, après m'avoir enlevé tous mes vêtements, elle m'a aussi coupé les cheveux. Elle m'a rasé la tête, lisse comme un œuf.

« Maintenant, tu es vraiment nue, a-t-elle dit. On va voir comment ton papa le gauchiste va prendre ton nouveau look ! »

C'était une sorte de défi. Une provocation délibérée. Edward a éclaté de rire et a déclaré : « Les cheveux, ça repousse, ma chérie. »

Quand quelque chose de vraiment grave est arrivé à votre famille, vous apprenez à relativiser certains détails comme la longueur des cheveux de votre fille.

Le lycée, en revanche, a très mal pris la chose. C'était l'occasion qu'ils attendaient pour me renvoyer. Je maîtrisais déjà l'art de sécher à la perfection. Toutes ces journées passées nue sur le lit de l'appartement d'Emily, à écrire sans autorisation de la poésie au feutre sur le mur de son studio, n'avaient guère amélioré mon absentéisme. Et voilà qu'en plus, j'étais chauve. Il n'existait pas de règle à proprement parler interdisant de se raser les cheveux. Alors ils en ont inventé une. Spécialement pour moi. On m'a dit de porter un chapeau jusqu'à ce qu'ils repoussent à une « longueur acceptable ». Edward a demandé combien de millimètres constituaient un minimum acceptable. Il a suggéré que si un minimum devait être imposé, alors il devrait être le même pour les filles que pour les garçons. Ils n'ont pas reculé.

Mise au défi de porter un couvre-chef, j'ai emprunté l'une des pièces les plus excentriques de la collection d'Emily – un chapeau tambourin vintage américain en velours avec une voilette –, alors ils m'ont renvoyée chez moi, chapeau ou pas. Pour ne rien arranger, j'étais arrivée en cours à midi moins le quart, après avoir passé la matinée toute nue à fumer des joints et à choisir le chapeau excentrique en question.

Alors a commencé ma seconde période d'éducation à la maison. Sauf que je n'étais presque jamais à la maison. Et que je n'ai reçu strictement aucune éducation. Edward a passé beaucoup de temps à essayer de négocier avec le lycée pour que je puisse passer mes examens en candidat libre, mais je n'avais rendu aucun devoir, alors ils ont refusé. Ils ont dit que je perturberais les autres candidats. Je crois que cela faisait quatre ans que je les perturbais. La perturbation des autres candidats était ma spécialité.

Sans examen à passer, il ne semblait pas utile que je sois présente à la maison pour voir le professeur de mathématiques qu'Edward m'avait trouvé. Ni que je rentre à la maison la veille pour être prête le matin. Je passais donc le plus clair de mes journées à faire semblant d'être étudiante à la fac, munie du badge d'identité d'Emily de l'année précédente quand je me trouvais sur le campus. Je me suis aperçue que la bibliothèque de la fac était un bon endroit pour me cacher, et je construisais un mur autour de moi à l'aide des plus gros livres que je trouvais.

Mes préférés étaient les livres d'art. Ils étaient énormes, lourds, et je pouvais les feuilleter pour avoir quelque chose à regarder sans me fatiguer à lire le texte. De plus, dans la section « Beaux-Arts » de la bibliothèque, mon crâne rasé et mes étranges tenues vestimentaires n'attiraient pas l'attention. Il y avait beaucoup d'autres crânes rasés et de vêtements bizarres faits maison. Quand plus tard je suis entrée à la fac d'art, tous les bibliothécaires me connaissaient déjà. Par ailleurs, il se trouve que j'avais accidentellement absorbé une bonne partie des informations contenues dans ces livres que j'utilisais comme boucliers.

Je regardais les autres étudiants aller à la cantine de la fac et acheter des frites au fromage fondu, ou des œufs au bacon, et je me sentais supérieure à eux. Si j'avais faim, je volais des bonbons dans des supermarchés et quand je rentrais enfin chez moi, je disais que j'avais déjà mangé. Chez Emily, il y avait toujours de la nourriture dans le frigo. Des aliments étranges que je n'avais jamais goûtés. Des olives à la feta dans des petites barquettes. Des assortiments de fruits secs. Je ne demandais pas comment ils étaient arrivés là. Du moment que cela ne ressemblait pas à un repas, je le mangeais. Je m'étais secrètement donné pour règle de ne jamais utiliser un couteau et une fourchette.

En fin de journée, la boutique de sandwichs vendait des chaussons salés pour cinquante pence et parfois je les mangeais à même le sachet, sans regarder ce que j'avalais. Si je ne regardais pas, ça ne comptait pas. À la maison, je mangeais des pommes découpées en fines lamelles que je glissais subrepticement dans ma bouche. Si j'en mangeais suffisamment, je vomissais, donc elles ne comptaient pas non plus. Emily me demandait toujours si Edward m'avait donné à manger, et si je l'avais accepté. Quand je disais non, elle était contente de moi.

Au début, elle aimait que je sois là tout le temps. Elle n'avait pas besoin d'attendre que je descende du bus scolaire et que je retire mon uniforme. Je pouvais être là tout l'après-midi avec le chauffage à fond, nue, à fumer ses cigarettes et à manger ses olives. Puis elle a commencé à s'ennuyer. Elle s'est mise à dire : « Quand est-ce que ton père va venir pour te ramener chez toi ? Il s'en fout de savoir où tu es ? Il est au courant, au moins ? »

Elle a commencé à me poser toutes sortes de questions sur Edward. Et sur ma mère. Elle voulait que je m'en aille mais elle ne voulait pas que je retourne auprès de lui. Je comprenais qu'en un sens, elle le voyait comme un ennemi et que, même si elle ne voulait pas me garder pour elle, elle ne voulait pas non plus que je sois avec lui.

J'avais conscience qu'Edward n'aimait pas notre relation, mais je ne savais pas pourquoi. Il me posait des questions étranges sur sa mère, sur son appartement. Emily m'a dit qu'il devait être homophobe. J'ai répondu qu'il ne me demandait pas pourquoi je sortais avec une fille. Il me posait toutes sortes d'autres questions. Des choses sur sa mère. Elle a éclaté de rire. Elle a demandé : pourquoi est-ce qu'il s'intéresse à ce que je ressens ? Après ce qu'il a fait. Qu'avait-il fait ?

Désormais, quand j'arrivais chez Emily, l'appartement était très souvent vide. J'entrais toute seule et j'essayais de lire un de ses livres cale-portes, ou de prendre un pot de cacahuètes au frigo et de sucer leur sel avant de les recracher. Je découpais les olives en quatre et je les mangeais un quart à la fois.

Parfois, la porte était verrouillée et elle était avec quelqu'un à l'intérieur. Un garçon. Il avait l'air trop ordinaire pour que je le considère comme un rival sérieux. Il portait des t-shirts avec des cols de chemise. Il avait des petits boutons partout sur les joues. Et il était incroyablement grand. À côté d'elle, c'était un géant. Comment faisait-elle pour le supporter ? Il risquait de l'écraser, ou de l'étouffer par accident. Comment pouvait-elle coucher avec quelqu'un comme lui ?

Je restais assise sur le palier devant sa porte à écouter les bruits. J'attendais que les bruits s'arrêtent. Puis j'attendais de l'entendre se rhabiller. J'entendais le cliquetis de sa boucle de ceinture contre le sol, le choc de ses pieds quand il remettait ses chaussures. Alors je frappais à la porte. Elle ne se donnait pas la peine de m'ouvrir elle-même. Elle demandait au garçon de le faire.

Pour prouver que je m'en fichais, je me préparais une tasse de thé noir. Le garçon disait : « C'est quoi, son problème ? Pourquoi elle est bizarre comme ça ? »

Et dans ces moments, Emily semblait fière de moi.

« Sa mère a disparu dans des circonstances mystérieuses, répondait-elle. Elle n'aime pas rentrer chez elle. »

Des circonstances mystérieuses. C'étaient des mots nouveaux pour désigner tout cela. Ils me donnaient l'air d'un personnage de roman policier. Pas d'une paria. Pas d'une gamine bizarre à la peau rêche, presque dépourvue de cheveux, avec des croûtes tout le long des oreilles laissées par des piercings mal faits. J'étais un mystère.

Quand le garçon était là, Emily aimait dire des choses choquantes sur moi, sur ma mère ou sur Edward. Elle aimait scandaliser le garçon. Je faisais partie de son cabinet de curiosités.

« Sa mère a disparu, comme ça. Sans laisser de traces. Et son père a conservé la maison comme un musée. Intacte. Personne d'autre n'a le droit d'y habiter. Il ne veut pas que d'autres y touchent. »

Ce n'était pas exactement ce que je lui avais raconté, mais je ne la contredisais pas. J'aimais être la Fille Mystérieuse, au cœur d'un Crime Non Résolu.

12

Gothique

L'homme de la lune,
Dans son infortune,
Descendu sur Terre voulut voir Norwich.
Arrivé là-bas,
Il se brûla
En mangeant du porridge froid.

La seule chose qu'Emily aimait encore chez moi, c'était le mystère de ma situation. Les seules histoires qu'elle voulait entendre étaient celles où Edward apparaissait comme un personnage de méchant tout droit sorti d'un conte gothique. La seule manière que j'avais trouvée pour qu'elle expédie le garçon était de promettre de lui parler de notre maison abandonnée. Les fantômes dans l'escalier. Les anges aux fenêtres. Les histoires de filles noyées que ma mère me racontait. Celle qui était restée à flotter, assassinée, dans l'étang sombre où, après cette nuit-là, l'eau n'avait plus jamais retrouvé sa clarté, quoi qu'on fasse. Et aussi l'autre histoire, celle du chapeau.

Dans cette histoire, la fille laissait son chapeau sur la berge de l'étang où elle allait se noyer. Elle était enceinte et quand elle avait parlé du bébé au jeune homme, il avait dit qu'il avait déjà promis d'épouser une autre fille du village, enceinte elle aussi. Un des hommes qui allaient travailler aux champs avait vu le chapeau, mais il n'avait rien dit avant tard dans la journée, et quand un groupe était revenu voir, elle était déjà morte. Et son bébé aussi.

Comme c'était le genre d'histoires qu'elle voulait entendre, je lui ai parlé des bruits étranges que faisait la maison quand la pluie ruisselait sur le chemin et remontait en gargouillant par la bonde de l'évier, je lui ai parlé des blaireaux qui creusaient des trous dans le verger, de leurs grognements pareils à ceux d'un ours, des reniflements et des craquements, des traces de grès rouge qu'ils laissaient derrière eux quand ils creusaient leur terrier. Je lui ai parlé des chauves-souris qui vivaient dans la vieille grange, de leurs colonies moustachues qui voletaient en cercles dans la cour autour de la porte de derrière.

Pourquoi étions-nous partis ? demandait-elle. Est-ce que cet endroit était hanté ? Je lui ai dit que ma mère pensait que oui. Cela faisait partie des choses qu'elle aimait dans cette maison. Et avais-je vu des fantômes là-bas ? Je ne voulais pas la décevoir. Je lui racontais mes histoires les plus mirobolantes, le visage détourné.

Quand, allongée à plat ventre, j'inventais fantômes, démons et esprits maléfiques qui s'élevaient de la cave – cave qui n'avait jamais existé –, Emily passait ses doigts sur mes omoplates et embrassait le bas de mon dos. Elle disait avoir lu que les terminaisons nerveuses dans le dos sont si éloignées les unes des autres que je ne saurais pas si elle me touchait avec un, deux ou trois doigts. Peu m'importait combien de doigts elle pressait contre mon dos. Je voulais seulement qu'elle les laisse là.

Son histoire préférée était celle que j'avais inventée sur un petit garçon fantôme qui apparaissait en bas des escaliers, tellement net et complet que tous les gens qui venaient chez nous demandaient : qui était ce petit garçon en chemise de nuit, en bas de l'escalier ? J'ajoutais qu'aucun chien ne voulait traverser l'entrée une fois la nuit tombée.

Je lui ai raconté que les fantômes n'aimaient pas certains tableaux et que lorsqu'on en accrochait un au mur, ils entraient pendant la nuit pour les décrocher. Quand on entendait les cadres se fracasser au sol, cela signifiait qu'ils ne les aimaient pas.

Je lui ai dit qu'il y avait une zone d'air froid près de la porte de la cave qui nous donnait des frissons quand on y passait, même quand il faisait chaud dans la maison. Je crois que ce sont des histoires que Lindsey racontait, sans doute au sujet du pub du village. Mais une fois que je me suis mise à les répéter, elles ont commencé à s'attacher dans mon esprit à notre Vieille Maison. Au bout d'un moment, j'ai arrêté de me souvenir de l'endroit auquel elles étaient liées. Je ne me souvenais même plus si mes parents avaient déjà dit un jour que notre maison était hantée.

Emily voulait savoir toutes sortes de choses sur la Vieille Maison et la disparition de ma mère. À quelle date exactement s'était-elle évaporée ? Qu'avions-nous laissé dans la maison en partant, et qu'avions-nous emporté avec nous ?

Les décisions concernant ce que nous allions prendre ou laisser s'étaient faites au hasard : des cartons de jouets et d'ustensiles de cuisine préparés puis oubliés, des sacs de draps et de serviettes laissés dans le mauvais placard, ou qui ont moisi quand nous les avons rangés sous le porche de derrière. Des bottes en caoutchouc et des chaussures de marche dépareillées entassées près des portes des deux maisons – quand on en avait besoin, on ne trouvait jamais une paire complète.

Au départ, l'idée était de laisser la Vieille Maison meublée pour qu'elle soit plus facile à vendre, mais les affaires que nous y avons laissées lui donnaient un air désolé, effondré, et malgré notre intention de tout débarrasser, nous n'avons pas fini le travail correctement. Les livres dont Edward avait besoin pour le travail sont partis avec lui, mais tous les autres sont restés. Romans, livres de jardinage, livres d'images gribouillés ou déchirés par Joe, vieilles cartes, les restes de la collection de *National Geographic* d'Oncle Matthew aux pages collées et décolorées, empilés sous les banquettes des fenêtres.

Edward a contacté une société de débarras et quand ils lui ont annoncé le prix de deux cents livres, il a d'abord cru que c'était la somme qu'ils lui proposaient pour le reste de la bibliothèque, mais c'était ce qu'ils demandaient pour tout débarrasser. Il a répondu non merci, qu'il s'en occuperait lui-même. Mais il y avait toujours tellement à faire le week-end : la lessive, les courses, la minigym de Joe, les devoirs, les copies à corriger, les invitations chez des copains et l'aspirateur.

Si nous décidions de partir à la Vieille Maison avec un pique-nique, une boîte d'allume-barbecue et une bonne dose de détermination, nous perdions toujours courage avant midi, débordés par les piles de vêtements de bébé, les bulbes de tulipes germés, les nids de souris dans nos vieilles couvertures. Nous rapportions sans conviction des cartons d'affaires à trier que nous laissions s'entasser sur le porche, jusqu'au moment où, fatigués de nous prendre les pieds dedans, nous les jetions à la poubelle sans regarder ce qu'il y avait à l'intérieur.

Si la maison était encore pleine d'affaires, demandait Emily, qu'est-ce qui pouvait bien se cacher là-dedans ? Comment pouvions-nous être certains d'avoir fouillé chaque centimètre ? Pourquoi Edward avait-il laissé certains objets là-bas, pourquoi est-ce qu'il n'en voulait plus ? Quand j'ai dit à Emily qu'il m'avait interdit d'y retourner seule après ma dernière fugue du lycée, cela lui a mis la puce à l'oreille. N'avais-je pas le droit d'y aller ? N'était-ce pas ma maison autant que la sienne ? Qu'essayait-il de me cacher ? Pourquoi n'avais-je pas essayé d'y retourner ? Ne voyais-je pas que tout cela était suspect ? Pas vraiment non.

Et maintenant que je n'allais même plus au lycée, pourquoi est-ce qu'on ne retournait pas vivre là-bas ? C'était difficile à expliquer. La vérité, c'était qu'officiellement, la maison était toujours en vente mais qu'il y avait de plus en plus de problèmes et que nous n'avions jamais assez d'argent pour la réparer, maintenant que nous devions aussi payer l'achat de la Nouvelle Maison. La grange était classée, nous n'avions donc pas le droit de la modifier, mais ses poutres étaient dangereuses.

Nous aurions peut-être pu vendre la grange à quelqu'un qui désirait la convertir en maison, mais il nous aurait aussi fallu vendre l'allée pour que les acheteurs puissent y accéder. Quelqu'un avait proposé de louer la maison, mais cette personne avait ensuite découvert que le chauffage était en panne, que la porte de derrière ne fermait pas et que si nous empruntions de quoi faire les réparations, nous serions dans tous les cas forcés de vendre, si bien que la maison restait vide. Mais tout cela, c'étaient des choses impossibles à dire. En tout cas, pour moi. Alors, je parlais plutôt des craquements dans l'escalier, des cris à vous transpercer l'âme de la renarde dans le jardin.

Emily a plissé les yeux et remonté ses lunettes sur son nez pour signaler qu'elle avait quelque chose d'important à dire. Elle a déclaré : « Je pense qu'il a ses raisons. Des raisons pour ne pas lâcher cette maison. »

Elle a dit qu'elle avait rencontré une personne qui parlait aux morts. Une médium. Une femme qui gagnait sa vie comme peintre d'auras. Rien qu'en regardant l'air autour de vous, cette personne savait peindre les esprits et les couleurs de vos rêves et de votre passé. Emily a dit qu'elle était sûre que si nous allions dans la maison, la peintre d'auras percerait son secret. J'ai répondu : « Je ne pense pas qu'Edward sera d'accord. »

Ses yeux ont flambé de colère.

« C'est ton mystère autant que le sien, non ? Tu n'as pas le droit de savoir ? »

Je n'ai pas su quoi répondre. Emily s'est mise à emballer sur-le-champ ce qu'il nous fallait pour le trajet : un paquet de cartes, le reste d'une demi-bouteille de whisky que nous avions volée dans une poche de manteau dans le vestiaire de la boîte de nuit, des feuilles à rouler, de l'herbe, une carte de crédit, un briquet, une bougie et un morceau de carton peint que la peintre d'auras lui avait donné, avec un genre d'incantation au dos écrit au feutre rouge. Je n'ai rien fait pour l'arrêter. Je me suis dit que si nous partions, alors forcément le garçon ne pourrait pas nous suivre. Il y avait une éternité que nous n'avions rien fait sans qu'il soit avec nous.

J'aurais dû avertir Emily qu'il n'y avait presque pas de transports en commun pour rejoindre notre village. Quand notre train est arrivé à Whitchurch, nous avions raté le dernier bus de la journée pour mon village, alors nous avons dû prendre celui qui emprunte la route principale et demander au conducteur de s'arrêter sur l'aire de stationnement en haut de la route. De là, le centre du village est à un kilomètre et demi environ, le tout dans l'obscurité complète. À mi-chemin, il n'y avait plus de réseau téléphonique. Cela ne changeait pas grand-chose parce qu'à force d'utiliser le téléphone comme lampe-torche, il n'avait plus de batterie.

Quand la lumière s'est éteinte, Emily s'est mise à errer d'un côté à l'autre de la route, tantôt se cramponnant à moi, tantôt s'immobilisant pour me hurler de revenir et me demander où j'étais passée. J'étais juste à côté d'elle. Je ne comprenais pas le problème. Tant qu'on garde un pied sur la route, on sent et on entend le rebord de la surface goudronnée. Et quand la haie devient plus basse, la lumière de la lune éclaire assez pour qu'on puisse suivre son pâle reflet à la surface de la route. Même dans les parties les plus obscures, on sent le léger bombé du sol et il suffit de rester au centre. Il ne m'était jamais venu à l'idée, jusqu'à ce que je me retrouve à arpenter Duckington Lane dans le noir avec Emily, que savoir marcher droit sur une route non éclairée après la tombée de la nuit était une compétence de survie. J'avais toujours cru que ça allait de soi.

Pour la première fois dans notre relation, j'avais l'avantage. Nous étions sur mon territoire, dont je connaissais toutes les histoires effrayantes, et lesquelles parmi elles étaient inventées, et je pouvais m'arrêter et rester totalement immobile sur la route juste à côté d'elle sans l'avertir, pour qu'elle ne sache plus où j'étais passée.

Pendant la majeure partie du trajet, j'ai eu pitié d'elle, je lui tenais la main, je lui parlais d'une voix douce et égale. Mais en arrivant à la vieille décharge, je n'ai pas pu m'empêcher de lui dire que c'était là que la fille s'était noyée, celle au chapeau sur la berge, même si je ne savais absolument pas en réalité dans quel étang cela s'était passé. Elle s'est collée à moi, en plantant dans mon bras ses petits doigts pointus qui m'ont griffée à travers les mailles défaites de mon pull.

Dans le village, le réverbère près de la vieille cabine téléphonique ne fonctionnait pas. Mais toutes les lumières du pub étaient allumées, et la vue des fenêtres éclairées a tellement réjoui Emily qu'elle s'est presque mise à courir. Dès que nous avons poussé la lourde porte pour entrer, j'ai su que nous avions commis une erreur.

Emily ne se rendait pas compte qu'il existe des règles déterminant qui se tient de quel côté du bar, où s'installent les hommes et où s'installent les femmes. Elle s'est dirigée tout droit vers le côté des hommes et elle a demandé si quelqu'un pouvait lui prêter un chargeur. J'ai regardé les hommes s'écarter, baisser les yeux sur ses pieds boueux chaussés de ballerines pointues en velours, puis se détourner sans répondre.

Emily n'a pas eu l'air de comprendre ce que cela signifiait. Elle était aussi perdue dans cet endroit qu'elle l'avait été en marchant sur la route dans l'obscurité. Elle a reposé la question plus fort, secouant en l'air son téléphone inanimé pour appuyer ses propos. Le groupe d'hommes s'est écarté d'elle en échangeant des hochements de tête et ils sont partis en traînant des pieds s'installer près du jeu de fléchettes, la laissant seule au bar.

Elle est montée sur un tabouret pour se pencher au-dessus du bar et appeler quelqu'un qui puisse l'aider. La jeune femme derrière le comptoir était une fille que j'ai reconnue de l'école primaire, elle appartenait à une fratrie de trois sœurs très athlétiques, même si je n'étais pas très sûre de laquelle des trois il s'agissait. J'ai pensé que ce devait être celle du milieu, Stephanie. Elles mesuraient toutes environ un mètre quatre-vingts, avec de longs cheveux blonds. Ses yeux ont décrit un rapide aller-retour entre moi et Emily avant de se poser sur moi, après quoi elle m'a adressé un hochement de tête presque imperceptible pour me faire comprendre qu'elle savait qui j'étais.

Je suis restée du bon côté du bar, du côté des femmes, et j'ai fait signe à Emily de me rejoindre. Elle s'est contentée de me regarder avec de grands yeux et de répondre très fort : « Viens ici, espèce de débile, il y a plein de sièges libres. »

Je ne savais pas comment lui expliquer que les tabourets au bar étaient libres parce que les hommes auxquels ils appartenaient évitaient de rester à côté d'elle et attendaient que quelqu'un lui dise de partir. Elle agitait toujours son téléphone en criant pour qu'on vienne la servir, alors je me suis dirigée vers l'endroit où elle s'était assise et je lui ai demandé de venir avec moi de l'autre côté du bar.

« Pourquoi ? C'est quoi le problème avec ces sièges ? On dirait ce film, tu sais, *Le Loup-garou de Londres*, quand ils vont dans le pub qui s'appelle le *Dead Sheep*, non, le *Slaughtered Sheep.* »

Celle qui s'appelait peut-être Stephanie était juste à côté de nous.

« Tu veux dire le *Slaughtered Lamb* », a-t-elle corrigé, les mains sur les hanches. Elle a tendu la main pour prendre le téléphone qu'elle a branché derrière le bar.

« Je voudrais une double vodka orange, a dit Emily. Et deux paquets de cacahuètes. » Peut-être-Stephanie a posé les deux paquets sur le bar.

« Une livre soixante. Elle, je la connais et elle a seize ans, maximum. Et toi, t'as pas l'air tellement plus vieille. »

Emily, les yeux plissés, a paru un instant envisager de faire son discours habituel, parce qu'elle avait presque DIX-NEUF ans, en fait, et que la discrimination sur la taille, c'était un VRAI PROBLÈME, au cas où vous ne seriez pas au courant, mais elle a laissé tomber et lui a tendu l'argent des cacahuètes. Quand elle est descendue de son tabouret, en sautant à cause de sa petite taille, peut-être-Stephanie m'a regardée à nouveau avec un hochement de tête. Ce n'était pas très grave pour la vodka parce qu'il nous restait encore dans le sac à dos un fond de la demi-bouteille dont nous avons bu des petites gorgées à tour de rôle, cachées derrière nos pulls. Nous avions l'impression d'être discrètes mais peut-être-Stephanie est allée chercher le gérant dans la salle d'à côté pour nous surveiller, ce qui semblait indiquer que nous n'étions pas si discrètes que cela.

Dans un village, on est toujours la fille de quelqu'un. Jamais seulement soi-même. C'est difficile, quand on a une mère qui est connue pour avoir disparu et qu'on vient d'une maison qui tombe en ruines. J'ai vu les hommes autour du jeu de fléchettes regarder dans ma direction, en se concertant pour vérifier que c'était bien moi qui, vous savez, avais vécu cette sale affaire, dans le coin du Cap. Le Cap était le nom que les gens donnaient au virage avant d'arriver à notre portail.

J'ai soigneusement divisé chaque cacahuète en deux, sucé le sel et recraché les moitiés que j'ai alignées au bord de la table. Emily ne connaissait rien aux villages.

Dans quelques minutes, tout le monde saurait que j'étais venue, avec ma tête rasée, accompagnée d'une fille bizarre avec une demi-chevelure arc-en-ciel et des piercings partout. L'odeur d'herbe sur nos vêtements devait déjà faire l'objet de discussions.

Ils devaient déjà être en train de dire qu'on avait toujours été des gens farfelus, c'étaient eux qui, vous savez, les filles Richards étaient venues s'occuper d'eux après que, vous savez. Le gamin doit bien avoir, combien maintenant ? Sept ans ? Ils ont déménagé. Faut comprendre. Après ce qui s'est passé. La fille, on dirait qu'elle a mal tourné. Y a qu'à voir ses cheveux.

Depuis le pub, il reste encore presque un kilomètre jusqu'à la maison, dans l'obscurité complète. La route tourne à angle droit pour contourner un champ. Puis elle longe une grande étable, juste avant notre chemin. L'étable bloque toute lumière provenant du ciel. J'ai toujours été heureuse de passer devant. Les bruits chauds et l'odeur du bétail parviennent de l'autre côté du mur. L'odeur de foin humide, d'ensilage et d'haleine de vache indique qu'il ne reste plus qu'un seul champ avant le début de notre allée. À cet endroit, la route est généralement un peu verte et glissante, mais cela ne m'a jamais dérangée.

Maintenant que nous étions presque arrivées, j'avais hâte de montrer notre maison à Emily. Le lendemain matin, elle verrait le jardin clos de murs, le verger et la cour pavée. Même dans le noir, elle admirerait la douceur des sons de la maison, ses belles fenêtres aux lourds volets, son parfum de bois ancien et de quelque chose qui ressemblait à de la cannelle, l'odeur de chez moi. J'allais allumer un feu. Ce serait romantique. Elle ne l'avait jamais dit, mais elle m'aimait, sûrement. Comment aurait-elle pu ne pas aimer ma maison ?

Emily s'est agrippée à mon bras si violemment que ses ongles se sont plantés de part et d'autre de mon coude. Elle avait cessé de crier pour tout et n'importe quoi et émettait à présent un gémissement plaintif presque ininterrompu. Ses chaussures en velours très chères ont dérapé sur une plaque verte gluante et elle a hurlé : « C'est quoi, cette odeur dégueu ?

– C'est les vaches, espèce d'andouille ! Ça sent comme ça, les vaches.

– Pourquoi elles puent autant ? J'ai quelque chose sur mon pied ! »

Je me suis écartée d'elle. Je me sentais offensée à la place des vaches. Et de la route. Et de ma maison. Mais je ne pouvais pas l'abandonner là, toute seule dans le noir. J'ai dû lui tendre la main pour la guider le temps de longer le mur, de dépasser le portail de la ferme et de contourner la haie au début de notre allée.

« On est arrivées. Tu peux t'arrêter de crier, maintenant.

– Où ça ? On est où ? Je ne vois rien ! J'ai toujours ce truc qui me colle au pied !

– C'est toujours glissant à cette période de l'année. Quand les vaches sont rentrées.

– Je m'en fous ! Ramène-moi chez moi tout de suite. Je ne peux pas supporter une seconde de plus cette odeur et cette merde et cette… cette MERDE !

– Mais on est presque arrivées. On ne trouvera pas de bus avant demain matin. Ça va aller.

– Je ne veux pas entrer dans ta sale maison hantée.

– Elle n'est pas hantée. Pas vraiment. C'est juste qu'il fait froid. »

Emily s'était mise à pleurer. « Mais tu m'as dit, tu m'as dit… »

Je l'ai guidée par les épaules pour contourner la haie et entrer dans notre allée. L'allée est étroite, bordée de grandes haies et d'ornières profondes et, même au clair de lune, il y a des parties où aucune lumière ne filtre. Elle n'était plus entretenue depuis longtemps et des morceaux de haie, qui s'étaient affaissés sous leur propre poids, bouchaient presque le passage tandis qu'à d'autres endroits, les ronces avaient projeté de longues tiges qui s'emmêlaient dans nos cheveux et nos visages, impossibles à discerner avant qu'elles nous aient agrippées.

Le sol aussi était pire à cet endroit : la boue y était plus profonde. Le gravier avait été emporté par le ruissellement et l'herbe avait repoussé au milieu de l'allée. Et c'est là que quelque chose – l'allée, le reflet de la lumière dans la boue, ou peut-être la difficulté de notre avancée – m'a rappelé à quel moment de l'année nous étions. C'était peut-être la manière dont le clair de lune tombait par le trou dans la haie. Ou bien la température. Ou l'odeur du chemin en hiver, le parfum particulier de la boue froide. Ce quelque chose m'a arrêtée net, glaçant mon estomac vide. D'un coup, je me suis écartée d'elle.

« Emily, quel jour on est ? » Elle n'a pas bougé. « On est le combien ? On est en février, c'est ça ? Mais quel jour ? »

Elle a serré ses bras osseux autour de son corps minuscule, et je me suis sentie submergée par la conscience de son hostilité, du danger réel qu'elle présentait. Comment avais-je pu la sous-estimer jusque-là ? Elle m'avait fait venir ici, précisément ce soir-là, à cette date anniversaire, en sachant qu'Edward viendrait forcément me chercher. Depuis que j'avais arrêté d'aller en cours, je ne connaissais plus la date. J'avais complètement perdu la notion du temps. Mais pas Emily.

13

Parler aux morts

As-tu une sœur ?
Elle embrasse un voleur.
As-tu un frère ?
Il est en fil de fer.
As-tu un bébé ?
Il est en pain saucé.

D'un coup, j'ai eu peur. Peur de la colère d'Edward. Peur de ce que nous avions déclenché. J'ai songé à retourner au pub pour téléphoner chez moi mais le temps que j'arrive là-bas, il serait fermé. Et puis, qu'aurais-je fait d'Emily ? Je ne pouvais quand même pas la laisser en plein milieu du chemin. Son téléphone s'était déjà rééteint. L'endroit le plus proche, c'était ma maison. J'avais les pieds froids et mouillés alors j'ai continué à avancer sur l'allée, toujours accrochée à Emily pour l'empêcher de hurler ou de tomber dans la haie. J'ai ouvert le portail de la cour, je l'ai traînée sur les pavés glissants, j'ai ouvert d'un coup d'épaule la porte de derrière gonflée de pluie et j'ai inhalé l'odeur de chez moi : cannelle, pain, laine vierge, sable sec.

J'ai essayé d'allumer la lumière. Rien. Pas étonnant. Je me doutais qu'Edward n'allait pas payer l'électricité dans une maison vide. Mais cela voulait dire qu'Emily ne pourrait pas charger son téléphone. Et donc que nous n'avions aucun moyen d'appeler chez nous pour partir avant le matin. J'ai allumé la bougie que nous avions apportée et je l'ai utilisée pour chercher sous l'évier un pot de confiture, et le panier de bougies chauffe-plats et de soucoupes que nous gardions là. J'ai placé la bougie d'Emily dans un bocal en faisant goutter de la cire au fond pour la fixer à l'intérieur.

« Comment tu sais faire ça ? » a-t-elle demandé. J'ai haussé les épaules. Est-ce que tout le monde ne savait pas faire ça ? Comment faisaient les gens quand les plombs sautaient ?

Maintenant que nous avions une lumière, je l'ai guidée jusqu'au salon mais elle a continué à gémir et à se cramponner à mes manches, sursautant à chaque pas, criant des choses comme « C'est une souris ? », « Où est la porte de la cave ? », ou encore « Pourquoi il fait aussi froid ici ? ». Au moins, j'avais une réponse facile à donner à cette dernière question.

« Parce qu'il n'y a pas de chauffage. On va allumer un feu.

– Comment ? Comment on allume un feu ?

– Comment tu fais pour ne pas savoir allumer un feu ? »

Elle m'a regardée fixement, ses yeux immenses derrière ses lunettes, la flamme de la bougie vacillant dans ses verres comme des effets spéciaux bon marché. Je n'avais aucune sympathie pour elle. Elle s'était servie de moi comme d'un appât. Je ne savais absolument pas pourquoi elle voulait punir Edward, mais je voyais soudain notre relation tout entière comme une ruse, un piège savamment orchestré. Elle ne m'avait jamais voulue pour moi-même. Elle m'avait voulue comme un moyen de torturer mon père. Pour moi, l'idée n'avait aucun sens mais maintenant qu'elle m'avait fait venir là, je n'allais certainement pas lui faciliter sa nuit dans une maison hantée.

J'ai posé la bougie dans le foyer pour regarder s'il y avait du petit bois pour allumer le feu. Si je réussissais à démarrer un feu assez gros, il éclairerait aussi la pièce. Comme nous avions laissé les volets de bois fermés, la pièce était plus sombre encore que la nuit au-dehors. Il ne restait que quelques bûches utilisables mais le panier d'osier effrangé qui les contenait pouvait servir de petit bois si j'arrivais à trouver du papier assez sec pour le démarrer. Sur les étagères à côté de la cheminée se trouvaient quelques livres d'images abandonnés, trop gribouillés pour que nous les emportions, des restes de puzzle dans une boîte en carton cassée, des cubes en bois aux images décollées. J'ai arraché des pages de *La Grande Aventure de Petit Ours* dont j'ai fait des tortillons pour allumer le feu.

Emily, restée tout près de moi, suivait chacun de mes gestes en sursautant de temps à autre. Je lui ai tendu des pages à tortiller mais elle les a juste posées à plat sur la grille du foyer. J'ai tortillé toutes ses pages, puis j'ai allumé l'osier du panier en utilisant la lumière pour repérer d'autres choses à brûler. Quelques cuillers en bois fendues. Des pinceaux d'enfants. Un casier à couverts. Une pile de cadres à photos vides.

Tandis que le feu démarrait, Emily s'est écartée du foyer pour trouver quelque chose sur quoi s'asseoir. Elle a réuni quelques lourdes housses à poussière et une couverture en tricot sale qu'on utilisait pour les chiens de passage, et elle les a empilées pour former une sorte de nid près du feu.

Je l'ai laissée là et je suis montée chercher d'autres couvertures. Tout semblait humide, mais c'était surtout à cause du froid. J'ai trouvé un sac de couchage et quelques couvertures. Il allait falloir nous en contenter. Emily a tout empilé autour d'elle. Elle paraissait très petite et très jeune, assise au milieu de son nid avec ses genoux remontés jusqu'aux oreilles, à scruter, les yeux écarquillés, les recoins de la pièce comme si elle s'attendait à ce que quelque chose en surgisse pour lui sauter dessus. Alors que je remontais pour voir ce que je trouvais d'autre, je n'ai pas pu m'empêcher de demander : « J'espère que tu n'as pas peur des souris ? »

J'ai attendu un peu sur le palier, juste pour m'amuser. Ce n'était pas tous les jours que j'avais le dessus sur elle. Quand je suis redescendue, Emily avait disposé ses cartes à jouer en cercle devant le feu, marquant plus ou moins la limite extérieure de la chaleur du foyer. Elle a posé soigneusement au milieu la bougie dans son bocal, et elle s'est mise à lire les mots inscrits sur son petit morceau de carton. Je ne sais pas à quoi elle s'attendait. À quelque chose de dramatique. Mon estomac a gargouillé. Emily a pris un air dégoûté.

« Tu peux trouver un autre bocal ou alors un verre ? Normalement, il faut mettre le doigt sur un verre.

– Normalement, il faut partager ton putain de whisky. Ça sert aussi à ça, les verres. »

Je suis partie dans la cuisine en tapant des pieds avec la bougie pour regarder à nouveau sous l'évier, et j'y ai trouvé un gobelet en plastique de Thomas le Train et un pot de beurre de cacahuètes avec une araignée morte au fond. J'ai partagé le reste de whisky entre les deux verres, en le versant assez loin de la bougie pour qu'Emily ne voie pas qu'elle buvait l'araignée morte. Après avoir vidé le gobelet Thomas le Train, je l'ai posé tête en bas au milieu du cercle, comme une sorte de défi. Je ne m'attendais pas à ce qu'il se passe quoi que ce soit. À part qu'Emily ait une peur bleue chaque fois que le vent faisait cogner une branche contre la porte de derrière. Et il y avait beaucoup de branches près de la porte de derrière.

Emily a roulé un joint par terre et, comme le sol était trop humide, elle a recommencé sur son sac à dos. J'ai tendu la main pour avoir mon tour mais elle m'a évitée du regard tout en continuant à fumer avec détermination, exhalant chaque bouffée à un rythme presque agressif. J'ai enlevé mes chaussettes mouillées et je les ai étendues en travers d'un des cadres cassés posés dans l'âtre pour les faire sécher. J'ai pris plaisir à les tordre pour les essorer, à la voir, horrifiée, enfouir ses pieds plus profondément sous la couverture.

Une fois son joint terminé, elle a adossé le bout de carton peint contre son sac à dos de manière à pouvoir lire les mots écrits au feutre et elle a posé ses doigts sur le gobelet Thomas le Train en fermant les yeux. Je ne sais pas ce qui était écrit sur le carton, ni si c'était censé être un langage réel ou juste quelque chose d'inventé, dont quelqu'un s'était dit qu'elle serait assez stupide pour l'acheter, sauf qu'une partie du mot ressemblait à mon nom. Je crois que c'était peut-être une variation sur le « Om ». En tout cas, ça ne m'a pas plu.

Araignée ou pas, j'ai ramassé son pot de whisky pour le boire, histoire de me venger du joint qu'elle n'avait pas voulu partager et là, je jure que je ne l'ai pas serré particulièrement fort et que je n'ai pas cherché à le casser, mais il a explosé dans ma main, envoyant voler des éclats à travers toute la pièce, jusqu'aux endroits obscurs hors du halo de lumière du feu, puis j'ai senti que ma main était mouillée, qu'elle me piquait, et je me suis dit : c'est du sang, et au même moment, on a entendu un fracas à l'étage.

Chaque fois que je raconte la scène à quelqu'un, on me répond : eh bien, tu as dû casser le verre parce que tu étais en colère, ou bien : le bruit à l'étage t'a fait sursauter et tu as cassé le verre, ou encore : le verre était déjà cassé mais tu ne l'as pas remarqué dans le noir. Tout ce que je peux dire, c'est que ce n'est pas le souvenir que j'en ai. Je me souviens de l'incantation, du verre qui volait en éclats dans toutes les directions, du sang mêlé au whisky dans le creux de ma main, puis du fracas, puis du cri d'Emily.

Au milieu de tout cela, je ne sais comment, la bougie s'est éteinte. Je l'ai peut-être renversée en me levant brusquement. J'ai couru vers l'escalier et le bruit puis, en revenant sur mes pas pour rallumer la bougie, je me suis aperçue que mes pieds nus étaient aussi mouillés que ma main. Encore du sang. Je ne savais pas ce qui faisait du bruit à l'étage mais la chose était toujours là-haut, à faire tomber des objets ou à se cogner contre des meubles. Je n'ai pas pensé un seul instant qu'il ait pu s'agir d'un fantôme. Les sons étaient trop lourds, réels et irréguliers. Mais c'était dans ma maison, et je voulais savoir ce que c'était.

Sur le palier, il y avait un énorme oiseau noir. Sans doute un corbeau. Il traînait une de ses ailes derrière lui, se posait à moitié, atterrissait maladroitement et se jetait en travers de la grande fenêtre au bout du palier. Le choc qu'on entendait venait de la porte de la chambre du fond, qui claquait dans son cadre dans un violent courant d'air froid qui soufflait de la fenêtre.

L'oiseau devait déjà être dans la chambre. Peut-être qu'en ouvrant la porte d'en bas, nous avions fait ouvrir la porte du haut, mais maintenant l'oiseau était sur le palier, paniqué par les claquements de la porte de la chambre, et il n'arrivait plus à trouver la sortie. Il était peut-être coincé dans la chambre depuis des jours, affamé, et nous l'avions dérangé.

Je suis passée devant l'oiseau en courant et j'ai levé le panneau de la fenêtre à guillotine. Je savais qu'il y avait un truc pour faire fonctionner cette fenêtre parce qu'on m'avait interdit de l'ouvrir ou de la fermer moi-même. Il y avait une histoire de bâton. Mais ce n'était pas le moment de chercher un bâton par terre dans le noir, alors j'ai ouvert la fenêtre de toutes mes forces aussi haut que j'ai pu et j'ai reculé. Elle est retombée lourdement de travers dans son cadre dont le bois s'est fissuré. C'était ça. Il fallait caler la fenêtre sur un bout de bois. Une des vitres était cassée. Trop tard. Comment l'oiseau allait-il faire pour sortir ?

C'était la porte de la chambre de mes parents qui claquait et, maintenant que le vent arrivait aussi par la fenêtre du palier, il soufflait plus fort que jamais. J'ai couru derrière l'oiseau, le poursuivant d'un bout à l'autre du palier, pour essayer de le faire entrer dans la chambre. Il n'était pas franchement d'accord et au fond, moi non plus. Depuis le départ de ma mère, je n'aimais pas entrer dans cette chambre. Personne n'aimait ça. Edward s'était tout de suite installé dans la chambre de Joe, sous prétexte de le surveiller la nuit, disait-il, mais il n'y était jamais revenu.

Quelqu'un avait pourtant dû y entrer pour vider les placards et les tiroirs de ma mère, retirer ses livres de la table de chevet, laver les draps et les ranger soigneusement dans l'armoire, mais ce n'était pas nous. Ce devait être Mrs Wynne. Je ne l'avais jamais vue faire. Elle avait dû s'en occuper pendant que j'étais à l'école. Je me rappelle avoir vu la chambre nue et vide, le store baissé, avec des marques sur le mur à l'emplacement des tableaux, le matelas recouvert d'une couverture unie, mais je ne saurais pas vous dire quand. Peut-être des années après.

Mais cette fois-là, j'ai dû entrer, refermer la porte derrière moi, ouvrir la fenêtre et doucement, patiemment, pousser l'oiseau boiteux jusqu'à ce qu'il s'envole d'une seule aile pour se poser dans le poirier en face. J'avais conscience de laisser des traces de pieds ensanglantées derrière moi et des traînées de sang de mes mains sur la fenêtre, la porte et les murs. Quand le triste oiseau a eu mi-sauté, mi-volé par la fenêtre, j'ai fermé les volets et je me suis trouvée plongée dans l'obscurité complète. J'ai retrouvé la sortie à tâtons, en frôlant les murs du bout de mes doigts sanglants, suivant les traces de sang, de plumes, de suie et de poussière jusqu'à la porte.

Emily attendait sur le palier, voûtée au-dessus de sa bougie dans le bocal, frissonnant sous la meilleure couverture que j'avais pu trouver.

« Il est parti ?

– Ouais.

– Il gèle, maintenant que tu as cassé cette grande fenêtre.

– C'est la guillotine. Le câble est cassé. Normalement il faut la caler avec un bâton. J'ai oublié.

– Qu'est-ce que tu racontes ? C'est quoi, putain, une guillotine ? T'es vraiment une tarée. Qu'est-ce que t'as sur les pieds ?

– Du sang. À cause des morceaux de verre.

– Je t'ai bien dit qu'ils étaient là.

– Ils ?

– Ce n'est pas la chambre où il est mort ? »

Il ? Mais de qui parlait-elle ?

« Mon Grand-Oncle Matthew ? Celui qui a donné la maison à mon père ? Il est mort à la maison de retraite.

– Non, pas lui. Ton frère. Celui qui est mort. »

De quoi parlait-elle ? Mon frère était vivant et en pleine forme, il habitait dans les West Midlands.

« Je veux dire, c'est déjà pas rien de perdre un membre de sa famille. Mais deux dans un seul endroit ? Tu crois vraiment que c'est une coïncidence ? »

Je l'ai dévisagée. Dans la lueur de la bougie, son visage semblait décharné, cireux, malsain.

« Tu crois que c'était elle ?

– Quoi ?

– Ta mère ? J'ai utilisé l'incantation pour invoquer ta mère. Je lui ai demandé de me dire où il l'avait cachée. Et là, l'oiseau est entré. Tu crois qu'elle est dans la chambre ?

– C'était un oiseau. Ça leur arrive de rester coincés. Il devait être là depuis plusieurs jours, en train de chercher la sortie.

– C'était peut-être ton frère.

– Il y a peu de chances. Vu qu'il est dans son lit dans le coin de Wolverhampton. Et la dernière fois que j'ai vérifié, il ressemblait à un petit blond, pas à un gros corbeau.

– Pas ce frère-là. Le frère mort. Je l'ai invoqué aussi.

– Alors arrête d'invoquer des trucs, d'accord ? Surtout des trucs qui cassent nos fenêtres et qui chient partout par terre. Ou alors essaie d'invoquer quelque chose d'utile. Genre, un livreur de pizza. Du chocolat chaud. Et arrête de me raconter des conneries sur cette histoire de frère mort. C'est pas drôle. Ne mêle pas Joe à tout ça.

– Mais je te l'ai déjà dit. Pas Joe. L'autre.

– Je n'ai pas d'autre frère.

– En effet, depuis qu'il est mort, tu n'as plus d'autre frère.

– Qu'est-ce que tu racontes, putain ? »

J'ai descendu les escaliers d'un pas précipité en sentant ma main glissante sur la rampe, les éclats de verre piquants sous mes pieds. Pourtant, je n'avais pas mal. Je brûlais d'indignation et de colère mais surtout, en dessous, je sentais la brûlure plus forte encore de la peur. Je la reconnaissais et la rejetais dans un même mouvement. Ce sentiment m'était familier, lui aussi : le savoir et le refus de savoir se superposant dans la même fraction de seconde, et l'effort que cela exigeait de moi, comme une double respiration, un sursaut du cœur qui trébuche.

En bas, Emily était installée dans la zone la plus chaude, dans son nid près du feu, tandis que je faisais les cent pas en périphérie du cercle, écrasant les bouts de verre sous la plante de mes pieds, cherchant des objets toujours plus ridicules à jeter au feu. Je n'arrivais plus à m'arrêter de trembler. J'ai ramassé l'une des chaises abandonnées à l'assise enfoncée et je l'ai cognée de toutes mes forces contre le bord en pierre du foyer. Emily s'est recroquevillée davantage dans ses couvertures, les bras repliés autour de la tête.

Quand les pieds de la chaise se sont décrochés, je les ai enfoncés rudement dans la cheminée en laissant la moitié dépasser au-dessus du tapis. Pendant quelques minutes, le feu a enflé autour de l'assise tressée de la chaise, puis il s'est éteint à nouveau. J'ai fini le whisky qui restait dans la bouteille.

« Bon, j'ai dit. Dépêche-toi, avant que je meure de faim ou de froid. De quoi tu parles ? »

Alors elle m'a raconté. L'histoire que mes parents m'avaient cachée. L'année de leur arrivée dans cette maison, ils avaient eu un bébé, qui était né dans la grande chambre au bout du palier. Et qui n'avait jamais respiré. Ils l'avaient enterré dans la vieille chapelle sur le chemin de la rivière, celle où plus personne n'allait. Ensuite, ils m'avaient eue moi. L'histoire s'arrêtait là. C'était sa mère qui la lui avait racontée. Edward s'était marié avec une ancienne étudiante à lui et l'avait emmenée vivre dans une vieille maison à la campagne, puis leur bébé était mort.

Mon premier réflexe a été de nier. De crier : « Menteuse ! »

Alors j'ai crié. Pendant un bon moment. Je ne trouvais pas de meilleur mot que « menteuse » et j'ai continué à le répéter pendant un certain temps, même si je sentais qu'une nouvelle version plus terrible du monde était en train de se reformer autour de moi.

Je l'ai détestée. De savoir ça. D'être celle qui me l'apprenait. Parce que, tout en criant : « Menteuse ! Je te déteste ! Menteuse ! », je me souvenais de ma mère en train de me chanter une chanson en particulier : « *Green gravel, green gravel*, ton herbe est si verte. » Désormais, je savais pour qui elle la chantait. Une chanson pour l'enterrement d'un nouveau-né, qu'on lave dans le lait frais, qu'on enveloppe dans la soie, dont le nom est un secret que personne ne prononcera plus jamais à voix haute, qu'on écrit à l'encre d'or et qu'on enterre avec lui dans la Chapelle Verte où nous allions allumer une bougie. Chaque hiver. Un peu après Noël.

Je me suis rappelé quand nous chantions cette chanson en marchant le long de la rivière :

Dans le lait frais te baignerai,
Dans la soie t'envelopperai,
Et ton nom écrirai
À l'encre et à la plume d'or.

Cette chanson était primordiale. J'avais toujours su que le jour où je retrouverais ma mère, si nous étions toutes deux méconnaissables, ce serait la chanson que je devrais lui chanter pour qu'elle sache que c'était moi. C'était la chanson qu'il fallait chanter un jour précis à la Chapelle Verte pour apaiser les morts.

À la Chapelle Verte. Près du pont inondé en hiver. Là où elle est entrée dans l'eau. Là où ils ont retrouvé ses empreintes de pieds. Distinctes, parce qu'elle était sortie sans ses bottes ni ses bonnes chaussures, et que celles qu'elle avait aux pieds en sortant avaient dû tomber en chemin : ses empreintes étaient là, orteils imprimés dans la boue – ou du moins, elles l'étaient la première fois qu'ils ont pris les photos, mais quand ils sont revenus, les vaches étaient descendues à la rivière et avaient labouré les berges boueuses de leurs sabots jusqu'à ce qu'il ne reste plus rien.

Puis quand ils ont voulu examiner les premières photos, elles n'étaient pas très nettes, tout compte fait, elles n'ont donc pas été classées avec les autres pièces du dossier parce que les policiers ont pensé que les experts reviendraient le lendemain avec un bon appareil photo pour les prendre correctement. Ses empreintes dans la boue n'étaient plus recevables. Officiellement, il n'existe donc plus aucune trace de l'endroit où elle a pu entrer dans l'eau, ni de ce qu'elle avait aux pieds à ce moment-là.

Et moi j'étais là, en train de crier : « Menteuse ! Menteuse ! Je te déteste ! » tandis qu'Emily se faisait toute petite dans son nid de couvertures, les épaules levées contre mes attaques comme deux ailes pointues, et à chaque cri, j'étais de plus en plus persuadée qu'elle avait raison et que j'avais tort. De plus, je savais qu'il y avait une bonne raison pour que sa mère soit au courant, une raison qui avait quelque chose à voir avec Edward.

J'ai senti une bouffée d'un sentiment que je reconnaissais, de ceux qui vous empêchent de voir ce qui se trouve juste sous votre nez : la honte. J'ai reconnu la colère mêlée de honte qu'on ressent quand on a conscience d'avoir profondément, irrémédiablement tort. Alors j'ai continué à crier et à casser des choses, le plus longtemps possible parce que je savais qu'après cela, quand le silence reviendrait, le monde dans lequel je vivrais serait pire que celui d'avant.

J'aurais peut-être pu continuer à crier toute la nuit, mais j'avais sous-estimé le village. La mémoire collective du village. La conversation autour du bar après notre départ. La date sur le mur. La discussion qui a tourné en rond encore et encore, jusqu'à ce que le gérant du pub appelle les parents de Lindsey. Tout le monde connaît leur numéro parce qu'ils sont propriétaires de la station de taxis du village, et ils connaissaient le numéro d'Edward, qui a appelé les parents d'Emily qui ont appelé la police.

Mais la police a mieux à faire que d'accourir dans une maison abandonnée pour vérifier si deux ados habillées bizarrement sont en train de fumer des joints ou de faire des choses interdites, et les parents d'Emily vivaient plus près de l'autoroute et n'avaient pas besoin, eux, de réveiller un enfant de sept ans et de l'installer dans un sac de couchage dans son siège auto, et ils avaient un très gros 4 × 4 qui pouvait grimper sans problème en haut de l'allée, si bien qu'ils sont arrivés bien quarante minutes avant tous les autres.

Emily a reconnu le bruit de la voiture de ses parents : quand les phares ont balayé la dernière portion de l'allée, elle avait déjà bondi hors de son nid et était sortie en courant par la porte de derrière pour échapper à cette maison hantée, à cette sorcière hurlante et couverte de sang, à ces fantômes aux ailes noires, et se réfugier dans les bras de sa mère. Ma responsabilité n'a pas même été discutée. C'était ma maison. Je l'avais amenée ici. Et tout le monde voyait bien que j'étais ivre morte, que je hurlais des insultes et que je pissais le sang par toutes mes extrémités.

Je crois qu'en plus des insultes, j'ai jeté différents objets sur Emily pendant qu'elle sortait en courant. Parmi eux, un pied de chaise à moitié brûlé qui est tombé, rougeoyant, sur les pavés tandis que la mère d'Emily enveloppait sa pauvre fille dans le manteau qu'elle lui avait apporté et l'installait sur le siège arrière de la Range Rover avec le chauffage à fond.

Puis la mère s'est tournée vers moi. Je me souviens qu'en guise de préambule à son anéantissement de ma personne et de ma conduite, elle a décroché le peigne à l'arrière de sa nuque, a secoué ses cheveux, puis les a recoiffés. J'ai essayé de me réfugier à l'intérieur et de claquer la porte mais, gonflée par l'humidité, elle s'est rouverte brutalement, si bien que le réquisitoire a été ponctué de claquements et d'ouvertures de porte, de mes cris et, vers la fin, de vagues grommellements provenant, je crois, de son mari, qui joignait sa voix plus grave à la sienne.

Je n'ai rien écouté de ce qu'elle a dit. Mais c'était long. La quantité à elle seule était impressionnante. À la durée de son discours, j'ai compris que j'étais décidément une très mauvaise personne. Encore plus mauvaise qu'ils ne le soupçonnaient. Ce qui était déjà beaucoup.

Pour une raison qui m'échappe, je tenais dans une main la bouteille de whisky vide et, profitant d'une pause dans son inventaire de mes méfaits, je l'ai jetée dans la cour où elle s'est fracassée sur les pavés, sans interrompre pour autant le flot d'invectives. C'était impressionnant.

Je crois qu'elle a conclu sur quelque chose du genre de : « Vous vous expliquerez avec la police quand ils arriveront », ce qui m'a fait éclater de rire. Il y avait déjà huit ans environ que j'expliquais régulièrement à la police à quel point je ne valais rien. Quand elle s'est enfin interrompue, j'ai crié : « Et vous pouvez m'expliquer pourquoi Edward vous a parlé de son bébé mort, alors que personne d'autre au monde n'est au courant, même pas moi et Joe ? Et pourquoi vous avez cru que c'était une bonne idée de dire à votre débile de fille de me raconter tout ça ? »

Il y a eu une longue pause. Comme les phares étaient tournés vers l'allée, je ne pouvais pas distinguer les visages de la mère et du père. Le père d'Emily a demandé : « Quel bébé ? » C'est comme ça que j'ai su qu'il y avait eu quelque chose entre Edward et la mère d'Emily. Quelque chose que son mari ne savait pas. Puis leurs silhouettes se sont éloignées de la lumière et j'ai entendu claquer les portières.

Je croyais qu'ils allaient me laisser là, seule toute la nuit. J'ignorais qu'Edward était aussi en route, jusqu'à ce que je voie sa voiture s'avancer derrière la leur, leur bloquant le chemin. Il a laissé le moteur allumé parce que Joe ne restait endormi en voiture que si le moteur tournait. Puis il a contourné péniblement leur voiture en s'emmêlant dans les branches de la haie, et il a enjambé la bouteille cassée pour arriver à la porte. Il m'a serrée dans ses bras, tellement fort qu'il m'a soulevée du sol, et c'était peut-être la première fois qu'il se rendait compte à quel point j'étais devenue maigre. Il pleurait et moi aussi. Nous avons beaucoup répété pardon en même temps.

« Pardon. Je ne savais pas quel jour on était avant d'arriver ici.

– Ce n'est pas toi. Ça n'a rien à voir avec toi. C'est ma faute.

– Elle m'a parlé du bébé qui est mort. Elle me l'a dit quand on est arrivées ici.

– Jonathan ? Elle t'a parlé de Jonathan ?

– Il s'appelle comme ça ?

– Jonathan. Oui. Mais personne n'est au courant. Mais enfin, ça n'a jamais, comment elle a ?

– Tu ne me l'as jamais dit.

– Ta mère voulait t'en parler quand tu serais plus grande. Ce n'était jamais le moment. Jamais le bon moment.

– Mais tout le monde est au courant !

– Non. Non, ce n'est pas vrai. Ça n'a jamais été le cas. Mais attends, tu es pieds nus ? Il y a des saletés sur les pavés par ici. »

Il m'a portée jusqu'au portail, puis il a été forcé de me reposer. L'allée n'est pas assez large pour qu'on puisse porter quelqu'un en contournant une voiture, surtout quand elle est aussi grosse que la leur.

Alors je suis passée dans l'herbe pour me frayer un chemin le long de leur voiture, ajoutant de la boue à mes coupures, étalant au passage des traces de mains sanglantes sur leurs vitres, et je suis montée sur la banquette arrière à côté de Joe qui dormait la bouche ouverte dans son siège auto, dans l'air surchauffé, épais de ronflements, empli d'une odeur de croûtes de pain grillé et de briques de jus d'orange. J'ai déplié un côté de sa couverture pour en recouvrir mes pieds nus, puis je me suis couchée en boule sur la place qui restait.

J'entendais la musique d'une dispute sans en distinguer les paroles. Trois voix d'adultes ponctuées de claquements de portières. Le whisky et la faim me faisaient tourner la tête. J'ai fermé les yeux de toutes mes forces et je me suis cramponnée au bord du siège, comme si cela pouvait faire cesser le bruit.

Puis la police est arrivée. Leurs phares ont illuminé la banquette arrière quand ils se sont approchés et garés derrière nous, trois voitures coincées les unes derrière les autres, toutes tournées vers la Vieille Maison, obligées de parcourir la longue allée boueuse en marche arrière pour repartir.

La police voulait savoir si j'allais bien. J'ai dit que oui, mais en ouvrant la portière, ils ont vu le sang sur mes mains et mes pieds, et ils ont sorti leur trousse de premiers secours. Ils n'ont pas pu s'empêcher de remarquer, en bandant mes mains et mes pieds, que ma peau était tailladée, pleine de cicatrices, sèche, rêche et jaune, et que mes os saillaient au-dessous. Ils m'ont questionné sur ma consommation de drogue, mes scarifications, mes habitudes alimentaires, et ils ont sommé Edward de m'emmener voir un médecin le lendemain matin.

Une fois la police rassurée, nous sachant toutes les deux saines et sauves, leur voiture a parcouru tout le chemin en marche arrière jusqu'à la route, suivie de la nôtre, puis de celle des parents d'Emily. À nous tous, nous avons brassé beaucoup de boue et de gravier, et détruit les bordures herbeuses. Nous avons calé deux fois et Joe s'est réveillé, alors je me suis occupée de le rendormir tandis que nous rejoignions la route en marche arrière et que nous nous éloignions de la maison pour la dernière fois.

Et même si j'avais regardé derrière moi la ligne des toits et la rangée de cheminées au clair de lune, il était encore probablement trop tôt pour que je m'aperçoive que les restes de notre feu, étouffés à la hâte, s'étaient élevés jusqu'au nid de corbeau dans la cheminée, que les flammes, alimentées toute la nuit par le courant d'air des fenêtres cassées et des portes entrouvertes, allaient se propager depuis la cheminée jusqu'aux poutres du toit, que l'étage tout entier s'emplirait d'une fumée lente, têtue, inexorable, qui allait peu à peu se répandre dans chaque pièce, avalant de l'intérieur toute vie dans la Vieille Maison, jusqu'à ce qu'elle s'écroule sur elle-même.

Il nous aurait été impossible, pendant que nous roulions, de percer les ténèbres assez loin devant nous pour prévoir que, à cause de l'effondrement de notre maison, nous n'aurions désormais plus jamais les moyens d'y retourner, et que les gens qui l'achèteraient aux enchères la même année la reconstruiraient si complètement que nous ne la reconnaîtrions plus jamais. J'ai quand même demandé si je pouvais y retourner pour faire mes adieux à la maison, mais Edward m'a dit que ce serait trop triste pour moi et, de toute manière, pendant longtemps après cela, je n'ai pas été en état d'aller où que ce soit, ni de faire quoi que ce soit. Notre monde s'est rétréci aux contours de la Nouvelle Maison, et j'ai moi-même rétréci sous les couvertures de ma chambre qui sentait toujours un peu bizarre, j'ai tiré les rideaux sur la vue bizarre de la fenêtre, et j'ai tenté de réapprendre à manger, à dormir et à aller bien. De toutes les choses que j'ai dû réapprendre après le départ de ma mère, celles-ci ont été, je crois, les plus difficiles.

Parce que c'est l'autre chose dont je me souviens de cette nuit-là : la faim. Tandis que, en quelques secondes, je gagnais puis perdais un frère, j'entendais en bruit de fond le grondement constant de ma faim. Dès que nous étions entrées dans la Vieille Maison, je l'avais sentie. Je peux identifier le moment exact. Pas dans le pub, quand je suçais des demi-cacahuètes que je recrachais ensuite dans ma main. Pas non plus pendant que nous marchions.

C'est à l'instant précis où j'ai poussé la porte. Pendant que je cherchais un bocal pour la bougie et des choses à brûler, pendant tout ce temps où je fouillais le bric-à-brac sur les étagères de la cuisine, je me demandais ce qu'il pouvait y avoir à manger dans la maison. Une boîte de thon, peut-être. J'espérais trouver une boîte de thon.

Tandis que je regardais Emily disposer ses cartes en cercle et psalmodier les mots écrits sur son vieux morceau de carton, mon estomac affamé se tordait, grondant et gargouillant. Plus je respirais l'odeur du parquet, le parfum sableux du sol de pierre, la flamme qui gagnait le petit bois, le crépitement des cubes dont le vieux papier se décollait dans la cheminée, plus mon estomac réclamait à manger.

Ce n'était pas simplement le genre de faim qui vous donne envie de piquer un paquet de Smarties. Le genre qu'une barquette d'olives aurait pu soulager. Je voulais une patate au four avec du beurre et du fromage. Je voulais du pain complet grillé tartiné de Marmite. Je voulais un poulet rôti avec du jus et des légumes.

Recommencer à manger n'est pas chose facile. Ce n'est pas comme s'il suffisait que votre mère morte vienne vous rendre visite dans votre vieille maison sous l'apparence d'un corbeau et souffle dans vos narines pour que celles-ci sentent soudain la nourriture et que vous ayez envie de manger. Il faut beaucoup de temps pour tout réparer : ce qui compte, ce sont plutôt les plans de repas, les réunions dans des annexes un peu moisies du Centre de soins psychiatriques pour adolescents, la guerre larvée contre le parent qui vous prépare vos repas et s'absente de son travail le temps de vous conduire à des rendez-vous lors desquels vous refusez de descendre de la voiture ou de parler à quiconque, où même, un jour, vous déchirez votre plan de repas d'un geste dramatique avant d'avaler les bouts de papier devant tout le monde.

En revanche, je me souviens parfaitement de la première fois où j'ai remarqué que j'avais faim, et c'est l'odeur de la vieille cuisine qui m'a donné envie de trouver à manger. Peu importe le nom que les docteurs donnent à ce phénomène. Moi, j'ai appelé ça la nostalgie de la maison.

J'ai pardonné à Edward de ne pas m'avoir parlé de mon frère. Au bout d'un moment. Il m'a dit qu'ils avaient toujours eu l'intention de m'en parler quand je serais plus grande. Mais ensuite, la perte était si immense qu'il ne savait pas comment s'y prendre pour y ajouter un mort de plus. Et puis cela aurait dû être à ma mère de décider, de choisir le moment pour me dire quelque chose. Sans elle, il n'était jamais sûr de rien. Il avait toujours voulu que ce soit elle qui prenne cette décision. Même si elle n'était plus en mesure de le faire.

La seule fois où il a évoqué la raison pour laquelle la mère d'Emily connaissait ses secrets, c'est quand j'ai commencé à travailler dans une librairie après la fac et que je parlais trop souvent d'un de mes patrons. « C'est le seul conseil sur ton travail que je te donnerai jamais, Marianne : ne couche pas avec ton boss. Crois-moi. »

Je lui ai demandé si nous pouvions installer une petite stèle commémorative pour mon frère disparu, un endroit que nous pourrions décorer pendant les Veillées, pour que personne ne l'oublie. Pas cachée dans la vieille Chapelle Verte sur la rivière, là où personne ne pouvait la voir, mais juste là, dans le cimetière de l'église, pour que je puisse la décorer de joncs et de fleurs coupées. Je me suis dit que si ma mère revenait, elle serait peut-être contente de voir que nous nous souvenions de mon frère perdu.

J'ai demandé à mon père si on pouvait inscrire les paroles de « Green Gravel » sur la pierre mais il m'a répondu : « Tu as une idée du prix que ça coûte pour chaque lettre ? », alors nous sommes tombés d'accord sur un compromis : un petit ange gravé au-dessus de son nom. Et si elle ne revenait pas vivante, nous avions au moins un endroit pour nous souvenir d'elle et un endroit pour l'enterrer, près du nom de mon frère.

14

On dit que la chouette était fille de boulanger[8]

Dame, bébé, gitan, reine,
Éléphant, singe et mandarine.

Les garçons l'appelaient AJ, mais les filles devaient dire son nom en entier : Arthur Jack. Je voulais faire durer son prénom. J'aimais suivre sa progression dans ma bouche, depuis le fond de ma gorge jusqu'au demi-sourire sur lequel il s'achevait. Ses cheveux noirs recouvraient à moitié son visage et il nous regardait de côté par-dessous sa frange.

Presque toutes les semaines, le tatouage sur son épaule étendait un peu plus loin sur son bras ses entrelacs de dragons, de serpents, de ronces et d'esprits maléfiques

8. William Shakespeare, *Hamlet*, acte IV, scène 5, traduction d'Yves Bonnefoy, © Éditions Folio, 2016 [Club français du livre, 1959].

cachés derrière des arbres. Le fait qu'il soit trop jeune pour se faire tatouer ne l'arrêtait pas.

Quand il arrivait le matin dans la section spéciale pour élèves exclus, il soulevait son sweat-shirt par-dessus sa tête, puis remontait son t-shirt sur son épaule et déroulait le pansement en cellophane antiseptique recouvrant la partie la plus récemment tatouée pour y appliquer des crèmes et des huiles. La fille assise à côté de lui avait le droit de participer.

Une fois qu'il avait fini d'oindre et de caresser son bras d'une beauté invraisemblable, il l'enveloppait de nouveau et remettait ses vêtements avec une lenteur étudiée, puis il découvrait le bras de celle d'entre nous qui était assise à côté de lui et massait doucement la peau douce et blanche de l'intérieur de son avant-bras avec de l'huile d'amande douce.

Nous nous asseyions à côté de lui à tour de rôle. Personne ne discutait cet arrangement. Nous le faisions, c'est tout. Et il ne manifestait jamais la moindre réaction à aucune d'entre nous, aucun signe de préférence ni aucune volonté de communiquer avec l'une de nous en particulier. Nous n'étions pas en compétition pour lui. Il n'était pas disponible.

Il avait déjà été promis à Josie, qui vivait elle aussi sur le campement des gens du voyage, et dès qu'ils auraient seize ans, ils seraient mariés. À cette époque, elle avait encore quatorze ans : une fillette au visage rond, aux pâles tresses rousses et aux cils invisibles, vêtue de jeans à paillettes et de crop-tops, avec son petit ventre rond d'enfant qui dépassait entre les deux.

Comme Josie n'allait pas en cours, elle nous retrouvait parfois à l'heure du déjeuner dans le parc ou bien au centre commercial. Un jour, elle m'a montré la tenue qu'elle allait porter à un gigantesque mariage et m'a proposé de faire quelque chose à mes cheveux. Elle croyait que j'avais dû avoir un terrible accident pour avoir les cheveux aussi courts.

Je lui ai demandé pourquoi elle n'allait pas en cours, et elle m'a répondu qu'elle n'en avait pas vraiment besoin. De toute manière, elle avait tellement de travail à la maison qu'elle n'avait pas le temps d'y aller. C'est étrange à quel point sa réponse m'a indignée. Jusque-là, j'avais passé toute ma scolarité à sécher les cours sans éprouver le moindre remords et à déclarer que l'école ne servait à rien et pourtant, confrontée à une fille de mon âge qui n'y allait jamais, j'attachais soudain une importance passionnée à son droit à l'éducation.

Josie m'a expliqué qu'au collège, d'après ce qu'elle avait entendu dire, les filles sortaient avec des garçons et avaient même parfois des rapports sexuels, et que s'il lui arrivait quelque chose de ce genre, son père aurait le cœur brisé. Je ne pouvais guère la contredire. C'était exactement ce que j'avais fait. Les filles au collège, disait-on, n'avaient aucune morale. Elles ne croyaient même pas en Dieu.

La pureté était essentielle. À Noël, m'a raconté Josie, tous ses frères et sœurs recevaient de nouveaux vêtements dont pas un fil n'avait été porté par une autre personne, jamais. Pas un seul. Tous les enfants avaient les mêmes, jusqu'à la moindre chaussette, à la moindre chaussure. Impeccables. Immaculés. Purs.

Un jour, Arthur Jack est arrivé en retard et a annoncé que la chienne de sa tante avait encore eu des chiots. En plein dans le panier de linge propre. Il n'y en avait que trois cette fois, dont un maigrichon à moitié mort. Arthur Jack avait dû attendre qu'une des filles lui trouve une autre chemise et la lui repasse. Ce n'était quand même pas sa faute s'il était en retard, non ?

J'ai flairé l'opportunité. L'air de rien, sans en faire toute une histoire, en lui tendant une cigarette sur le banc du parc à l'heure du déjeuner, j'ai mentionné que mon père cherchait un chien. Pas moi. Ça aurait eu l'air trop personnel, comme si j'avais eu besoin de lui. Ça n'aurait jamais marché. Il a détourné le regard en soufflant un rond de fumée. Je n'allais pas répéter ce que j'avais dit. Après avoir tiré une dernière bouffée et écrasé son mégot sur le dossier du banc, il a renversé la tête en arrière et étiré ses bras en l'air.

« Eh ben, si vous voulez un chiot, bande d'enfoirés, faudra que je leur dise de pas tous les noyer. Ils sont grave moches, ces petits bâtards. T'auras qu'à les prendre tous. »

J'ai éclaté de rire avec les autres mais pas trop fort, pas en premier, juste assez. Au cas où un mouvement trop brusque aurait rompu le charme. Je savais que si les chiots survivaient une semaine de plus, je pourrais placer la question suivante dans une conversation.

« Alors, quand est-ce que je peux passer choisir un chiot pour mon père ? »

Et ensuite, je monterais dans son bus, nous remonterions sa route à pied et j'arriverais pour de bon chez Arthur Jack, je prendrais de ses bras la petite créature et je la garderais avec moi pour toujours.

J'étais prête à attendre, à regarder ailleurs et à attendre encore, sans rien dire, à compter les jours jusqu'à ce que les chiots aient exactement huit semaines, et alors, je pourrais en envelopper un dans une vieille serviette et l'emmener à la maison avec moi. Il faudrait ensuite que j'annonce à Edward que nous avions désormais un chien. Sauf que je n'avais pas réfléchi jusque-là.

Je n'avais pas réfléchi au-delà du moment où je passerais le portail du camp aux côtés d'Arthur Jack. Quand c'est arrivé pour de vrai, j'ai ressenti cette étrange impression de tournis qui vous saisit quand un plan se déroule à la perfection. Je l'ai suivi sur la route qui mène de l'arrêt de bus au campement des gens du voyage, marchant quelques pas derrière lui tandis qu'il soufflait la fumée au-dessus de sa tête d'un air désinvolte et balançait des coups de pied dans les déchets sur le bas-côté. Je jubilais. J'ai exécuté un de mes rituels qui consistait à me pincer très fort le poignet jusqu'à avoir un pinçon, afin de garder une marque qui me rappelle chaque seconde de ce moment.

Derrière Arthur Jack, j'ai passé un haut portail de métal et traversé une cour immense, amassant au passage un petit groupe de chiens qui m'ont emboîté le pas. Je les ai regardés en me demandant si la mère de mon chiot pouvait se trouver parmi eux. Beaucoup avaient perdu une partie de leur anatomie – une oreille, un œil, une patte, une queue. Je me suis demandé si mon chiot avait survécu avec tous ses organes intacts. Jusque-là, je n'avais pas tellement pris la peine de me renseigner sur lui. Arthur Jack m'avait montré une photo de la portée : il était impossible de distinguer, dans cet amas grouillant, lesquels étaient noirs, marron, chinés ou mouchetés – quel que soit le mot qu'on emploie pour les chiens –, et je n'en avais pas demandé davantage. Je n'osais pas trop poser de questions ni me montrer trop intéressée, de peur que mon plan parte en fumée.

Tout autour de la cour se trouvaient des mobile homes et ces caravanes gigantesques qu'on tire derrière un camion ou une grosse voiture, ainsi que quelques petits chalets en bois. Au milieu, il y avait des voitures. Beaucoup de voitures. Certaines n'avaient pas de roues. D'autres n'avaient pas de portières. Certaines étaient flambant neuves. Garées pêle-mêle, elles ressemblaient à une mosaïque démente. Puis les enfants sont apparus, émergeant à quatre pattes de sous les voitures et de partout autour. Beaucoup d'enfants. Si j'avais l'impression qu'ils étaient nombreux, c'était certainement parce qu'ils s'étaient tous immobilisés pour m'observer avec de grands yeux. Pour me regarder passer, deux garçons du même âge que Joe environ se sont arrêtés de frapper dans un ballon de foot complètement dégonflé avec lequel ils shootaient encore et encore contre une tour de briques sur laquelle reposait une voiture. Ce n'était pas n'importe quelle voiture. C'était une Cadillac rose pâle avec une bande argentée. J'ai trottiné pour rattraper Arthur Jack.

« Tu ne crois pas que c'est dangereux ? ai-je demandé. Ces garçons ? On devrait peut-être leur dire d'arrêter ? »

Il a secoué la tête d'un air triste en regardant son téléphone.

« Je t'ai chronométrée. Cinquante-cinq secondes depuis le portail, et tu te mets déjà à parler comme une putain d'assistante sociale. »

Il m'a indiqué un petit chalet en bois et il est parti dans la direction opposée rejoindre un groupe de jeunes hommes assis sur des caisses le long d'une caravane.

J'ai frappé à la porte et j'ai attendu jusqu'à ce qu'une fillette d'environ douze ans m'ouvre et reste à me dévisager, bouche bée. Derrière elle, une femme plus âgée a crié quelque chose, mais la petite est restée là.

« Je m'appelle Marianne, je suis au lycée avec Arthur Jack. Je suis venue chercher un des chiots. »

La femme est arrivée à la porte et a écarté la fillette en la prenant par les épaules, puis elle m'a fait entrer. Une très vieille femme voûtée en forme de demi-lune, assise sur une chaise de cuisine en bois, parlait très fort à une autre femme qui faisait rissoler de la viande hachée dans une énorme marmite, sur un double réchaud à gaz fixé à un plan de travail. Deux adolescentes debout de chaque côté d'elle découpaient des carottes et, derrière les filles, trois bébés étaient ceinturés à des sièges auto, dont deux en tenue complète du club de foot Aston Villa – j'ignorais qu'on pouvait trouver des maillots de foot aussi petits – et la troisième en grenouillère rose, avec une fine couette de cheveux dorés rassemblée par un chouchou argenté au sommet de sa tête.

La très vieille femme courbée sur la chaise de cuisine débitait un flot ininterrompu de paroles, si rapide et musical qu'il m'a fallu une minute pour reconnaître que c'était de l'anglais.

Je me suis demandé si elles avaient même remarqué que j'étais là. Mais ensuite, en commençant à la comprendre un peu, je me suis rendu compte qu'elles disaient qu'Arthur Jack aurait dû les prévenir, qu'il n'y avait rien de bon pour le dîner, et qu'est-ce qu'elle allait penser, la fille, et pourquoi personne ne lui proposait une tasse de thé ? L'une des jeunes filles s'est arrêtée de couper des carottes et s'est retournée pour me sourire. C'était Josie. Mais c'était un sourire très bref et furtif, alors je ne l'ai pas appelée par son prénom au cas où il y aurait eu une raison pour qu'elle ne soit pas censée être amie avec moi. Elle est allée allumer la bouilloire. Il y a eu du bruit à la fenêtre et l'une des filles a sorti une caisse de sous le plan de travail et attrapé des mugs.

Des bras d'hommes sont entrés par la fenêtre. Des bras larges et bruns, couverts de taches de rousseur, de tatouages de la Vierge Marie et de listes de prénoms. Un sac de sucre est sorti d'une autre caisse et l'on a versé des cuillerées de sucre dans les mugs jusqu'à ce que tous les bras aient disparu de la fenêtre.

La vieille dame m'a souri. J'ai bu mon thé, debout au milieu de la pièce, et j'ai souri à la ronde en dodelinant de la tête pour amuser les bébés dans leurs sièges auto et en jouant à coucou-caché avec eux derrière ma tasse. Le sucre faisait partie des nombreux aliments que je refusais à cette époque mais je me rappelle avoir savouré chaque gorgée de ce mug de thé sirupeux. La vieille dame a tendu vers moi ses belles mains longues, brunes et sinueuses, et je les ai prises dans les miennes. Ses bagues et ses bracelets d'argent flottaient autour de ses doigts noueux et de ses poignets décharnés.

Elle a dit : « Voyez, le garçon nous a trouvé cette gentille fille pour prendre un de nos chiots. Cette brave petite. Voyez quelle gentille fille il nous a amenée là. Qu'elle a bon cœur, cette petite, voyez comment elle me prend les mains, comment elle sourit aux bébés. Que le Bon Dieu la bénisse. »

Il y avait tellement longtemps que personne ne m'avait dit que j'étais gentille ni que j'avais bon cœur. C'était peut-être ma mère qui avait été la dernière à utiliser de tels mots à mon sujet, il y avait de cela une vie, un monde, un univers. Peut-être que ce sont des mots que seules les mères prononcent. Peut-être ces femmes ont-elles vu en moi quelque chose que les autres avaient depuis longtemps oublié. Parce qu'elles étaient purement mères, ou grands-mères, et qu'elles me voyaient comme purement fille. Tout simplement.

La vieille dame a retenu mes mains dans les siennes et frotté la peau rêche de mes phalanges. Elle a levé la main pour caresser mes cheveux courts et mités. Par moments, je comprenais ce qu'elle disait, d'autres fois la femme devant la marmite me répétait ses mots, et j'ai compris que la dame était sa grand-mère, qu'elle était sourde comme un pot et que je n'avais qu'à continuer à lui sourire. C'est donc ce que j'ai fait.

Quand la viande a été rissolée et les carottes cuites, les filles ont versé le hachis avec une louche dans une douzaine de bols à céréales, elles ont ouvert l'autre porte qui menait à une chambre et elles ont crié une liste de noms en direction de la chambre où une énorme télévision était accrochée à l'un des murs. Ce qui m'est apparu comme une nuée de garçons a surgi de la chambre, à la fenêtre et par la porte, se servant chacun un bol de viande hachée, une cuiller et un morceau de pain beurré. Même si la viande faisait aussi partie des aliments que je refusais, je me suis surprise à tremper avec délice le pain dans la sauce, laissant couler le beurre le long de mon poignet tandis que je vidais mon bol avec les autres.

Les enfants les plus jeunes se sont placés en file devant une bassine d'eau chaude pour qu'on leur débarbouille le visage et les mains avec des gants de toilette. Puis ils se sont assis pour manger. Deux des murs de la pièce principale étaient bordés de matelas alignés au sol et recouverts de couvertures à motifs bariolés sur lesquels les enfants se sont assis en deux longues rangées, les jambes tendues droit devant eux.

Je suis restée assise avec eux et je leur ai posé des questions. Tu as quel âge ? Tu aimes les carottes ? Tu ne trouves pas qu'elles ressemblent à des pièces de monnaie ? On pourrait faire semblant de manger de l'argent ! Tu aimes dessiner ? Tu veux que je te fasse un dessin ? Je sais dessiner les chiens, les chevaux et les chats. Qu'est-ce que tu préfères ? C'est quoi, ta couleur préférée ? Tu aimes les chiots ? Lequel est le plus rigolo ? Le plus costaud ?

Ils ne répondaient pas et se contentaient d'échanger des coups de coude en pouffant, comme si Arthur Jack avait ramené à la maison une girafe ou un perroquet parlant. Mais chaque fois que je souriais et que je reprenais mes questions, la vieille dame hochait la tête, souriait et déclarait : « Voyez, c'est une gentille fille, il faut qu'on lui choisisse le meilleur chiot. Le meilleur de tous. C'est une gentille fille, vous voyez bien, une brave fille, un jour elle aura un beau bébé rien qu'à elle, regardez comme elle est jolie. »

J'étais presque chauve, avec une peau desséchée à cause de ma mauvaise alimentation, un maquillage noir qui bavait, un jean troué et un pull noir que j'aimais parce qu'il était très grand et que je pouvais me cacher à l'intérieur, les genoux repliés contre la poitrine, et pourtant je l'ai crue : j'étais jolie, brave, gentille, une bonne fille qui aurait un jour de beaux bébés aux cheveux dorés, comme ceux-ci. Alors je souriais, je mangeais mon hachis et j'attendais qu'Arthur Jack apporte le carton de chiots.

La mère ne s'est pas assise pour manger. Elle n'avait ni la place ni le temps pour s'asseoir. Tandis qu'elle débarrassait les bols, ordonnait aux enfants de finir leur pain, essuyait les éclaboussures par terre, secouait les couvertures et les remettait en place, elle revenait de temps à autre à la grande marmite pour manger une cuillerée de hachis. Puis elle a raclé le fond et mangé ce qui restait avant de commencer la vaisselle.

Les filles sont parties chercher des bassines d'eau. J'ai proposé de les aider mais elles ont dit non, qu'elles avaient leur méthode, et j'ai vu que cette méthode était bien plus méticuleuse que ce que nous faisions chez moi. Il y avait un système, avec une rangée de bassines pour laver une fois, relaver, rincer puis empiler. Ensuite, elles ont utilisé la bassine de rinçage pour laver les torchons et les suspendre à la corde devant la fenêtre. L'une d'elles est sortie chercher tous les mugs que les hommes avaient apportés dehors, puis elle les a lavés et elle a refait du thé.

La grand-mère ne me laissait pas m'éloigner ni faire quoi que ce soit pour aider. Elle me tenait la main et me caressait les cheveux, tout en s'adressant à moi dans son charabia chanté. Elle m'a raconté que sa sœur, Margaret, avait tourné pareil que moi, après la mort de leur mère, qu'elle avait viré au noir comme moi, déchiré ses vêtements, rasé ses cheveux, c'était terrible. Terrible. Elle s'était tailladé la peau et avait arrêté de manger. Une fille qui avait si bon cœur. C'étaient toujours les filles comme ça qui trinquaient le plus, et pourtant elle était si jeune, sa sœur. Tandis que la vieille dame, voyez, elle était toujours là et elle avait bien de la chance d'avoir vécu si longtemps : tout ça, ici, c'étaient ses arrière-petits-enfants, et il y en avait même une qui attendait son premier en ce moment, prions le Bon Dieu que ce soit une gentille fille comme vous, faut pas que les hommes m'entendent dire ça, ils veulent tous des garçons, mais une femme, ça a besoin d'une fille comme vous, pour la garder près de soi. Et c'est toujours celles-ci qui trinquent le plus. J'ai essayé de lui dire que Margaret, c'était le nom de ma mère, et quand les autres m'ont dit : « Elle n'entend rien », j'ai essayé d'épeler son nom et de l'écrire sur un papier, mais la mère a dit qu'elle ne connaissait rien à tout ce bazar de lecture et d'écriture.

Je n'ai pas essayé de lui expliquer que ma mère était partie depuis neuf ans, que je n'avais pas toujours porté du noir, ni rasé mes cheveux, ni lacéré mes vêtements et ma peau, et que les jeans troués, tout le monde en portait cette année-là. J'ai accepté sa version avec gratitude. J'étais en deuil de ma mère. J'étais une fille au grand cœur, une fille comme en voudraient toutes les mères, et c'est toujours celles-là qui trinquent le plus. Elle m'a dit qu'elle prierait pour moi. Elle m'a dit de manger, de prier et de m'en remettre à Dieu parce que quand mes bébés viendraient, il y aurait une fille pour moi et je laisserais mes soucis derrière moi comme l'avait fait sa sœur après l'arrivée de ses bébés, qu'elle soit bénie, toute sa vie elle a eu bon cœur jusqu'à ce que le Bon Dieu la rappelle à lui, et tout le monde la regrette encore aujourd'hui.

Un autre garçon est sorti de la chambre sombre et toutes les femmes lui ont crié dessus parce qu'il avait manqué le déjeuner. Il s'est roulé une cigarette sur le buffet de la cuisine et a demandé une tasse de thé, avec du pain et du sucre s'il ne restait plus rien d'autre.

Un homme plus vieux est arrivé à son tour et il est resté debout dans l'encadrement de la porte. Il a dit qu'il était venu me parler.

« Alors, a-t-il dit. J'ai su par Arthur Jack que tu étais forte pour la lecture et ce genre de choses. Que tu étais forte pour tout ça. »

Je n'ai pas nié. Il est resté dans l'encadrement de la porte, prenant soin de souffler sa fumée à l'extérieur, loin des bébés. Il remplissait confortablement l'ouverture, son énorme bras appuyé au chambranle.

« Parce que, tu vois, si tu sais lire tous les journaux, là, tu dois être au courant. Y a quelque chose là-dedans qui me chiffonne, et je saurais pas bien dire quoi. Il faut savoir lire pour ça. C'est ce monsieur qui a les avions et les trains et compagnie, Mr Branson. À ce qu'on m'a dit, il est en train d'acheter un terrain du côté de l'ancien aéroport, celui qu'a fermé, et pourtant c'est pas possible d'acheter un terrain par là-bas, peu importe le prix qu'on y met. Je le sais parce que j'ai essayé. L'histoire, c'est qu'il veut construire un nouvel aéroport, tu vois, à un endroit où on entend pas le bruit. Et si un gars avait l'idée d'acheter un bout de terrain par là-bas, un bout de forêt peut-être, ou bien des terres dont personne veut, eh bien, ce gars-là pourrait se faire un bon pactole, le jour où le monsieur arrivera pour tout racheter. »

J'ai dit que je n'avais jamais rien lu là-dessus.

« Pas un mot sur tout ça, a-t-il dit. Je vois. Ça fait réfléchir. Comment qu'il fait pour que ça soit pas dans le journal. »

J'ai dit que je demanderais à mon père. Il savait beaucoup plus de choses que moi. Il a semblé rassuré.

Puis il a ajouté : « Arthur Jack, le garçon de ma sœur. On l'a envoyé à l'école, maintenant, pour qu'il sache faire la lecture, pour bien comprendre ce qu'ils mettent dans les contrats et compagnie. C'est comme cette histoire avec la maison, tu vois. Si on avait pu lire les papiers. On a pas fait les fenêtres comme il faut et maintenant, on doit tout démolir et tout recommencer.

– Mais où est-ce que vous allez partir ?

– Oh, on a toujours les mobile homes, de toute manière les femmes préfèrent ça. C'est juste que si on voulait construire sur ce terrain, il faudrait qu'on commence par ça, tu vois, et ensuite qu'on demande pour construire une maison. »

Je ne voyais rien du tout mais j'ai hoché la tête.

« Alors, le garçon de ma sœur. Il s'en sort bien ? Il est premier de sa classe, dans votre école là-bas ? »

Je me suis doutée que c'était pour lui une concession de permettre à Arthur Jack de passer ses journées à l'école au lieu de travailler chez lui avec son oncle, alors j'ai répondu :

« Oui, il est très intelligent. Il ira loin.

– De toute manière, il va pas les passer, tous ces examens. On veut pas qu'ils nous en fassent un idiot. »

Il a fait volte-face et il est parti. Je ne savais absolument pas quoi répondre à cela. Presque personne dans la section spéciale ne passait d'examens. Cela rendait Edward fou de colère. C'était la raison de nombreux coups de téléphone furibonds chez nous. Il ne m'était jamais venu à l'idée que quelqu'un puisse considérer les examens comme un moyen de rendre ses enfants stupides. Mais après tout, je n'en avais moi-même jamais passé. Je n'en savais rien.

La nuit était tombée, alors on a envoyé Josie chercher Arthur Jack pour qu'il rapporte les chiots mais il l'a renvoyée en lui disant que nous n'avions qu'à le faire nous-mêmes. Josie a donc emmené l'autre fille avec elle et elles sont revenues avec un carton plein de chiots. La chienne l'a suivie jusqu'à la porte d'entrée et elle a attendu là. Il lui manquait la moitié d'une oreille. En dehors de cela, c'était une chienne plutôt jolie, un peu comme un labrador en plus petit, avec un pelage brun clair.

Les chiots n'avaient pas hérité de la beauté de leur mère. Leur tête était trop grosse pour leur corps et leurs oreilles trop grandes pour leur tête. Leurs petites queues ressemblaient à des vers de terre rabougris. Ils avaient des yeux globuleux, des pieds plats et poilus, et aucun d'eux n'avait le poil d'une couleur uniforme. On aurait dit qu'ils s'étaient habillés eux-mêmes en piochant dans un coffre à déguisements où tous les enfants se seraient disputé les rares costumes assortis. Le plus petit des trois, qui, j'imagine, était le maigrichon dont Arthur Jack avait juré qu'il ne survivrait pas, avait la tête à moitié blanche et à moitié noire et des yeux vairons, comme s'il avait été le dernier à fouiller au fond du coffre pour y trouver quelque chose à se mettre.

Quand je l'ai pris, la femme qui avait fait la cuisine a dit : « Oh, Marianne, tu vas pas prendre le maigrichon.

Ça fait des semaines que Michael aurait dû se débarrasser de lui. Il a qu'un seul œil qui voit, la pauvre bête. »

Elles ont dit que j'étais brave, gentille et jolie. Elles ont répété : « Que Dieu la bénisse. Que Dieu la bénisse. » Alors j'ai pris le maigrichon. Elles l'ont emballé dans une serviette et je l'ai emporté chez moi sous mon sweat-shirt. Il y avait beaucoup de place en dessous. Il a fait pipi partout sur mon ventre quand j'étais assise à l'arrêt de bus, puis il a gémi et couiné pendant tout le trajet. Le trajet a duré longtemps. Deux bus différents, avec une longue marche avant et après. J'avais mal aux bras et je craignais que quelqu'un le voie et me fasse descendre du bus. J'avais peur de le lâcher, ou bien qu'il se débatte pour sortir de sous mes vêtements et qu'il tombe par terre.

Quand je l'ai rapporté chez moi, Edward était à une réunion de parents à l'école de Joe et je ne savais pas ce qu'on donnait à manger à un chiot. Est-ce qu'il était assez vieux pour manger de la viande ? Est-ce que le lait de vache était sans danger pour les chiens ? Il n'y avait pas grand-chose au frigo. Des œufs ? Est-ce que les chiens mangeaient des œufs ? Je n'en savais rien. J'avais déjà le ventre couvert de piqûres de puces. Je n'avais pas de panier pour lui, ni de collier, ni de gamelle, ni même quelque chose à mettre dedans. Je n'avais pas réfléchi plus loin que le moment où je le rapporterais à Edward. Ensuite, tout irait bien.

Comme je ne voulais pas poser le chiot par terre, je l'ai gardé dans mon pull et j'ai fait les cent pas en le portant dans mes bras. Quand la serviette a été trop humide et trop sale, je l'ai changée. Au bout d'une heure, comme les autres n'étaient toujours pas rentrés, j'ai donné de l'eau au chiot, je l'ai emballé dans une nouvelle serviette et je l'ai apporté dans mon lit.

Je les ai entendus entrer, de bonne humeur, partager un *fish and chips* et échanger des compliments, et j'ai décidé de ne pas réveiller le chiot en descendant les voir. Je me suis alors souvenue que j'avais promis de garder mon frère ce soir-là pour qu'Edward puisse aller à la réunion. Il avait donc été obligé d'emmener Joe avec lui et de le coucher tard. Il avait entouré la date sur le calendrier dans la cuisine et m'avait rappelé d'y penser : il serait sûrement en colère contre moi. Je savais aussi que le lendemain matin, il me parlerait de tout cela gentiment, et que je ne méritais pas sa gentillesse.

Je suis restée couchée, honteuse, honteuse des compliments que j'avais reçus toute la soirée, de la douceur, de la gentillesse et de la bonté qu'Edward voyait en moi et dont j'échouais toujours à lui donner la preuve. J'ai crié bonne nuit à travers la porte de ma chambre, en veillant à ce qu'ils n'entendent pas les larmes dans ma voix, et je me suis couchée en boule autour du petit chien maigrichon pour le consoler d'avoir perdu sa maison, et j'ai pleuré dans sa fourrure de me sentir aussi inutile. C'est ainsi qu'il a reçu le nom de Teddy, comme un nounours.

Le lendemain matin, je suis descendue plus tôt qu'à mon habitude, chassée de mon lit par les couinements du chiot, les excréments et les piqûres de puces. J'entendais Edward et Joe qui préparaient leurs sandwichs pour le déjeuner. Ils étaient occupés à négocier quelque chose au sujet du fromage et ils ont à peine jeté un regard au chiot. J'ai pris cela comme un signe encourageant. Apparemment, Edward avait compris que j'étais une gentille fille et que j'étais de celles qui trinquent, parce qu'il n'a pas dit un mot concernant le babysitting ni le chien, si ce n'est pour me demander : « Alors comme ça, tu as un chien, maintenant ? », ce que j'ai interprété comme une approbation. S'il avait dit « On a un chien », ou pire, « J'ai un chien », alors j'aurais su que c'était mal parti et que Teddy allait probablement finir dans une animalerie. Mon père est sorti à reculons, portant entre ses bras sa sacoche de travail, son manteau, la boîte à sandwichs de Joe, un classeur, deux gants dépareillés, un formulaire pour l'école et les clés de la voiture, puis il a tout posé sur le porche et il est revenu dans l'entrée.

Il a regardé longuement le chiot en tenant sa tête entre ses deux mains et examiné, les sourcils froncés, son œil bleu sans vie. « Si tu le gardes, Marianne, va chercher dans l'annuaire le numéro d'un vétérinaire. Je vais te rapporter un livre pour que tu apprennes à t'occuper de lui. »

Il m'a rapporté le livre et, à son grand étonnement, je l'ai lu, puis je me suis inscrite à un cours de dressage de chiots, j'ai trouvé un travail le samedi pour gagner de quoi le payer et je m'y suis tenue. Quant à Edward, il a emmené le chiot chez le vétérinaire, il lui a parlé doucement et calmement, il a nettoyé derrière lui dans la cuisine et il n'a jamais rien dit de plus réprobateur que : « Ce n'est pas la pire chose que tu aurais pu faire, tu sais, de ramener ce chien à la maison. »

J'ai manqué quelques cours en restant à la maison pour dresser Teddy et m'occuper de lui, mais pas plus que ce que je manquais avant qu'il arrive, sauf que désormais, quand je passais la journée à la maison, j'avais de la compagnie. Quand mon éducatrice est venue chez nous, nous avons passé toute la visite à parler de Teddy et à jouer avec lui, elle a pris des photos de la couverture que j'avais cousue avec son nom dessus et elle a dit à Edward qu'il avait eu une excellente idée de me prendre un chiot. Extrêmement thérapeutique. Edward a haussé les épaules. Je l'ai laissé prendre le compliment pour lui. Et dans l'unique œil valide de Teddy, je suis toujours restée une fille brave et gentille, une fille au bon cœur.

De temps à autre, j'emportais une photo de Teddy pour la montrer à mes camarades de la section spéciale, mais Arthur Jack n'y a jamais accordé le moindre intérêt. Je lui ai demandé si je pouvais revenir avec le chiot pour montrer à sa grand-mère comme il avait grandi, mais il s'est contenté de me tourner le dos en haussant les épaules. Je n'ai plus jamais été invitée.

Depuis le premier jour, j'ai su que j'avais choisi le bon chien. Non pas parce qu'il s'est révélé particulièrement affectueux et loyal par la suite, ni parce qu'il a été l'excuse idéale pour me permettre de suivre mes cours de fac à la maison, ce qui n'était pas plus mal pour une fêlée dans mon genre, ni parce qu'il m'a forcée à sortir pour le promener et à garder mon travail du samedi pour payer sa nourriture, ni parce qu'il m'a tenu compagnie pendant toute ma vingtaine jusqu'au moment où, peu avant la naissance de Susannah, il a semblé comprendre que je n'avais plus autant besoin de lui et qu'il est mort tranquillement dans son sommeil.

La vraie raison, c'était qu'en bonne lectrice de contes de fées, je savais que lorsqu'on a le choix entre trois choses, l'une en or, l'autre en argent et l'autre en bois ordinaire, il faut toujours choisir la plus simple et la plus petite des trois. Trois frères, trois sœurs, trois coffres de richesses. Il faut choisir celui dont l'apparence est la plus modeste, et faire bien attention à remercier les personnes qui vous ont aidé en chemin. Surtout si l'une de ces personnes est une vieille femme. Une vieille femme aux belles longues mains couvertes de bijoux, qui ne vous entend pas mais qui vous voit pour ce que vous êtes.

Retenez la leçon de la chouette, qui était fille d'un boulanger : soyez tout particulièrement gentille et polie avec la vieille dame parce que si vous lui refusez de la nourriture ou une petite faveur, elle vous transformera en une créature nocturne, condamnée à appeler à l'aide sans que personne puisse comprendre ce que vous dites. Vous ululerez à jamais votre cri de chouette dans la nuit, et il ne se trouvera personne pour vous réconforter.

15

Païenne pratiquante

Friponne, fripon, grille le lardon,
Clin d'œil de la sorcière,
Personne chez moi à part Joan,
Moi, mon père et ma mère.

Tic-toc, mort et refroidi
L'aveugle ne voit pas.
Qui obéira au scélérat ?
Est-ce toi ou moi ?

Pendant ma deuxième année d'école d'art, un professeur invité qui s'appelait Mark a été particulièrement aimable avec moi et s'est beaucoup intéressé à mon travail. Je peignais des scènes inspirées de la vieille ballade de Tam Lin[9]. Je me souviens que j'avais utilisé pour cela un

9. Tam Lin est le personnage d'une ballade traditionnelle écossaise. L'histoire raconte comment une jeune femme, Janet, aide son amant

mélange de craie, de charbon et de colle. Le résultat, bizarrement granuleux, n'était guère convaincant. Janet ressemblait à ces paysannes qu'on voit sur les affiches soviétiques, toute de muscles et de détermination. Il m'a demandé pourquoi j'avais peint un Tam Lin si pâle, blafard et émacié. Quelle était l'idée ? Avais-je fait exprès de lui donner l'air si malade ? Je ne sais pas pourquoi mais j'avais toujours imaginé que Tam Lin était vert. Peut-être à cause des enfants verts dans l'histoire de ma mère.

J'ai répondu que d'après moi, il était resté tellement longtemps prisonnier du pays des fées qu'elles ne lui avaient donné que de l'herbe à manger. Tout le monde sait qu'il ne faut pas manger la nourriture des fées.

« Hum, oui, a acquiescé Mark. Moi aussi, je connais ces histoires. Mais tout de même, ton personnage m'a l'air dans un sale état. »

Pas faux. À côté de ma Janet stakhanoviste, il semblait une créature faible et sans substance qui avait visiblement besoin qu'on vole à son secours.

« Il semblerait que l'héroïne de ton histoire soit plutôt Janet, a-t-il ajouté.

– Mais c'est bien elle, l'héroïne, non ? Elle doit porter dans ses bras un lion, puis un serpent, avant que la reine ne laisse partir Tam Lin. Et même ensuite, elle

---

le chevalier Tam Lin à s'échapper de la forêt où il est prisonnier de la reine des fées.

doit encore vivre avec la malédiction : *Maudit soit son funeste visage, puisse-t-elle connaître une mort cruelle !* Il faut être forte pour encaisser ce genre de menace. »

Il m'a posé beaucoup de questions sur les ballades elles-mêmes, surtout celles qui parlaient de la transmigration de l'âme. J'étais contente que quelqu'un s'intéresse enfin à cette idée. Après son départ, j'ai reçu ses appréciations écrites sur mon travail, où il avait noté à quel point il avait apprécié de découvrir « le travail d'une païenne pratiquante ».

Était-ce de moi qu'il parlait ? Je ne m'étais jamais considérée comme une païenne de quelque obédience que ce soit. Et je n'avais jamais été très douée pour pratiquer, si l'on entend par là mener une activité de manière régulière et intentionnelle. Malheureusement, Mark n'était plus là car les professeurs invités ne restaient qu'un trimestre : je ne pouvais donc pas lui demander ce qu'il avait voulu dire. Sauf que je savais que c'était de moi qu'il parlait. Et que par extension, il devait aussi désigner ma mère.

À la fin du trimestre d'été, il est revenu nous donner un cours sur son propre travail et assister à notre exposition de fin d'année. Il avait peint une série de petits tableaux de couleurs vives sur des disques en cuivre qui semblaient briller comme des tableaux abstraits lumineux jusqu'à ce qu'on s'aperçoive, en les regardant de plus près, qu'il s'agissait de minuscules personnages, d'arbres et d'animaux de tailles diverses qui dansaient ensemble. Il les avait peints avec un pinceau à un seul poil. Chaque tableau n'était pas plus grand qu'une soucoupe.

Il a demandé à voir ma section de l'exposition et m'a félicitée pour mon diplôme. Mon installation était composée d'illustrations de *Perle*. Je la trouvais ratée parce que je n'avais pas réussi à illustrer l'histoire en entier, mais de toute manière, personne dans le département d'art n'avait lu le roman, donc ils m'avaient donné mon diplôme avec mention.

J'avais ajouté à mes peintures des objets trouvés : des cosses de graines, des glands, des détritus, des morceaux de jouets Kinder Surprise, des emballages de bonbons, des fragments de livres d'enfants déchirés en bandelettes, le tout disposé sur une carte de notre vieux village. C'était peut-être ma première tentative sérieuse de dessiner l'histoire dans son intégralité, ce qui représentait une amélioration notable par rapport à mes dessins au crayon de couleur dans mes cahiers de classe, ou aux photos en noir et blanc que j'avais présentées pour mon exposition de première année.

Mais je n'avais vraiment montré que le commencement et la fin de l'histoire. Il y avait le jardin ceint de murs, les parterres d'herbes, la tombe de l'enfant, le chemin de la rivière et le Rêveur qui se réveille sur la tombe[10]. Tout l'épisode sur la berge de la rivière où

10. Dans le roman médiéval en vers *Perle*, un homme se rend sur la tombe de sa « Perle », son enfant qui est morte avant d'atteindre l'âge

l'homme parle à son enfant morte était représenté par un bout de cordelette en plastique bleu brillant que j'avais trouvé près du canal, fixé contre le bord d'une partie des cadres. Les rangées d'anges, volatilisées, avaient pris la forme du reflet inversé d'une cathédrale dans une sorte d'étang confectionné en papiers de bonbons.

J'avais conçu le tout sous la forme d'un cercle parfait dans lequel chaque tableau était relié au suivant par un rang de perles composé de minuscules indices, comme le chaînon qui tient entre elles les perles d'un chapelet. J'avais travaillé chaque tableau de manière obsessionnelle, ajoutant ici une paire de jambes en plastique, là une main de poupée, superposant des couches et des couches d'acrylique, recherchant la technique parfaite pour que l'eau sale des étangs paraisse plus profonde vers le centre, la boue plus craquelée et luisante sur les bords. La plupart des mots tirés des livres d'images se perdaient sous la peinture, la colle et les fragments de poterie.

Je me disais que si je parvenais à rendre chaque tableau le plus beau possible, alors l'histoire tout entière se révélerait par elle-même comme par magie quand ils

---

de deux ans, et s'endort dans un « jardin d'herbes » enclos de murs. En rêve, il retrouve sa Perle, devenue une belle dame, qui se tient de l'autre côté d'un ruisseau. Quand il la questionne, elle lui répond par des paraboles tirées de la doctrine chrétienne et lui montre une image de la Jérusalem céleste. Quand le Rêveur tente de traverser la rivière pour la rejoindre, il s'éveille soudain de son rêve.

seraient assemblés. Pourtant, lorsque je les ai installés en rang, je ne voyais plus qu'un amas confus de surfaces inégales et de bordures irrégulières, le récit était perdu et son sens, quel qu'il soit, loin de se révéler à moi, se dissimulait toujours plus à mon regard à chaque couche de peinture, de colle et de vernis.

Où était donc la perle ? J'avais incrusté un bijou en plastique en forme de perle, à côté d'un soulier argenté de poupée à talon haut, quelque part dans le premier jardin. Mais après avoir transféré les tableaux de mon atelier jusqu'à la salle d'exposition, je ne les trouvais plus. Peut-être les avais-je remis dans le mauvais ordre. Sans raison apparente, la tombe s'était retrouvée à la fin de la série. La perle s'était peut-être décrochée, ou bien je l'avais recouverte de peinture par erreur.

J'ai parcouru les couloirs en sens inverse pour chercher dans les chariots de bois brut qui nous avaient servi à déplacer les œuvres. Peut-être que quelqu'un avait utilisé mon chariot après moi. J'ai fouillé parmi les copeaux de bois, la poussière et la glaise fraîche à la recherche de mes jouets perdus. J'ai parcouru tous les couloirs en poussant du bout du pied les déchets accumulés contre les plinthes, jusqu'à l'atelier qui avait déjà été démonté : les cloisons amovibles avaient été repoussées sur les côtés tandis que les bandes de scotch de marquage et les bouts de papier arrachés aux murs avaient été balayés en un tas grossier au milieu, sous l'immense verrière.

La pièce était étrangement lumineuse et sonore sans les cloisons. Quelqu'un était en train de mélanger un grand seau d'émulsion blanche avec une sorte de batteur électrique géant et toutes les personnes présentes criaient pour se faire entendre. Deux d'entre elles avaient déjà commencé à repeindre le mur du fond en blanc, faisant dégouliner de la peinture mal mélangée jusqu'au sol, tandis que d'autres avaient attrapé des pinceaux et poussaient des cris aigus en faisant voler des éclaboussures de peinture dans tous les sens. J'ai eu du mal à discerner mon ancien poste de travail. Je ne retrouverais plus rien là-dedans.

Je suis sortie de l'école d'art pour aller dans un magasin caritatif à quelques rues de là, où je trouvais souvent des objets utiles. Peut-être auraient-ils des bijoux pas chers. Mais mon attention a été happée par un service de bols à céréales et une horrible cape en velours vert que j'aurais aimé avoir au moment où je peignais Tam Lin, avant que je décide finalement de repartir à l'école avec un jeu de société des années 1970 du nom de « Magic Robot ».

À l'intérieur de la boîte, il y avait deux disques. On orientait un robot magnétique vers une des questions inscrites dans un premier disque, puis on le plaçait à l'autre bout du plateau où il tournait sur lui-même jusqu'à indiquer la réponse du bout de sa baguette métallique. Le jeu contenait plusieurs séries de questions et de réponses et il fallait aligner chaque disque de questions avec les réponses correspondantes, faute de quoi le résultat obtenu n'avait ni queue ni tête.

Quand je suis revenue à l'école avec un robot magique au lieu de mon déjeuner, j'avais manqué la majeure partie du rangement et mon tuteur avait réorganisé ma longue série de collages déprimants inspirés de *Perle* en un carré de six par six, empilant par terre ceux qui n'avaient pas été retenus. Le nouvel agencement reposait sur l'équilibre des couleurs et des textures, tandis que les détails auparavant placés à hauteur d'yeux disparaissaient dans les coins. J'ai été forcée d'admettre que c'était bien mieux ainsi.

Sauf que tout lien avec le récit ou avec une quelconque séquence d'événements avait été totalement détruit. Je ne me souviens plus si le collage à la perle manquante avait même été retenu. Je m'étais lassée de ses couleurs criardes et de ses visages indistincts. Dans un accès de colère, j'ai installé le robot magique quelque part vers le centre, entouré de questions sur le calcul des chiffres au carré et au cube, puis j'ai disposé des réponses portant sur l'art, la nature et l'espace un peu partout vers l'extérieur du carré. Il paraît que le robot a joué un rôle décisif dans l'attribution de ma mention.

Quand est arrivé le jour du vernissage, je détestais l'installation. Je l'aurais retirée si seulement j'avais eu autre chose de meilleur à exposer à sa place. Quand Mark a eu fini son discours et remballé ses œuvres, je me suis cachée dans un coin de la cantine, trop honteuse pour lui parler de mon travail. Mais il a fouillé tout le bâtiment jusqu'à me trouver. Il m'a expliqué que sa femme Marie était venue avec lui spécialement pour me rencontrer.

« Je lui ai parlé de ton travail, a-t-il dit. Elle est partie dans le hall pour le retrouver. »

Nous avons dû monter deux étages pour rejoindre l'exposition, et Mark s'est arrêté à chaque palier pour reprendre son souffle.

« Tu aimes les gâteaux allemands ? a-t-il demandé. Marie est allemande et je lui ai promis qu'on passerait à la boulangerie allemande. Tu ne veux pas venir ? Ils font une Sachertorte délicieuse ! Si tu n'as jamais goûté ça, il faut absolument que tu viennes avec nous ! »

J'ai repéré Marie, debout devant mes collages de *Perle* : une petite femme ronde avec des cheveux roux teints au henné s'échappant d'un chignon au sommet de sa tête, vêtue d'une longue jupe à motifs de soleils et de lunes et d'un pull turquoise vif. Quand elle parlait, elle était si exaltée qu'elle semblait rebondir sur les semelles de ses baskets en daim rouge. À ma grande gêne, la partie qui l'enthousiasmait le plus était le robot magique.

« Mark m'a parlé de tes collages ! Il m'a dit qu'ils étaient très spirituels. Spirituels ? C'est vraiment le bon mot ? Ils sont merveilleux. J'adore le robot ! C'est lui que je préfère ! Les questions sur les nombres ! Et le carré de six par six ! Tu dois t'y connaître aussi en numérologie. Non ?

– Au départ, il y avait beaucoup d'autres choses. Je ne sais pas trop où elles sont passées.

– Mais choisir les bons numéros, ça fait partie de la démarche !

– Euh, je crois que c'est mon tuteur qui a choisi. Six, c'est un bon chiffre ? Ou trente-six ?

– C'est parfait ! Regarde les carrés à l'intérieur du carré ! Chaque quart de section est comme une petite histoire à l'intérieur de l'histoire, tu vois ?

– Ce serait nettement plus impressionnant si je l'avais fait exprès.

– Ne dis pas de bêtises, tu as suivi ton instinct. Un instinct bien entraîné !

– Et aussi un sacré coup de chance à la boutique Oxfam. »

J'avais beau essayer de leur expliquer que je n'étais pas du tout païenne et encore moins artiste, Mark et Marie m'écoutaient comme si tout ce que je disais était parfaitement logique, comme si j'avais la moindre idée de ce qui se passait dans mes toiles. Ils ont aussi insisté pour m'emmener à la pâtisserie allemande et me faire goûter la Sachertorte. J'ai commencé à penser qu'ils avaient peut-être envie de me connaître, malgré leur aveuglement vis-à-vis de mon talent.

Ils m'ont invitée à un barbecue d'été chez eux le samedi après-midi, en disant que leurs voisins venaient toujours. Ils ont utilisé un mot spécial et je me suis inquiétée parce que j'ai cru que cela voulait dire qu'il fallait que j'apporte quelque chose de particulier à manger ou à boire. Je me suis demandé si c'était un mot allemand. Je n'étais pas sûre d'avoir entendu correctement, alors j'ai demandé ce que je devais apporter.

« Absolument rien, m'ont-ils répondu. Ta présence, c'est déjà bien. »

J'ai rougi. Il me paraissait improbable que je sois un élément désirable dans une fête quelle qu'elle soit, surtout si j'arrivais sans rien à boire ni à manger, alors j'ai passé mon samedi matin à préparer un cheesecake au chocolat, j'ai chipé une bouteille de vin blanc à Edward et j'ai repassé une robe d'été deux tailles trop grande pour moi que j'avais trouvée dans une boutique caritative dans l'idée de la reprendre.

Leur adresse se trouvait dans un grand ensemble de bâtiments des années 1930 près du parc où Joe aimait aller jouer avec ses petits bateaux à voile et où je me perdais toujours, alors j'ai quitté l'arrêt de bus avec dans une main le cheesecake sur une assiette recouverte de papier aluminium et dans l'autre un plan de Birmingham. Je me sentais mal à l'aise dans ma robe, qui faisait un paquet de plis à la taille et qui était d'une couleur dangereusement claire pour quelqu'un qui transporte un cheesecake au chocolat par une chaude journée. J'ai regretté de ne pas avoir mis un jean et un t-shirt comme d'habitude. Aussitôt entrée dans le parc, je me suis perdue, même avec le plan, et pour ne rien arranger, il fallait chaque fois que je m'asseye sur un banc pour poser l'assiette et essayer de trouver la bonne page.

J'étais assise sur un banc du parc en train de retourner mon plan dans tous les sens pour essayer de comprendre dans quelle direction j'étais orientée, quand un jeune homme poussant un vélo s'est arrêté en face de moi.

« Marianne ? Qu'est-ce que tu fais ici ? Tu vas à l'église ou quoi ? »

Je l'ai reconnu : c'était un étudiant de l'école d'art, un de ces garçons invraisemblablement cools toujours habillés en noir avec une peau impeccable. Ils s'appelaient tous Ben ou Dan, ou quelque chose de percutant dans le même genre. Je crois que celui-ci était un Ben. Même son vélo était noir et briqué, rutilant sous le soleil. J'ai supposé que sa remarque sur l'église était due à la robe. C'est ainsi que j'ai su que j'avais commis une erreur. Pour ne rien arranger, je portais en dessous un t-shirt à manches longues pour couvrir les cicatrices sur mes bras et à chaque pas, les vieux boutons du devant de la robe se défaisaient de leurs boutonnières usées.

« Je suis censée aller à un barbecue d'été. Mais je suis en retard. Et perdue. » Je lui ai dit le nom de la rue et il s'est plié en deux de rire sur le guidon de son vélo.

« Un barbecue de SOLSTICE d'été ? Ils vont se mettre à poil et chanter des chants sacrés ? Ouais, je vais te montrer la route. Toutes les rues de ce côté sont bourrées de ces gens-là. Des sorcières. Des druides. Tu vois ? Avec des cristaux suspendus aux fenêtres. Des quiches vegan. »

J'ai récupéré mon cheesecake et mon plan, et je l'ai suivi jusqu'à la sortie du parc. Comme il marchait très vite, je n'avais pas le temps de m'arrêter pour reboutonner ma robe. De temps à autre, il se retournait vers moi et éclatait de rire.

« Non mais sérieux, tu vas te fondre dans la masse. Qu'est-ce que tu apportes ? Un gâteau de lentilles ? Waouh ! J'ai trop hâte de raconter ça à Dan. J'espère qu'il est bio et sans sucre. Tu es sûre que tu veux toujours y aller ? » Il s'est arrêté devant une maison au jardin envahi de végétation et dont la fenêtre était, comme il l'avait prédit, décorée d'une vaste collection de cristaux.

« Merci de m'avoir indiqué la route. Enfin, de m'avoir montré la voie.

– Tu ne diras pas que je ne t'ai pas prévenue. Rentre chez toi avant neuf heures, sinon ils vont tous commencer à se déshabiller. »

Il a enfourché son vélo avec agilité et a tourné au coin de la rue, décrivant une courbe parfaite. Je l'ai imaginé en train de pouffer quand il a pris le tournant ; mais il devait déjà être trop loin pour que je l'entende.

La porte d'entrée était grande ouverte et j'ai entendu des cris d'enfants dans le jardin de derrière, une strate de voix féminines qui bavardaient, la ligne de basse des hommes plus loin. L'entrée sentait la menthe fraîche, le vieux bois et le pain frais. Mark avait peut-être raison quand il disait que ma mère était païenne, si c'était comme cela que sentait une maison de païens. Le long du mur sous l'escalier étaient posés deux balais aux manches décorés de fleurs séchées. Marie est sortie de la cuisine.

« Marianne ! Tu es venue ! Ça alors, tu as apporté un gâteau. Les gens vont t'adorer. Je vais le mettre au frigo quelques minutes pour le rafraîchir. Tu aimes nos manches à balais ? Je sais, c'est sentimental. C'est ceux qu'on a utilisés pour notre cérémonie de mariage, on a fait saute-balai, tu connais[11] ? »

Je l'ai suivie jusqu'à la cuisine où toutes ses amies, vêtues de robes longues, avaient des cheveux teints au henné qui leur arrivaient à la taille. La cuisine en était remplie, leurs hanches larges comprimées de la table au plan de travail et au frigo, tandis que leurs larges bras constellés de taches de rousseur déballaient des salades, découpaient des aliments, enfilaient des champignons et des poivrons sur des brochettes, servaient des boissons et passaient des chopes de bière faite maison par la porte ouverte.

11. Le saut par-dessus le balai est une ancienne tradition celtique attestée dans les mariages non religieux en Irlande et au Pays de Galles, qui consiste à faire sauter les mariés par-dessus une paire de balais pour célébrer leur union.

Elles parlaient toutes en même temps et chacune disait aux autres d'arrêter, puis éclatait de rire et reprenait. On m'a caressée, palpée, questionnée, puis on m'a tendu un verre du thé glacé de ma mère avec son brin de menthe et sa tranche de citron. J'osais à peine le boire de peur de rompre le charme.

L'une d'elles m'a dit : « Oh, tu es la fille qui peint des ballades, c'est ça ? Mark nous en a parlé. Tu as un site Internet ? »

Une autre a admiré le tissu de ma robe et je me suis souvenue que c'était à cause de cela que je l'avais achetée : l'étrange motif géométrique bleu-vert, l'ourlet festonné de la jupe. J'ai dit que oui, je l'avais trouvée dans une friperie et je n'avais jamais eu le temps de la reprendre. Que les boutons se défaisaient sans arrêt.

« Oh, tu devrais coudre le devant, c'est ce que je ferais à ta place. Et comme ça, tu pourrais garder les boutons. Regarde, ils sont cousus à la main, comme la robe. Il y a juste les manches qui sont usées. Tu pourrais les enlever pour faire un genre de robe-tablier. »

Marie les a chassées comme un troupeau de poules sympathiques.

« Laissez-la tranquille. Vous allez lui faire peur. Elle est très bien comme ça, Marianne. Viens dans le jardin, je vais te trouver un coin à l'ombre. »

Le jardin était rempli de pergolas, de parasols improvisés à partir de draps colorés tendus entre les catalpas, de tapis et de chaises dépareillées où les invités étaient assis à discuter, buvant de grands verres ou vidant des bouteilles de bière, tandis que les enfants se roulaient sur les tapis, couraient entre les plates-bandes bordées de bois ou s'envoyaient des glaçons pêchés dans leurs verres.

Il y avait des parterres d'herbes aromatiques et de légumes que ma mère aurait adorés, des bacs surélevés avec des systèmes ingénieux de récupération des eaux de pluie, et chaque récipient recyclé contenait une plante odorante ou comestible. Un côté entier du garage était recouvert de pots de yaourt géants décorés de rayures lumineuses dans lesquels poussaient des géraniums. En dessous, des plants de tomates poussaient dans des lavabos, des caisses et une cuvette de toilettes. L'odeur près du mur, géranium chaud et feuille de tomate, était intense, grasse et familière. J'ai reconnu le parfum de la serre derrière notre vieille buanderie.

J'ai demandé à Marie : « Est-ce que les tomates et les géraniums se plaisent ensemble ? Je crois que ma mère les plantait côte à côte.

– Ce n'est pas tant qu'ils se plaisent ensemble, mais surtout que les pucerons détestent les géraniums alors qu'ils aiment un peu trop les tomates. En tout cas, c'est l'idée. »

Marie a secoué une feuille de tomate et un puceron est tombé dans la paume de sa main.

« Tu vois ? »

Au fond du jardin se trouvait un chalet en bois peint en bleu, avec une double porte jaune vif ouvrant sur une véranda où étaient suspendues des boules à facettes et des tortillons de métal qui tournaient doucement, reflétant les couleurs de la cabane et du jardin.

« Viens voir, je vais te faire visiter ma cabane, a dit Marie. J'ai mis tout l'hiver dernier pour la construire, et j'adore la montrer pour frimer ! » Elle a poussé la double porte jaune et j'ai compris pourquoi elle en était fière. Un mur entier était occupé par un meuble à tiroirs trouvé dans une vieille boutique de drapier, avec des tiroirs aux petites fenêtres de verre sur lesquelles on déchiffrait encore les étiquettes GANTS – UNIS ou RUBAN – VERT, même si je voyais que tous étaient remplis de peintures de couleurs différentes, de craies et de crayons. Un long établi sous la fenêtre était couvert de pots de sirop et de mélasse dans lesquels étaient rangés divers stylos et des outils luisants qui lui servaient pour le travail de l'argent, m'a-t-elle expliqué.

Marie m'a dit qu'elle donnait des cours du soir de bijouterie. Elle a ajouté que si j'avais envie de venir, n'importe quand, elle m'offrirait une séance gratuite. L'été, parfois, elle donnait des cours dans la journée et tout le monde repartait chez soi avec un ensemble de bagues ou de boucles d'oreilles. Elle a choisi une paire de boucles qu'elle venait de terminer pour me montrer comment elles étaient faites – un croissant de lune, puis deux petits disques suspendus à une chaîne d'argent.

Elle a dit qu'elles m'iraient très bien avec mes cheveux courts. Elle les a emballées dans du papier de soie et les a posées dans ma main.

Puis elle a ouvert une série de minuscules tiroirs intégrés au bureau et en a sorti une pince et une cheville de bois de laquelle dépassait une vis à tête plate, et elle m'a montré comment tordre les cercles d'argent pour les ouvrir puis les refermer afin de réaliser une chaîne. J'ai fabriqué une rangée simple d'anneaux que j'ai fixée dans le trou le plus bas de mes oreilles, et elle m'a dit : « Tu es magnifique ! » Je savais que ce n'était pas le cas.

Tout d'un coup, je me suis sentie désespérément mal à l'aise, consciente de ma robe et de mes baskets usées, des démangeaisons causées par les coupures sur mes bras, des plaques froides au-dessus de mes oreilles où mes cheveux ne repoussaient pas totalement. J'ai cherché la sortie avant de me mettre à pleurer. Quelque chose dans ce geste de m'offrir un cadeau fait de ses mains et de me dire que j'étais magnifique avec avait dû me rappeler ma mère – cela et l'odeur des géraniums et des feuilles de tomates dans le jardin d'été.

J'ai pensé à mon dernier pull avec ses manches aux rayures bariolées, au tintement et au cliquetis des perles le long des poignets avant que je ne mâchouille les fils, mais surtout à la peau lisse et intacte de mes poignets en dessous. Ma mère en train de lisser mes cheveux derrière mes oreilles, les oignons et le jardin sur ses doigts, l'arrière de mes oreilles doux et intact, pas encore encombrés de clips, d'anneaux et de croûtes.

Marie a fait semblant de ne pas remarquer mes larmes. Elle est sortie en reculant et a déclaré : reste autant de temps que tu voudras, jette un coup d'œil et rejoins-nous au jardin quand tu seras prête. Quand elle m'a laissée seule dans l'atelier, son odeur était toujours là : une odeur de bougies rouges, de bois neuf et de camphre qui se mêlait au souffle chaud du barbecue devant la fenêtre, suspendu dans l'air comme un arrière-goût de ses douces voyelles ovales, du chantonnement de sa voix étrangère.

Je suis restée à regarder par la porte ouverte. Toutes les femmes portaient de longues jupes colorées à l'exception d'une toute petite femme plus âgée assise dans l'ombre la plus épaisse, la peau pâle comme le lait dans sa longue robe crème, la tête lisse et rasée, les paupières maquillées en vert vif et doré. Il y avait des enfants partout, qui couraient d'un bout à l'autre de l'allée étroite séparant les plates-bandes, s'éclaboussaient avec des pistolets à eau, traînaient des arrosoirs mesurant la moitié de leur taille le long des sentiers en copeaux de bois, ou bien qui construisaient des petits tas de bois qu'ils détruisaient ensuite. L'une des plus grandes est venue me chercher.

« C'est toi Marianne ? Mark a dit que tu nous aiderais pour la chasse au trésor. »

Elle m'a tendu sa petite main chaude et je l'ai prise, reconnaissante qu'elle m'offre une excuse pour rejoindre la fête. Elle a retourné ma main et caressé les marques sur mon poignet.

« Qu'est-ce que tu t'es fait au bras ?

– Je me suis griffée sur un groseillier à maquereau. Dans un autre jardin. Et peut-être bien aussi sur des ronces. Ou bien des chardons.

– Il y a des ronces, ici ?

– Non, cette chasse au trésor est sans danger. Je crois que Mark a coupé toutes les ronces pour l'occasion. »

En disant cela, j'entendais la voix de ma mère dans la mienne, son style d'explication, les histoires qu'elle me racontait, et je me suis demandé un instant si, dans les moments où elle me racontait tout ça, elle avait parfois les larmes aux yeux ou des cicatrices sur les bras, et si je les acceptais aussi facilement que cette petite Rose qui m'a pris la main et guidée vers le jardin.

Après avoir fini les brochettes végétariennes et les salades et avoir bu beaucoup de bière dans des mugs et des tasses à thé dépareillées, Mark et la plupart des hommes ont retiré leur chemise et se sont mis à arroser les enfants échauffés avec un tuyau d'arrosage : bientôt, tout le monde s'est retrouvé nu. Ce n'est pas comme si la fête s'était arrêtée pour reprendre avec les vêtements en moins, les invités en portaient simplement de moins en moins à mesure que la soirée avançait.

Dans l'ensemble, le spectacle n'était guère réjouissant. Mark était rond et poilu, avec des touffes de poils roux un peu partout, tandis que les autres avaient plutôt ce physique noueux des hommes entre deux âges qui est plus avantageux quand on garde ses vêtements, quelle que soit la saison. La vieille dame au crâne rasé a plié soigneusement sa longue robe pâle et l'a posée sur son fauteuil en osier pour que l'assise ne soit pas inconfortable. En dessous, elle portait une longue combinaison couleur chair dont les bretelles flottaient au-dessus de deux rangées de cicatrices qui partaient de ses aisselles et barraient sa poitrine vide.

Des adultes m'ont demandé si je pourrais venir chez eux garder leurs enfants. Ils ont écrit leur nom et leur numéro sur le couvercle déplié de mon paquet de cigarettes. Rose m'a fabriqué une espèce de couronne géante avec des fleurs trouvées dans le jardin. À un certain moment, j'aurais sans doute dû rentrer chez moi, juste après l'apparition des tuyaux d'arrosage et avant que les femmes ne laissent tomber leurs robes, mais je l'avais manqué.

Puis les femmes se sont souvenues qu'il y avait des desserts. Mon cheesecake est sorti du congélateur comme une coulée de lave, il y avait également des brochettes de fruits, des petits gâteaux croustillants et poisseux au chocolat, des cupcakes, des tourtes aux fruits et de la jelly, tous disposés dans la cuisine pour éviter qu'ils ne fondent.

Différents degrés de nudité se côtoyaient maintenant, et je me serais volontiers débarrassée de ma robe inadaptée si j'avais porté quelque chose d'élégant en dessous. Quelque chose qui aurait caché toutes les marques de coupures sur mes cuisses, mon ventre et, pire que tout, mes bras. J'aimerais vous dire que j'avais laissé toutes ces idioties derrière moi, que ce n'étaient que des signes, des cicatrices, des sillons laissés par une période plus triste de mon passé, mais certaines de ces marques étaient encore fraîches.

À l'intérieur de la doublure de mon paquet de cigarettes se cachait une lame de rasoir toute neuve. Je m'étais ajouté quelques scarifications quand je m'étais retrouvée seule dans l'atelier l'après-midi. Parfois, en prenant la lame, je m'étonnais de la trouver ensanglantée ou de remarquer de nouvelles marques sur mes jambes. Je ne me souvenais pas toujours de l'avoir fait, comme on ne se souvient pas toujours d'avoir fait son lit le matin parce que c'est une habitude.

Tandis que tout le monde se dirigeait vers la cuisine et les desserts, je me suis retrouvée seule dans le jardin avec la vieille femme sans cheveux. Je sentais mon pouls dans mes bras sous mon t-shirt, comme si le sang réclamait de sortir à grand renfort de démangeaisons, comme si les veines elles-mêmes se soulevaient sous l'épaisseur du t-shirt blanc et les motifs bleu-vert de la robe. Quand les premiers enfants sont revenus sous les ombrières avec des bols de jelly et de glace, j'ai pris mon sac et je suis sortie par la porte latérale, j'ai descendu l'allée et je me suis retrouvée sur la route.

Ce n'est qu'au moment de retraverser le parc que je me suis rendu compte que j'avais oublié mon paquet de cigarettes avec la lame de rasoir cachée à l'intérieur, et les noms et numéros de téléphone des gens pour le babysitting. S'ils ouvraient le paquet et trouvaient la lame de rasoir, ils ne voudraient plus que je garde leurs enfants mais ce qui me désolait le plus, c'était de ne plus les revoir.

J'ai fini par retrouver la sortie principale du parc et j'ai traversé la ville jusqu'à l'arrêt de bus où j'ai attendu en trépignant et en me grattant les bras, prise de l'envie de fumer, en me demandant à quoi ressemblerait ma vie si j'allais au cours de bijouterie ce samedi, si j'acceptais l'argent et l'amitié offerts en cadeau par ce gentil couple sans enfants qui me témoignait son affection par toutes sortes de moyens, si je gardais les enfants païens de leurs amis païens, et peut-être même que je devenais moi-même une vraie païenne, et que je me mariais au cours d'une cérémonie maison où je sauterais par-dessus un balai, et que je faisais pousser des légumes, et que je faisais mon pain, et que je racontais les histoires de ma mère à mes joyeux enfants païens.

Mais surtout, je pensais à combien ma mère aurait aimé cet endroit. Elle aurait adoré le jardin, et aussi les enfants. Elle aurait interrogé les adultes sur toutes les herbes aromatiques et les différents systèmes d'arrosage, elle aurait raconté aux enfants des devinettes et des comptines rigolotes. Dans le bus, pendant tout le chemin du retour, j'ai senti la chaleur de sa présence à côté de moi et j'ai poursuivi une de mes discussions silencieuses avec elle à propos de tout ça. Parfois, je me dis que j'ai vécu ma vie en observatrice, gardant tous les meilleurs morceaux pour elle, aux aguets, pour essayer de me souvenir des détails qu'elle aurait aimés.

Ma mère était-elle une païenne pratiquante ? Je ne crois pas. Elle chantait de vieilles chansons. Elle parlait à tous les êtres vivants. À l'arbre avant de lui casser une branche. Aux racines qui pendaient dans la grotte. Aux pies solitaires, évidemment[12]. Comme tout le monde, non ? Au petit peuple. Quand elle perdait une fois de plus sa truelle préférée dans le jardin, elle protestait : « Bande de petits chenapans, où avez-vous encore mis ma truelle ? »

De même pour les rats. Pour que les rats quittent votre maison, il faut le leur demander poliment. « Monsieur Rat, disait-elle. Je m'excuse de vous déranger, je sais que vous êtes très occupé mais, voyez-vous, votre séjour dans notre maison est très incommodant pour le moment. Nous préférerions que vous alliez vivre dans

12. Une superstition britannique répandue veut que cela porte malheur de rencontrer une pie solitaire (tandis que deux pies sont un signe de chance). Pour éloigner le mauvais sort, il faut saluer la pie en lui disant : « *Good morning, Mister Magpie.* »

la grange, où vous trouverez un logis bien chaud et confortable pour toute votre famille. J'espère que vous ne vous offenserez pas de ma demande. Merci. » Un jour, je lui ai fait remarquer : « Mais ils ne sont pas là maintenant. Ils ne sortent que la nuit. On ne devrait pas plutôt leur écrire une lettre ? » Elle a éclaté de rire. « Les rats ne savent pas lire ! » Bien sûr que non. Où avais-je la tête ?

Elle lisait le *Yi Jing* et l'Ancien Testament. Elle lisait le *Tao Te Ching* et les contes populaires. Elle soufflait dans les naseaux des chevaux et des vaches et leur parlait d'une voix douce et régulière. Elle recueillait des histoires, des chansons, des croyances, de la même manière qu'elle gardait les pots vides pour la confiture de prunes de l'année suivante, ou les éclats de poterie colorés qu'elle déterrait dans notre vieux jardin. Pour leur utilité, leur couleur ou leur histoire.

Sur tout le chemin du retour, quand je lui ai raconté le barbecue, les manches à balais, la bière faite maison, les petits hommes noueux et les femmes teintes au henné, les enfants sous l'arroseur automatique et le cheesecake fondu, elle a éclaté de rire. En descendant du bus à Wolverhampton, j'étais encore en train d'essuyer les larmes de rire sur mon visage quand elle m'a dit très distinctement dans l'oreille gauche : « Je n'en reviens pas que tu n'aies jamais entendu parler du solstice d'été ! Tu aurais dû savoir qu'il fallait mettre ta plus belle culotte ! »

Ma mère avait un rire scandaleux. Elle riait de choses qui, enfant, ne me paraissaient pas drôles, mais quand elle riait, on était obligé de rire avec elle. C'était une énorme explosion qui la laissait souvent au bord des larmes. Elle hurlait de rire, démesurément. Parfois, quand je garde pour elle tous les bons moments d'une mauvaise journée, ou bien quand je m'apprête à faire une chose un peu bizarre, je me dis que c'est pour la faire rire. Je lui montre mes tableaux les plus ratés pour l'amuser. Je hausse les épaules devant les absurdités en levant les yeux au ciel pour entendre sa réaction sonore et enfantine. Elle adorait les mauvaises blagues, et peu importe combien de fois elle les avait entendues, elle les trouvait quand même hilarantes.

Plus que tout, elle aimait les histoires d'accidents ridicules. Un jour, la voiture d'Edward s'est retrouvée prise dans une inondation alors qu'il rentrait à la maison. Comme il se trouvait juste à la sortie du village, il a appelé un passant et ensemble, ils ont poussé sa voiture jusqu'à la petite station-service et l'ont garée sur le côté. Il est rentré tard à la maison, avec des marques d'eau autour des chevilles, et des gargouillis mouillés qui s'échappaient de ses chaussures.

Le lendemain, en retournant à pied au garage, il s'est aperçu qu'il s'était garé par erreur sur la zone réservée au contrôle technique. Le garagiste était un homme excentrique aux cheveux noirs hirsutes, avec un chien tout aussi hirsute qui s'appelait Pooh. Il a tendu à Edward une facture pour le contrôle technique qu'il venait d'effectuer. Edward a répondu qu'il n'était pas contre, si ce n'est que sa voiture n'était plus en état de rouler. Ma mère adorait cette histoire.

16

D'où viennent les bébés

Confiture de fraise, groseille, abricot,
Dis-moi le nom de ton Roméo !
A – B – C – D – E – F – G

Dès le début, j'ai su qu'ils sortaient des mamans. Quand la mienne était enceinte de Joe, elle avait inventé un jeu qui consistait à trouver chaque mois dans la maison un objet de la taille du bébé. Un noyau de pêche. Une prune. Une pomme. Un pamplemousse. En plus de cela, je pouvais le voir grandir, se retourner comme le dos d'un canard qui se soulève quand il enfonce sa tête sous l'eau. Quand ils sont partis pour l'hôpital et que Mrs Wynne est venue me garder pour la nuit, j'ai su qu'ils reviendraient avec une nouvelle personne. Personne ne me racontait qu'on trouvait les bébés sous les groseilliers.

À l'école primaire, on discutait beaucoup de ces histoires de bébés. Quand nous faisions le cochon pendu sur les barres du portique et que notre jupe nous retombait sur la figure, nous aimions rester suspendues longtemps, jusqu'à ce que des bruits de pets sortent de nos vagins. Nous restions tête en bas, jupe par-dessus tête, à laisser entrer et ressortir l'air tout en discutant de combien de doigts on pourrait faire entrer dans le trou.

À un moment, l'une des autres filles a dû me dire que c'était par ce trou que le bébé sortait. J'ai rejeté l'idée. Au fil des mois, j'avais vu la collection d'objets et je savais que la chose dont on parlait avait la taille d'un melon. Impossible que ça puisse passer. Une fille du nom de Carole a déclaré qu'elle avait déjà réussi à y mettre deux doigts quand elle était dans son bain, mais toutes les autres se sont accordées sur le fait que la taille n'était adaptée que pour un seul doigt.

Je me suis demandé s'il n'y avait pas une astuce : peut-être qu'en sortant, le bébé avait la taille d'un têtard, puis qu'il se gonflait au contact de l'air. Dans ce cas, ne courait-on pas le risque que le bébé sorte à n'importe quel moment, quand on était aux toilettes par exemple, et qu'il faille le rattraper ? Et si l'on n'avait pas le courage de plonger la main dans l'eau des toilettes pour le repêcher ? Et puis pourquoi devenait-il si gros à l'intérieur pour ensuite rétrécir en sortant ? C'était très déroutant. J'ai posé la question à Lindsey. Elle a soulevé son pull jaune élastique pour me montrer sa spectaculaire cicatrice de césarienne.

« Ça, c'est sûr qu'ils sont trop gros pour sortir, a-t-elle déclaré. Anne-Marie pesait seulement trois kilos et ils ont quand même dû me la sortir par là. C'est encore le plus commode. » Elle a pris ma main et l'a passée le long du bord boursouflé de la cicatrice qui courait entre son nombril et le haut de sa culotte en dentelle.

Ce devait être l'année de mes dix ans, au moment où Lindsey a cessé de nous garder parce qu'elle avait eu Anne-Marie qui, selon moi, avait reçu ce prénom à cause de moi, mais Edward m'avait répondu que nos deux prénoms n'avaient rien à voir.

Après cela, c'est sa sœur Melanie qui nous a gardés, mais Lindsey venait souvent lui tenir compagnie pour éviter de rester dans les pattes de sa mère. Elle disait : « J'ai amené Anne-Marie pour qu'elle joue avec Joe », sauf qu'Anne-Marie était bien trop petite pour jouer. La seule chose amusante qu'elle savait faire, c'était des bulles.

C'est à ce moment-là que j'ai entendu l'histoire du bébé dans la cabine téléphonique. Ils en ont parlé à la radio. Quelqu'un avait trouvé un bébé dans une cabine téléphonique. Voilà une solution qui me semblait bien plus logique que le petit trou ou que la lame du grand couteau.

J'ai espéré que le bébé dans la cabine était enveloppé bien chaudement. Il y avait une cabine téléphonique dans notre village, mais il lui manquait plusieurs vitres. J'y étais déjà entrée et ça sentait le pipi. Il y avait un annuaire accroché par une chaîne à la petite étagère noire. Je trouvais que ce n'était pas un endroit sûr pour laisser un bébé. Je me souvenais qu'il fallait toujours faire attention aux microbes. Et puis, que se passerait-il si le bébé restait dans la cabine téléphonique et que personne ne le trouvait de la journée ? Il risquait de mourir de froid ou de faim. Ou les deux à la fois.

Je passais régulièrement devant la cabine rouge en rentrant de l'école. Lindsey et Melanie marchaient avec moi, l'une poussant Joe dans sa petite poussette à rayures, l'autre Anne-Marie dans son énorme trône rose. Ça ne les dérangeait pas quand je courais devant pour aller voir à l'intérieur de la cabine. Elles criaient : « Touche à rien là-dedans. C'est tout sale ! » et je leur faisais croire que je jouais à un jeu idiot qui consistait à faire semblant de téléphoner à quelqu'un.

Je n'ai jamais dit à personne que c'était pour vérifier s'il y avait un bébé. J'avais peur que le bébé sente mauvais d'être resté dans cet endroit horrible, que sa peau soit jaunie comme le vieux papier de l'annuaire. Peut-être qu'il serait enveloppé dans du papier journal, ou dans des pages arrachées à l'annuaire. Il n'aurait pas de nom, ni de maison ni personne. Je l'emmènerais chez moi et je le garderais. Je me fichais de la manière dont les autres avaient des bébés. Toutes leurs idées étaient dégoûtantes. Celui-ci, il serait à moi et je savais où le trouver.

Je me disais qu'il serait difficile de le porter jusqu'à la maison. Je savais que les bébés se tortillaient dans tous les sens, et en plus celui-ci n'aurait pas de vêtements, donc il serait glissant. Il y a au moins deux kilomètres depuis la cabine téléphonique jusque chez moi, en passant par l'église et le carrefour près de la rivière. Est-ce que j'arriverais à le tenir tout du long ? Est-ce que je me souviendrais de comment le porter correctement ? Est-ce qu'il pleurerait ? Est-ce qu'il aurait froid ?

Je m'imaginais arriver chez moi avec lui et poser la baignoire pour bébés par terre comme nous le faisions avec Joe, le soulever doucement hors de l'eau avec une serviette bien chaude, lui trouver une des vieilles grenouillères de Joe au fond de l'armoire, lui faire chauffer un biberon de lait. Mais pendant tout le temps où j'entretenais ce fantasme – et je ne suis jamais passée devant cette cabine téléphonique sans vérifier s'il était dedans –, je n'ai jamais rien imaginé au-delà de ces premières heures. Est-ce que je croyais vraiment qu'on me permettrait de le garder ?

J'en ai parlé à des gens, une fois devenue assez grande pour que ce soit pris comme une plaisanterie. Et un jour, à la vingtaine, j'ai reçu un message d'une amie : « Hé, quelqu'un a trouvé ton bébé dans la cabine téléphonique – regarde ça. » Il y avait un lien vers un journal local. Pas dans mon village mais dans un autre très semblable, dans le Lincolnshire. Un bébé dans une cabine téléphonique. Transi de froid, enveloppé dans du papier journal, exactement comme je l'avais imaginé. Tellement chanceux que quelqu'un l'ait entendu pleurer avant qu'il soit trop tard. On avait déjà retrouvé sa jeune mère.

Mais avant que mon cerveau adulte prenne le relais et envisage la peur et la souffrance de la jeune fille qui l'avait laissé là, le danger pour leurs deux vies, j'ai eu l'impression d'avoir été volée. Cela a été mon premier réflexe. Mon bébé avait enfin été trouvé, et pas par moi. Après la frustration, ma seconde pensée, dans le battement de cœur suivant, a été la culpabilité. Pourquoi avais-je arrêté de chercher ? Comment avais-je pu être aussi déloyale ?

Je n'ai pas trouvé Susannah dans une cabine téléphonique. Mais je l'ai cherchée dans différents endroits improbables avant de la trouver. Je l'ai cherchée dans des relations avec des gens qui ne s'intéressaient pas à moi, et encore moins à l'enfant que j'étais susceptible de concevoir. Je l'ai cherchée dans les coups d'un soir. Je l'ai cherchée dans les catalogues d'agences d'adoption qui n'auraient jamais considéré la candidature d'une jeune femme célibataire sans emploi stable. J'ai persuadé un ami de fac de me fournir chaque mois un don de sperme livré dans une boîte à pellicule photo en échange d'une tournée de bières et d'un contrat rédigé sur l'arrière d'un devoir d'histoire à lui, dans lequel je m'engageais à ne jamais lui réclamer de pension alimentaire pour l'enfant.

Le problème, c'était qu'il fallait prendre un bus entre sa cité universitaire et la mienne, et qu'il était dégoûté à l'idée que je m'insémine dans sa salle de bains : je devais donc transporter la boîte chez moi sous ma chemise, en espérant que son contenu ne refroidisse pas. Il refroidissait à coup sûr. Quoi qu'il en soit, cela n'a jamais fonctionné. Mon ami a suggéré que nous tentions une méthode plus directe, si jamais j'étais partante. Mais j'ai dit non. Pas parce qu'il ne me plaisait pas, mais parce que j'avais peur qu'il me plaise trop. La simple gratitude avait déjà suffi à ce que je l'aime trop.

Tout au long de ma vingtaine, je l'ai cherchée dans toute une série de mauvaises décisions et de voies sans issue. Mais pour finir, je me suis trouvée enceinte de Susannah d'une manière bien plus conventionnelle. Je suis tombée amoureuse. Finalement, tous les clichés et les mauvaises chansons pop avaient raison. J'avais beau ne pas y croire et penser que cela ne s'appliquait pas à moi, rien de tout cela ne m'a protégée. Je travaillais dans une galerie. Il y avait un tableau de lui que j'aimais beaucoup, un empilement de chaussures et de bottes de différentes couleurs. Un jour, il était debout face à la toile. Il m'a demandé ce que j'en pensais. J'ai dit que c'était ma préférée, à cause des couleurs.

« Bonne réponse. Elle est de moi.

– Eh bien, on dirait que tu as beaucoup de belles chaussures. »

Alors il s'est tourné vers moi et il m'a souri. D'un seul coup, j'ai eu conscience de la distance précise entre nous – pas seulement celle qui séparait sa voix de la mienne, cet espace d'air vivant que je pouvais mesurer de mon souffle, mais aussi la distance entre nos corps, nos jambes, jusqu'à l'espace entre ses pieds et les miens. J'ai baissé les yeux pour éviter son regard. Il portait des Doc Martens bleu vif. Les miennes étaient rouge foncé.

« Elles sont pas mal, tes chaussures. »

Nous avons tous les deux levé les yeux en même temps. Et j'ai su que j'étais prête à croire tout ce qu'il me dirait. Chaque mot. En reculant d'un demi-pas, il m'a dit : « Bon. J'imagine qu'on va se revoir. Si jamais la galerie me prend une autre toile. »

Il a haussé les épaules et il est sorti. Je me suis sentie aspirée par le vide dans l'air quand il s'est éloigné et je me suis vue le suivre jusqu'à la porte, la tenir ouverte derrière lui et le regarder partir.

Arrivé au coin de la rue, il a sorti de la poche de son manteau un bonnet de laine à rayures qu'il a enfilé. Il avait une démarche juvénile, bondissante, presque dansante. J'ai pensé au mot « pimpant ». Un chapeau pimpant. Une démarche pimpante. Pimpant n'est pas un mot sexy. J'ai ri tout haut, il m'a entendue et il s'est retourné pour me faire au revoir de la main.

J'ai passé la semaine suivante à lire son dossier, à apprendre tout ce qu'il contenait et à essayer de persuader le galeriste de lui acheter une autre toile. Personne ne voulait acheter le tas de chaussures et le galeriste ne passait qu'une fois toutes les quelques semaines, donc quand il est revenu me parler, je n'avais fait aucun progrès. Il attendait sur le pas de la porte et je suis venue lui ouvrir.

Il a dit quelque chose du genre de : « Alors, vous n'avez toujours pas vendu mes chaussures ? », et j'ai répondu quelque chose du genre de : « Qu'est-ce qui t'amène ? » Il n'a même pas fait semblant d'être passé pour voir Donald, le galeriste, ou pour apporter une toile à vendre.

Il a dit : « Je suis venu pour te voir. Je me disais qu'on pourrait aller dîner quelque part ou un truc dans le genre. Faire connaissance. » Je n'arrivais même pas à répondre. Je me suis contentée de le regarder fixement. « Tu connais déjà mon prénom, grâce au tableau. Moi c'est Barney. Et toi, tu es ?

– Marianne.

– Très romantique. Celle de la grange du fossé[13] ?

– Oui. En fait, c'était plutôt un genre de marécage. Un chemin marécageux. Une allée inondable. Mais tu peux appeler ça un fossé si ça te chante.

– Est-ce que ça te dirait de poser ?

– Quoi ?

13. Référence au célèbre poème « Mariana » d'Alfred Tennyson : « l'ancienne paille sur la grange solitaire du fossé », traduit par Stéphane Mallarmé, paru dans *Le Mercure de France*, juin 1890, n° 6.

– Pour un portrait. C'est ta couleur de cheveux naturelle, ou bien tu as eu un accident de teinture ?

– Normalement, ça aurait dû être blond. Blondâtre.

– Tu pourrais peut-être porter un chapeau.

– Un chapeau pimpant ? Ça pourrait se faire.

– Pimpant ? Ce n'est pas un mot qu'on entend tous les jours, Marianne de la grange du fossé. »

Il s'est avéré qu'il avait beaucoup de chapeaux dans son atelier. Des chapeaux brodés de miroirs, des trilby en paille, des bonnets en crochet. Il m'a dessinée avec une calotte tricotée sur la tête. Pendant tout le temps du dessin, il n'a jamais brisé la glace. Je ne le regardais pas en face. Je ne savais pas comment il me regardait. Ce n'est qu'en voyant le dessin terminé que j'ai compris à quel point il m'avait bien cernée.

Malgré cela, nous n'avons pas franchi cet espace délimité avec précision entre nous. Contrairement à moi, qui avais jusque-là bravé ma méfiance naturelle envers les gens en couchant avec n'importe qui mais sans jamais y attacher d'importance, Barney maintenait les autres à distance. Il était prudent. Très prudent. Pendant un an, chaque fois que nous nous sommes vus, nous avons parlé de peinture sans jamais nous poser de questions sur quoi que ce soit d'autre. Son profil sur Internet portait uniquement sur son travail.

Il lui a fallu dix mois avant de me dire qu'il avait une compagne – ce qui ne m'a pas empêchée de continuer à l'appeler. Ni de me poster dans des cafés, des galeries et tout autre endroit qui me venait à l'esprit dans l'espoir de l'y croiser. Je lui apportais un livre que j'étais en train de lire et lui proposais de faire un échange. Il a même essayé de lire *Perle*. Personne d'autre n'a jamais proposé de faire cela pour moi. J'ai pris ce geste pour le signe d'un profond intérêt. Je crois que c'était surtout le signe d'un profond intérêt pour la poésie plutôt que pour moi. Il m'en a récité des passages et depuis, c'est sa voix que j'entends quand je lis ces mots. Il a grandi près de la Chapelle Verte. La vraie, pas celle de la rivière près de notre maison. Peut-être qu'à cause de ses origines, il avait la même voix que le véritable auteur du poème de Sire Gauvain.

L'un de nos points de désaccord concernait mon attachement aux souvenirs de ma mère. Pourquoi est-ce que je m'intéressais à tout cela ? Il ne comprenait pas. Il n'aimait pas que je parle d'elle. Le simple fait que je salue une pie ou que je chante de vieilles chansons l'irritait. Parce qu'il savait que c'était pour elle. Sa mère à lui avait disparu quand il avait huit ans. Et il n'avait plus jamais voulu avoir de ses nouvelles. Il savait qu'elle était en vie, mais il ne voulait pas la voir. Je n'arrêtais pas de lui poser des questions sur elle. Il m'a dit qu'elle vivait à Market Drayton avec son deuxième mari et qu'ils tenaient une pension équestre. Je ne pouvais pas m'empêcher d'imaginer ma mère vivant à une heure de chez moi, ses cheveux grisonnants sur les tempes dégringolant d'un tortillon à l'arrière de sa tête, ses yeux plissés de petites rides, en train de faire marcher tranquillement son cheval à la longe dans le soleil déclinant du manège. J'ai regardé les lignes de bus et proposé qu'on aille rendre visite à sa mère. Il m'a regardée comme si je l'avais giflé, a dégluti bruyamment et il a répondu : « C'est de ma mère que tu parles. Elle ne voulait pas de moi quand j'avais huit ans, et elle ne voudra pas plus de moi maintenant. »

Puis il a quitté la pièce, très triste et silencieux, et au moment où la porte s'est fermée, j'ai imaginé les cintres vides qui s'entrechoquaient dans l'armoire au rythme trentenaire de la chanson de son deuil.

Il aimait Edward et Joe. Il semblait très à l'aise dans une maison tenue par un homme. Ce qui est tout à fait logique. La seule d'entre nous dont il se méfiait, c'était moi. Il croyait déjà que les femmes étaient toutes soit folles, soit indignes de confiance, soit les deux à la fois. Il me regardait avec prudence, à l'affût d'un signe susceptible de confirmer ses soupçons. Pour le retenir, il fallait que je lui prouve sans cesse que je n'étais pas semblable à ma mère. Mais malheureusement, je le suis. Et il est usant de suspendre tout son amour à un clou qui ne tient que par la force de ce qu'on cherche à prouver.

Nous n'étions pas ensemble depuis assez longtemps pour parler ouvertement d'un avenir ou d'une famille mais, dès le départ, c'est ce que je voulais. Je voulais la totale. Je le voulais suffisamment pour attendre le bon moment. Et je croyais que lui aussi. Il a offert à

Edward une peinture représentant une vieille cabane dans la forêt qu'il a accrochée dans son bureau. Elle y est toujours. Il m'a dessinée un millier de fois, généralement dans des moments où je regardais ailleurs. Un jour, quand mon bail est arrivé à échéance, nous avons évoqué l'idée d'emménager ensemble.

Puis un soir, au vernissage d'une exposition d'impressions miniatures, nous nous sommes pris une cuite au vin offert par la galerie puis, en rentrant chez nous, nous avons mangé une horrible pizza bon marché pour éponger l'alcool et j'ai tellement vomi que j'aurais dû considérer la pilule comme nulle et non avenue pour le reste du mois. De toute manière, je ne prenais plus la pilule très au sérieux depuis l'année des dons de sperme infructueux.

Une semaine plus tard environ, il est sorti avec des amis pour célébrer le premier prix gagné par l'un d'entre eux pour l'exposition d'impressions miniatures. Il les a tous ramenés à son appartement, où je dormais ce soir-là pour une raison que j'ai oubliée, et j'ai été un peu malpolie quand ils m'ont réveillée, puis un peu plus malpolie encore quand ils ont passé de la musique très fort pendant les deux heures qui ont suivi.

Le lendemain matin, il m'a informée que (a) je lui avais fait honte la veille en me comportant comme si j'étais chez moi, ce qui n'était absolument pas le cas et qui, d'ailleurs, ne le serait jamais, et que (b) ses amis et lui avaient passé un pacte pendant la soirée de ne jamais avoir d'enfants, pour éviter qu'ils fassent du tort à leur art. J'étais trop jeune et trop bête pour savoir à quel moment faire machine arrière, et pour savoir qu'il ne faut pas se disputer avec un homme en pleine gueule de bois. À un moment donné dans la dispute, j'ai mentionné les vomissements causés par la pizza et la pilule, et il m'a accusée de le piéger et de prendre sa vie en otage sans son consentement.

Au moment où j'ai fait le premier test de grossesse, nous étions encore en train de nous tourner autour, hésitants, avec des sourires qui menaçaient constamment de virer aux larmes, et je n'ai pas osé le lui annoncer tout de suite. Si bien que quand je l'ai fait, j'ai dû lui avouer que j'avais gardé le secret. Ce qui n'a fait qu'aggraver ses soupçons.

Quand je suis restée toute la semaine dans mon appartement pour démontrer que je ne m'attendais pas à ce qu'il m'invite à vivre avec lui pour la simple raison que j'étais enceinte, il m'a accusée de le quitter maintenant que j'avais obtenu la seule chose que je voulais de lui. Chaque fois que je pleurais, il demandait si c'était vraiment l'émotion ou bien juste les hormones. Devenir mère avait fait de moi une personne indigne de confiance et potentiellement folle. Tout ce qu'il craignait.

Nous avons continué à marcher sur des œufs pendant les trois mois qui ont suivi et là, je me suis mise à avoir des saignements. Il a eu l'air soulagé. Et je ne l'ai pas supporté. Je n'ai pas supporté son air heureux. Je suis rentrée chez moi et j'ai pleuré, toute seule, pendant les longs mois restants, ponctués d'angoisses et de saignements intermittents. Si bien que je ne peux même pas l'accuser de m'avoir quittée. C'était moi la responsable.

Nous avons eu encore une chance de nous remettre ensemble après la naissance de Susannah mais malheureusement, quand il est venu rendre visite à sa fille âgée d'une semaine, j'étais folle. Il est arrivé juste au moment où Susannah se réveillait pour sa tétée et j'étais gênée d'ouvrir mon chemisier devant lui pour dévoiler mes tétons fendillés et sanguinolents, le monticule de mon ventre. Je voulais seulement lui passer le bébé le temps d'aller prendre une douche et me brosser les cheveux, mais maintenant qu'elle était éveillée et qu'elle avait faim, c'était trop tard.

Je lui ai tendu Susannah et j'ai dit : « On ne voit pas bien son visage à cause des hurlements. » Il n'aimait pas son prénom. Ou en tout cas, je craignais qu'il n'aime pas son prénom. Il n'a rien dit dans un sens ni dans l'autre. Je me suis demandé s'il évitait le sujet.

J'avais cette conscience familière de son corps, de la distance précise entre nous deux, de la forme de l'enfant aussi clairement délimitée que si je l'avais dessinée là à l'encre rouge. Dans la pièce, toutes les couleurs se sont mises à dégouliner. Son visage, ses cheveux brun foncé, sa chemise légère à rayures, son jean noir et ses chaussettes de laine aux orteils rouges et orange se sont décolorés, tordus, et le rouge a coulé jusqu'à former une flaque à nos pieds.

Je sentais la couleur, le sang, la fourrure des chats et les vieux manteaux dans les penderies humides. J'avais peur qu'il baisse les yeux et voie toutes nos couleurs en flaque sur le tapis, qu'il sente la mauvaise odeur et devine qu'il y avait des chats dans la maison, avec leurs microbes, leurs souris à moitié mortes, leur pelage qui peut étouffer les bébés.

Nous étions debout au milieu de la pièce, en train de regarder un nourrisson vagissant dont une seule de nous deux aimait le prénom, quand la sage-femme est arrivée. Je la voyais derrière la porte d'entrée. Ce n'était pas celle qui était gentille, qui avait promis de m'apporter des médicaments contre les hémorroïdes. C'était l'Écossaise, celle qui disait « microbes » en roulant les r pour les rendre encore plus effrayants.

J'ai passé le bébé à Barney et je suis allée ouvrir la porte, mais j'avançais mes pieds avec précaution pour ne pas étaler les couleurs. Je ne voulais pas que le sol ait l'air sale. Dans la petite entrée, j'ai regardé vers le sol et j'ai vu que j'étais entourée de chats. Ça me semblait logique. J'avais senti leur odeur, après tout, et ils étaient là.

Mais maintenant, j'étais inquiète à cause des microbes que les chats pouvaient apporter. Et en plus, Barney détestait les chats. Si j'ouvrais la porte à la méchante sage-femme, elle allait voir les chats et s'apercevoir que je ne m'occupais pas bien du bébé. Elle se faisait déjà du souci pour ma mauvaise technique d'allaitement. Je suis restée adossée à la porte, en essayant de chasser les chats d'entre mes pieds.

Le bruit des pleurs de Susannah faisait monter le lait sous mon chemisier. Je sentais une flaque se former au niveau de la ceinture de mon pantalon de jogging. J'ai regardé mes pieds en espérant que les chats partiraient. Je me suis concentrée sur le motif des carreaux par terre. C'étaient de très jolis carreaux.

Quand je m'étais installée dans l'appartement, Barney avait acheté un produit nettoyant spécial et briqué le carrelage jusqu'à ce que ses couleurs soient resplendissantes. Si je me concentrais très fort, j'arrivais à voir à travers les chats. Pas complètement. Mais les chats s'effaçaient un peu. J'ai commencé à me dire que les chats devaient être une sorte d'épreuve. Que peut-être ce n'étaient pas de vrais chats. Je savais qu'on ne voit pas à travers les vrais chats, même occasionnellement.

Barney est arrivé dans l'entrée avec Susannah dans les bras.

« Je la fais entrer ? Qu'est-ce que je peux faire pour t'aider ?

– Fais sortir les chats avant qu'elle les voie ! »

Je l'ai vu cligner des yeux, ajuster sa vision et avaler sa salive. C'est ainsi que j'ai su que quelque chose n'allait pas. Mais il a continué à me regarder dans les yeux.

« Ça me paraît une bonne idée. Toi, rentre et viens donner à manger à ce bébé affamé, et je vais lui dire de revenir plus tard.

– Dis-lui d'envoyer l'autre. L'autre a des médicaments. »

Pour une raison étrange, je finissais chaque phrase dans un murmure. Barney m'a installée dans le fauteuil et m'a tendu Susannah. La tache mouillée s'était étalée sur tout mon chemisier. Je l'ai vu la contempler, perplexe. Et quand j'ai levé les yeux sur son visage, il était orange vif. Pas comme s'il l'avait maquillé. Pas comme un mauvais autobronzant. Plutôt comme s'il avait allumé une lumière orange très puissante à l'intérieur de sa tête. J'ai tendu la main vers lui pour vérifier si c'était chaud. Mais ça ne l'était pas.

« Marianne, chérie. Je crois que tu es un peu malade.

– Je crois que c'est possible.

– Je vais dire à cette femme de partir maintenant. Et appeler ton père.

– Et autre chose, Barney.

– Oui ?

– Tu pourras lui demander ce qu'elle pense de ta tête ? Elle est un peu infirmière.

– Ma tête ?

– Tu ne vas pas rester comme ça avec une tête orange !

– Non, c'est vrai. »

Quand il est revenu avec un sandwich, je craignais que les chats reviennent dans la chambre avec lui mais ils n'étaient pas là. Je sentais encore un peu leur odeur dans l'entrée, et je me suis dit qu'ils devaient avoir mangé toute l'encre rouge qui avait coulé par terre. Je me suis mise à m'intéresser au sol. J'ai regardé sous le canapé pour vérifier si l'encre avait coulé dessous.

« Ça va aller ? »

Je ne savais pas trop ce qu'il voulait dire. C'était lui qui avait le visage orange. Peut-être qu'il était contagieux.

« Vérifie bien que tous les chats sont partis. Je ne peux pas avoir de chats dans la maison. Ce n'est pas hygiénique.

– Je vais veiller à ce qu'ils sortent tous par la porte de derrière.

– D'accord. »

Au moment même où il a prononcé ces mots, j'ai commencé à me dire que ce n'étaient pas de vrais chats. Comme lorsqu'on est ivre et qu'on s'aperçoit que la moquette du pub n'est pas réellement en train de monter et de descendre. Même si on continue à se prendre les pieds dedans.

Je l'ai entendu au téléphone dans la cuisine. Je l'ai entendu par-dessus le bruit de la bouilloire et du frigo que Barney ouvrait et refermait. Il devait être en train de dire à quelqu'un que j'étais folle. Et même si les chats occasionellement transparents étaient tous partis, les gens apprendraient que j'avais fait entrer chez moi une personne au visage orange et potentiellement contagieuse. Ils viendraient me prendre le bébé. Je savais qu'il fallait que je m'échappe mais elle était en train de téter, et j'étais trop fatiguée pour courir, et je saignais trop pour aller bien loin.

Edward est arrivé au bout de trente minutes et il est resté trois semaines, m'apportant des verres de lait à longueur de journée, me préparant la meilleure recette de *flapjacks* à la mélasse de ma mère, veillant à ce que je dorme toute la nuit tandis qu'il réchauffait des biberons de lait en poudre, faisait des lessives en boucle et s'assurait que les nombreux visiteurs médicaux reçoivent une tasse de thé et repartent apaisés, jusqu'à ce qu'il n'y ait plus de chats, plus d'odeurs de chats et plus de gens qui regardent à l'intérieur par la vitre de la porte d'entrée.

Il est resté jusqu'à ce que mes tétons cicatrisent et se transforment en deux petites poches de cuir coriaces et insensibles, et Susannah l'a regardé, elle lui a adressé ses premiers sourires et elle l'a aimé à jamais comme elle aurait aimé son père, si c'était lui qui avait été là pour faire toutes ces choses.

Personne n'a jamais parlé de m'enlever Susannah. C'est le cadeau que m'a offert Edward. Mais aussi ma mère. Edward avait passé toutes les années depuis que ma mère avait franchi notre porte à regretter de ne pas être resté près d'elle après la naissance de Joe, jusqu'à ce qu'il n'y ait plus d'anges dans l'escalier. Il était hors de question qu'il me laisse seule une minute.

Après cette première visite, je n'ai pas beaucoup revu Barney, même si Edward m'a dit qu'il téléphonait toutes les semaines pour prendre des nouvelles. Il paraît qu'il venait chez moi et emmenait Susannah dans sa poussette certains après-midis pour faire le tour du parc, mais je ne m'en souviens pas. Je me souviens de l'expression de son visage quand il s'est mis à la prendre pour la journée entière, quand elle avait dix-huit mois. Il semblait gêné, comme si c'était lui qui était devenu fou. Gêné d'avoir été témoin de cela, j'imagine.

De temps à autre, il m'apportait des choses que ses sœurs lui avaient données et qui avaient appartenu à leurs enfants, ou bien des mobiles faits maison à accrocher au-dessus du berceau. Quand Susannah avait deux ans, il a passé un après-midi à prendre des photos d'elle très réussies. Il n'est pas très doué pour les anniversaires ni pour les cadeaux de Noël, mais il arrive à d'autres occasions avec des surprises intéressantes. Une trottinette qui fait des étincelles. Un duffel-coat jaune presque jamais porté. Un livre de cuisine. Un grand bac de Lego trouvé dans un magasin caritatif, et dans lequel nous avons découvert des figurines Sylvanian Families éparpillées comme dans une pêche miraculeuse.

Il n'arrive toujours pas à me regarder dans les yeux mais il aime sa fille. Il habite en France aujourd'hui mais il reste en contact avec elle. S'il avait de l'argent, il en enverrait probablement. Ça me fait mal de voir combien il l'aime. Avec quelle aisance elle se cale sous son bras, à quel point ils aiment la même musique et rient aux mêmes blagues. Avec quelle facilité toutes ces choses auraient pu contribuer à nous offrir une vie meilleure à tous les trois.

Mais ce n'est pas ce qui est arrivé. Et cela n'arrivera jamais. Parce que Susannah a été l'occasion pour lui d'apprendre comment faire pour éviter de perdre sa fille. Quand la suivante est arrivée, d'une mère différente, il a eu la sagesse de rester avec elle et de ne pas s'arrêter à la bizarrerie momentanée provoquée par le trop-plein d'hormones.

Étonnamment, j'ai eu raison depuis le début. J'étais à la recherche du coup de chance le plus improbable. La chance sur un million de trouver un bébé abandonné dans une cabine téléphonique quelques minutes avant mon passage. D'être celle qui le trouverait. Qu'il ait encore assez chaud et qu'il ne lui soit rien arrivé de grave. À chaque fois, la même probabilité que de gagner à la loterie. Toute ma bonne fortune concentrée en un unique lancer de dés. Un double six parfait. Ma merveilleuse fille. Tout le monde s'attendait à ce que je choisisse son prénom en hommage à ma mère mais comme je ne voulais pas être trop prévisible, je l'ai appelée Susannah Pearl.

17

Le panneau de sortie

Voici une bougie
Pour t'éclairer jusqu'à ton lit,
Et voici une hachette
Pour te trancher la tête.

L'an dernier, mon propriétaire a décidé de rafraîchir toutes ses maisons dans ma rue : nous avons reçu de nouvelles fenêtres en plastique et de nouveaux tableaux électriques, accompagnés d'une sérieuse hausse des loyers. Le nouveau tableau est très sensible. Il n'aime pas beaucoup la machine à laver. Il peut détecter la moindre trace d'humidité sous la bouilloire et il m'interdit de faire bouillir de l'eau en faisant griller du pain. Les plombs sautent tellement souvent que j'ai dû accrocher une petite lampe-torche à l'intérieur du placard sous l'escalier pour m'éclairer quand je vais les réenclencher. Quand je l'ai dit à mon propriétaire, il m'a répondu :

« C'est signe que ça marche, non ? Voyez, j'ai fait tout ça pour votre sécurité. » Rien à voir avec le fait que les travaux d'électricité avaient été réalisés par un de ses cousins douteux.

Moi aussi, j'ai un fusible assez sensible. Je peux disjoncter de la réalité à l'invention en un clin d'œil. Une fois, le dentiste m'a fait prendre de la novocaïne et j'ai eu l'impression que mes jambes poussaient jusqu'à devenir trop grandes pour la pièce et à dépasser dans la rue. Je suppose que c'est génétique. Je crois que ma mère avait le même problème. Parmi les causes susceptibles de faire sauter les plombs, on recense le manque de sommeil, la fièvre, la peur, les chocs, les frayeurs violentes et le stress. Le manque de sommeil est la cause numéro un. Et en ce mois de février là, ma mère venait d'avoir un bébé. Difficile de faire mieux en matière de manque de sommeil.

Chaque humain a un fusible susceptible de sauter. Il existe un seuil propre au cerveau de chacun au-delà duquel les informations que nous communiquent nos sens perdent toute fiabilité. Ce que nous voyons, entendons, goûtons et sentons n'a plus de lien avec la réalité. Le cerveau entre alors en surchauffe, inventant des explications toujours plus extravagantes aux informations étranges qui nous parviennent de tous côtés.

Maintenant que je sais que nous avons tous un fusible, je me sens légèrement moins coupable de mon pétage de plombs. Même s'il s'est avéré que le mien n'est pas de très bonne qualité. Mais ce branchement n'est pas le pire de ceux qui se trouvent dans ma tête. Le fusible, je peux vivre avec. Le problème, surtout, c'est le panneau de sortie.

On pourrait croire que je serais la dernière personne au monde à chercher une issue rapide, moi qui sais ce que cela fait d'être abandonnée. Pourtant, j'appartiens à une catégorie à haut risque. Quand une personne proche met le pied dans cette rivière pour ne plus en ressortir, ceux qui restent retiennent cet acte comme une possibilité. Il illumine un panneau de sortie dans votre tête, comme ceux qu'on voit au-dessus de l'issue de secours au bout d'un couloir d'hôtel, indiquant une porte, puis la suivante : ce panneau reste allumé toute la journée et toute la nuit, même quand le générateur d'urgence doit être mis en route.

Et une fois que ce voyant a été allumé dans votre tête, il est très difficile de l'éteindre. J'ai combattu ce signal. J'ai choisi de l'ignorer. J'ai poussé une de ces portes de secours récalcitrantes et j'ai vu le chemin s'allumer devant mes pieds, une ligne de minuscules ampoules bleues en bas des murs, et je me suis forcée à faire demi-tour pour retrouver ma place. Certaines fois, j'ai eu l'impression que tous les autres chemins étaient plus difficiles, plus tortueux et plus indistincts que celui-ci. Certaines fois, j'ai eu l'impression que le seul chemin qui s'offrait à moi était celui qu'éclairait ce panneau.

Au prix d'énormes efforts, j'ai appris à m'en détourner, à retrouver à tâtons mon chemin dans l'obscurité pour revenir à ma place, en écoutant attentivement les indices susceptibles de me ramener en lieu sûr. Quand j'ai eu Susannah, j'ai fait un pacte avec le panneau de sortie : j'ai juré de détourner mon visage de lui chaque fois qu'il apparaîtrait et de me transporter dans la sûreté relative d'un endroit où je pouvais voir ma fille, l'entendre, la prendre dans mes bras. Mais même dans ces moments-là, je ne parvenais pas à éteindre le panneau. Je ne pouvais que conclure un marché avec lui.

Le panneau de sortie joue aussi un rôle dans le fait que je ne termine jamais rien. Écrire ceci, par exemple. Je ne sais combien de fois j'ai écrit ces mots, combien de versions, toutes inachevées, j'ai conservées dans des fichiers obsolètes, des disquettes, des dossiers de papier aux agrafes devenues friables et rouillées. Si je vous dis qu'il existe au moins trois versions ne contenant pas encore Susannah, qui est aujourd'hui adolescente, cela vous donnera une idée de l'étendue de la chose.

Je rentrais pour les Veillées, j'emmenais le chien sur le chemin de la rivière, je cueillais les joncs, j'allais voir les travaux de la Vieille Maison, j'admirais le verger en espaliers et je me disais : il faut que je finisse d'écrire tout ça. Puis le chien est mort, j'ai eu Susannah, j'ai pris un autre chien, je portais ma fille dans une sorte de sac à dos pour bébés, ou bien je la tenais par la main, et le chien sautait partout au bord de la rivière, et chaque fois, je continuais de me demander : où est passé mon dernier essai ? Est-ce que j'avais réussi à le terminer ?

Alors je rentrais chez moi et j'oubliais, puis je me souvenais à nouveau et je me sentais mal dans les deux cas. Était-il plus déloyal de terminer ce texte, comme s'il m'était possible de produire une version qui puisse contenir entièrement ma mère extraordinaire et tout ce qu'elle a signifié pour moi, ou bien de le laisser inachevé, comme s'il n'avait pas d'importance ?

J'ai d'abord prétendu que je le faisais pour Joe. Ma tâche y gagnait une certaine noblesse : lui laisser une trace de sa mère, parce qu'il ne se souvenait pas d'elle ni de l'endroit où il était né. Mais j'ai fini par avoir l'impression qu'en réalité, c'était cruel. Je ne pouvais que dresser la liste des choses qu'il avait manquées et de tous les aspects de notre vie après sa mort qui constituaient une sorte de trahison.

Joe possède quelques photos qu'Edward et moi avons choisies pour lui : il sait donc à quoi ressemblait sa mère. Plus ou moins. Elle détestait être prise en photo.

Sur l'une d'elles, elle est dans le jardin, assise sous un arbre. On ne la voit pas très bien, à cause de l'ombre des branches qui tombe en travers de son visage. L'autre photo la montre avec Joe et moi sur le canapé, peu de temps après la naissance de mon frère. Elle me regarde en riant, nous sommes nez à nez, même nez, même menton, mêmes cheveux ébouriffés. Joe a l'air d'une masse informe et rougeâtre en pyjama blanc. Je me demande ce qui nous faisait rire. Je n'ai aucun souvenir du moment où la photo a été prise. Je ne reconnais même pas le canapé.

J'ai passé un pacte avec moi-même de ne jamais faire ce que ma mère a fait tant que je n'aurai pas retranscrit fidèlement tout ce que je me rappelle d'elle. J'ai pris cette décision avant la naissance de Susannah, et il m'a ensuite fallu ajouter un codicille spécifiant que j'attendrais que ma fille ait dix-huit ans avant de m'en aller à jamais.

Je m'étais dit que dix-huit ans serait assez vieux. Comme je n'avais jamais eu de mère au-delà de mes huit ans, j'avais raisonné que dix-huit ans suffisaient largement. Mais quand j'ai eu une enfant à moi, je me suis aperçue que ma mère me manquait plus que jamais, et il m'a fallu tout repenser. Peut-être que Susannah préférerait m'avoir près d'elle quand elle aurait un enfant ? Peut-être qu'alors, il y aurait encore du travail à faire.

C'est pourquoi toutes les versions manuscrites inachevées dont j'essayais de me convaincre qu'elles étaient écrites pour Joe ont fini au grenier, grignotées par les souris. Puis je suis passée aux logiciels de traitement de texte et j'ai découvert mille nouvelles manières de perdre tout ce que j'avais écrit. Les ordinateurs portables premier prix font des complices idéaux pour les personnes portées sur l'auto-effacement.

Et si cette fois, j'arrive au bout de ma mission, cela veut-il dire que je devrai conclure un nouveau pacte avec le panneau de sortie ? Ou bien le diable m'attendra-t-il quand j'atteindrai la dernière page, les bras croisés sur la poitrine, avec un sourire entendu ? Enfin, je te tiens. Tu as fini ta note d'adieu. Tu y as mis le temps. Pendant trente ans, tu as repoussé le moment où tu lèverais les yeux de ton découpage sur la table de la cuisine, où tu t'apercevrais qu'il y a quelque chose qui cloche et où tu partirais en courant par la porte de derrière sur le chemin de la rivière à la suite de ta mère.

Désormais, tu es enfin à court d'excuses. Tu peux rendre ta copie et quitter la salle d'examen. Nous t'avons accordé un délai supplémentaire mais maintenant, nous allons éteindre les lumières, replier les petites tables, et il ne te restera plus qu'une seule porte ouverte. Celle sur laquelle est inscrit le mot : sortie.

J'en ai voulu à ma mère de m'avoir transmis le panneau de sortie, de m'avoir donné l'impression de ne pas mériter ma vie. J'ai eu honte de ne pas avoir suffi à la retenir, honte qu'elle ait pu se détourner de ma voix, de celle d'Edward et de celle de Joe. Mais tout cela, c'était avant que j'aie connaissance de l'existence de Jonathan. Comment aurait-elle pu conclure un pacte avec le panneau, si la voix de son enfant se trouvait de l'autre côté ? Je ne crois pas que j'y serais moi-même parvenue.

Quand vous êtes mère, tout est toujours votre faute. Maintenant, je le sais. Que vous les ayez fait naître trop tôt ou trop tard, trop nourris ou pas assez, trop pris dans vos bras ou trop laissés couchés, trop stimulés ou trop protégés, trop aimés ou pas assez, vous portez la faute même de leur existence. Vous les avez chargés de votre bagage génétique douteux, avant de les lâcher dans le monde pour affronter tout son assortiment de bombes à retardement.

Ensuite viennent les facteurs environnementaux. La pauvreté est un facteur de risque pour toutes sortes de maladies. Et Susannah savait que nous étions pauvres. Elle savait que quand arrivait une lettre pour un voyage scolaire, nous cochions la case pour demander une réduction de prix. Elle savait que l'argent pour la cantine n'était pas payé dans une enveloppe mais qu'il était ajouté au compte par la secrétaire. Son uniforme venait de la bourse aux vêtements d'occasion dans le gymnase de l'école. Ses chaussures n'avaient pas de clé secrète sous la semelle ni de minipoupées dans les talons, comme celles des petites filles riches. Rien de tout cela ne semblait avoir d'importance pour elle. Il ne m'est jamais venu à l'esprit qu'une telle chose ait pu la rendre malade.

Les déménagements sont aussi un facteur de risque. Quand vous enchaînez les baux de douze mois, ils se mettent à faire partie de votre existence. Entre cinq et huit ans, Susannah n'a jamais vécu assez longtemps où que ce soit pour qu'il vaille la peine qu'on accroche des tableaux aux murs. Je n'aimais pas beaucoup cette situation mais elle ne me dérangeait pas tellement non plus. Si Susannah protestait toujours pendant la semaine où nous devions faire les cartons, entre deux déménagements, elle n'en parlait plus. Mais peu importe qu'elle en ait parlé ou non. Il n'en reste pas moins que déménager fait partie des facteurs de risque favorisant les maladies mentales.

Avoir un parent isolé est aussi un facteur de risque. Apparemment, cela rend les enfants anxieux. Ils prennent trop tôt un rôle d'adulte. Ils se sentent responsables de leur unique parent. Ils se sentent moins en sécurité. Et c'est ma faute. Je ne l'ai jamais encouragée à considérer son autre parent comme une alternative viable, comme un plan de secours rassurant. Je ne l'ai jamais encouragée à le voir.

Se sentir responsable de la maladie de quelqu'un n'aide pas à rester calme et patiente face aux médecins, ni à se retenir de pleurer quand on fait la queue pour parler à la banque de ses besoins d'emprunt à moyen et à long terme et qu'on n'a plus de crédit sur son téléphone. Se sentir responsable rend susceptible et irritable, inadaptée et défaitiste : autant d'attributs assez peu souhaitables chez un parent.

Un parent, c'est censé être organisé, se lever à l'heure, savoir quel jour on est, ne pas oublier les activités après l'école et les virements bancaires. Ça porte des chaussures adaptées. Ça garde toujours quelque chose à grignoter dans son sac. Ça pense à inscrire votre nom à l'encre indélébile dans vos bottes en caoutchouc pour l'école. Ça rend à temps l'autorisation pour les cours de violon du trimestre prochain. Ça ne vous dépose pas en retard à l'école avec une banane dans la poche en guise de petit-déjeuner.

Les parents sont coincés dans un livre de lecture des années 1950, assortis d'une paire de grands-parents qui fument la pipe, font pousser des fleurs et lisent des histoires avant le coucher. Avais-je envisagé l'effet qu'aurait sur mon enfant le fait d'avoir une grand-mère disparue et probablement morte ? Avais-je songé un seul instant au fait que la fracture dans ma famille, cette faille qui me fendait le cœur, se transmettrait à la génération suivante, ne serait-ce que parce que j'avais moi-même été abîmée ?

Non, pas un instant. Cela ne m'avait jamais traversé l'esprit. Je pensais que mon enfant guérirait mon cœur brisé. Je ne me suis pas arrêtée pour me demander si c'était trop lui demander. Je ne me suis pas arrêtée pour réfléchir à tout ce que je lui transmettais dans mon lait, la douleur, le deuil, l'anxiété. Je me souviens d'un moment quand je l'allaitais où j'ai regardé autour de moi à la recherche de ma mère, puis pleuré comme cela ne m'était pas arrivé depuis des années et, quand les larmes sont tombées sur la tête de mon bébé, je n'ai jamais imaginé qu'elles y laisseraient une trace. J'ai cru qu'elles disparaîtraient sans plus d'effort qu'il ne me fallait pour les essuyer du revers de la main.

Les psychologues ont un exercice qui consiste à faire des reproches à tout le monde. J'ai déjà joué à ce jeu – enfin, j'ai essayé. À qui reprocher la disparition de ma mère ? À ma mère elle-même, pour commencer. À mon père, pour ne pas avoir senti la chose venir. Pour être allé au travail ce jour-là. À Mrs Wynne, pour ne pas l'avoir vue sortir. À moi-même, pour avoir regardé mes poupées découpées au lieu de surveiller ses faits et gestes. À Joe, pour avoir dormi tout l'après-midi. À sa sage-femme, pour ne pas avoir fait l'effort de monter l'allée boueuse jusque chez nous pour lui faire remplir le questionnaire évaluant le risque de dépression post-partum. En admettant qu'une telle chose ait existé à l'époque. Au médecin qu'elle avait vu trois jours plus tôt afin de faire peser Joe, pour n'avoir rien remarqué d'inhabituel. À mon frère Jonathan, pour ne pas avoir respiré.

Mais ce n'était la faute d'aucun d'entre nous. Je ne suis même pas sûre de savoir à quoi sert cet exercice des reproches. Je n'aime pas y jouer. À qui rend-il service ? Je préfère utiliser le mot accident. Ou bien le mot officiel : mésaventure. « Mort par mésaventure. » Parce que j'aime le mot aventure. La vie de ma mère était une aventure. Sauf qu'elle a mal tourné.

18

Art-thérapie

Monte à l'échelle, descends jusqu'en bas,
Un pain à un sou te suffira.
Tu prends le lait, j'apporte le beurre
Nous aurons un gâteau dans une demi-heure.

Edward et moi avons du mal l'un comme l'autre à nous réjouir de tout ce qui nous arrive de bien. Puisque nous avons échoué à la garder en vie, qu'importe si j'obtiens mon diplôme ou s'il est nommé directeur de son département. Pourtant, ces choses-là ont de l'importance. J'ai mis longtemps à m'en rendre compte. Et aujourd'hui encore, j'essaie d'apprendre à vivre avec cette prise de conscience, à trouver un équilibre entre mon amour de mon travail et mon impression de ne pas le mériter.

Mon métier s'appelle l'art-thérapie, ce qui consiste à installer des chevalets en demi-cercle dans des centres socioculturels et à encourager les gens à se concentrer pendant une demi-journée sur une chose extérieure à leur propre détresse, en repartant à la fin avec le fruit de leurs efforts.

Je suis payée trente livres de l'heure, plus le transport et les autres frais : pendant les périodes scolaires, cette activité nous permet de vivre très correctement. Pendant les vacances, je travaille dans le café au bout de notre rue et Susannah passe beaucoup de temps avec Edward. Je gagne le salaire minimum et c'est le patron qui garde les pourboires, mais j'ai le déjeuner offert et je peux rapporter chez moi les restes de pain et parfois des bocaux d'ingrédients périmés.

Dans ces deux métiers, je dois me forcer à me montrer joyeuse et pleine d'entrain ; j'écoute beaucoup d'histoires tristes et j'observe attentivement les gens pour détecter tout signe de contrariété. Dans ces deux métiers aussi, je passe plus de temps à nettoyer après les gens que je n'en passe en contact direct avec eux, et dans les deux cas, une grande partie du nettoyage a lieu en dehors de mes heures payées.

J'entends exactement le même nombre de récits de misère et de solitude au café que dans mes cours subventionnés par Age-UK. On m'a raconté de longues peines de prison délivrées pour des actes de violence passagers et involontaires, des luttes pour la garde des enfants si coûteuses que les parents en sont ressortis sans domicile fixe, des vieux esseulés qui commandent leurs médicaments de manière à ce qu'ils soient livrés en plusieurs fois, juste pour avoir une excuse pour faire la queue à la pharmacie où quelqu'un leur dira bonjour et prononcera leur nom, d'autres qui mettent leur réveil pour voir arriver le laitier et lui dire bonjour.

L'endroit où je préfère travailler est un centre de jour de psychiatrie qui se trouve au milieu de jardins ouvriers. Ou en tout cas, c'était mon endroit préféré jusqu'à l'an dernier. Ce jour-là, Susannah avait de la fièvre depuis le milieu de la nuit, je ne pouvais donc pas l'envoyer à l'école. Je n'ai pas entendu mon réveil et quand j'ai appelé Edward pour savoir s'il pouvait venir la garder, il était déjà parti au travail. À qui d'autre pouvais-je demander ?

Si j'avais été plus maligne, j'aurais appelé mon travail pour me faire porter pâle, mais j'espérais encore pouvoir y aller tout de même et je me suis imaginé mes élèves en train de monter dans leurs taxis spéciaux, ou de faire tout le tour de la ville pour éviter le centre parce qu'ils ont peur de la foule, ou bien de pousser leurs vieux caddies tristes dans un bus où personne ne veut s'asseoir à côté d'eux parce qu'ils ont l'air bizarres et qu'ils sentent le moisi de la chambre meublée où ils vivent en attendant que leur demande de logement social soit approuvée.

Alors j'ai appelé Carrie. J'aime bien Carrie. Elle habite un peu plus bas dans notre rue et loue au même propriétaire que nous parce qu'il est le seul à la ronde à accepter les parents isolés qui ne travaillent pas à temps plein et les animaux domestiques. Carrie a quatre garçons et trois chiens. Elle a une maison bruyante qui sent le chien et les joints de son fils aîné mais quand elle en sort, Carrie sent les vêtements neufs, les bonbons Pear Drops et le gel vert pour les cheveux. Elle écoute la radio locale toute la journée et croit à un nombre étonnant de théories du complot qu'elle trouve sur Facebook. Mais par ailleurs, elle est courageuse, aimante et farouchement fière de tous ses garçons.

Elle dit sans arrêt qu'elle a envie d'une fille, qu'elle continuera d'essayer jusqu'à en avoir une. Chaque fois qu'elle vient chez nous, elle veut mettre du vernis à ongles à Susannah ou lui tresser les cheveux, mais ma fille n'est pas d'accord. Elle ne la supporte pas. Je crois que les fils de Carrie ont tellement d'ennuis à l'école qu'elle craint que les professeurs l'associent à eux, que les garçons l'appellent dans la cour ou laissent entendre qu'ils la connaissent.

Ce qu'elle déteste plus que tout, c'est l'idée que Carrie et moi puissions avoir des affinités. Que je n'aie pas de problème à reconnaître ce que nous avons en commun, à partager une cigarette avec elle dans sa cour, à lui préparer des tasses de thé sucré toute la soirée pendant qu'elle attend que son aîné revienne du poste de police. D'ailleurs, il ne s'agit pas seulement de points communs, ni même de commodité. J'admire son visage parfaitement maquillé dès le matin, la bravoure de ses débardeurs, la détermination de ses jeans moulants, ses bras invraisemblablement musclés qui lui permettent de porter jusque chez elle le carton de boîtes de conserve du supermarché de déstockage, sans gaspiller les vingt pence d'économie dans un ticket de bus.

Un samedi où Carrie et moi étions en train de boire du vin tandis que ses garçons écoutaient de la musique trop fort plus loin dans la rue, Susannah est descendue en annonçant : « Quand je serai grande, j'aurai une vraie famille avec deux parents et tout le monde qui habite ensemble. »

Carrie a explosé de rire, pulvérisant du vin blanc sur le coussin-chat préféré de Susannah.

J'ai répondu : « Eh bien, bonne chance à toi. Mais d'accord, pourquoi pas ? » avant de m'écrouler dans un fou rire aviné. Susannah a emporté son coussin-chat dans la cuisine pour le rincer et est remontée en tapant des pieds pour le mettre à sécher dans la buanderie.

Bien qu'elle croie dans les informations de Facebook et les horoscopes bon marché, Carrie est intelligente. Quand je lui ai apporté un pot de notre confiture de prunes sauvages à base de fruits gratuits cueillis dans des buissons, elle m'a dit qu'elle était amère et que j'avais dépensé plus d'argent en sucre que ne m'aurait coûté une confiture premier prix à vingt-deux pence le pot, sans compter l'essence et le coût de la cuisson. Quand j'ai dit que c'était amusant de faire la cueillette et de préparer la confiture, elle a répondu dans un éclat de rire : « Ouais, Maz, c'est amusant… pour les VIEUX ! » Elle considère que beaucoup des choses que je trouve amusantes sont réservées aux vieux, par exemple faire soi-même ses yaourts et coudre des couvertures en patchwork.

Mais même si elle a la dent dure, Carrie a bon cœur. Ses horribles chiens grondants aux mâchoires imposantes ont tous trois été sauvés d'une vie de captivité : l'un dans la cave d'un pub, l'autre enchaîné sous le pont de chemin de fer et le troisième qu'elle a découvert en emménageant dans sa maison, enfermé dans la cour et attaché à une corde à linge.

Je n'ai pas eu le courage de réveiller Susannah pour lui dire qui allait la garder pour la journée. Je me suis épargné l'effort en me convainquant qu'il valait mieux la laisser dormir. En me rappelant les recommandations du médecin, selon lequel il fallait éviter toute perte de sommeil et appeler la ligne téléphonique d'urgence si elle ne dormait pas. Carrie était donc en train de disposer ses vernis à ongles dans la cuisine, la radio réglée sur Heart FM, tout en feuilletant le *Guardian* de la veille à la recherche de son horoscope, quand j'ai réveillé Susannah par accident en cognant contre la porte d'entrée.

Elle est apparue sur le palier tel un esprit vengeur, fiévreuse dans sa chemise de nuit blanche, des mèches en tire-bouchon s'échappant de ses tresses comme des copeaux de cuivre sous la lumière du palier, ruisselante de fureur et de particules virales qui dégringolaient l'escalier pour s'évaporer au-dessus de ma tête.

J'étais déjà en train de partir. Il était trop tard pour appeler le travail et dire que j'étais malade et de toute manière, je voulais sortir de là. Je voulais pédaler le plus vite possible dans les fumées de diesel du couloir de bus et passer le pont piéton pour ressortir de l'autre côté des jardins ouvriers, où le centre de jour avait été construit avec des donations de matériaux provenant d'immeubles en chantier. Si je pédalais assez vite, le vent me débarrasserait de tout ce que dirait ma fille. Seulement, c'était impossible.

Chaque enfant connaît la phrase capable de court-circuiter la fureur parentale. Celle qui fonctionne sur moi, c'est : « Pourquoi tu ne peux pas être une mère normale ? » En l'occurrence : « Pourquoi tu ne peux pas rester à la maison quand je suis malade, comme une mère normale ? » Ces mots déclenchent une injection d'adrénaline à travers mon système. Ils m'aveuglent de fureur. Cette fois, ils ont fait voler mes pédales sur la route de mon travail tellement vite que j'ai rattrapé mon retard et que je suis arrivée à la réunion du matin à temps pour sourire à tout le monde et annoncer : « Aujourd'hui, on va peindre un jardin. On travaillera à partir de photos des jardins ouvriers. On va mélanger plein de verts différents. » J'ai pu présenter mon projet, compter combien de personnes étaient partantes, puis installer les chevalets dont ils avaient besoin, plus un pour Janine qui arrive toujours en retard.

C'est alors que d'autres paroles de Susannah se sont faufilées dans mon esprit, traversant l'écran de ma colère. Des choses comme : « Ça t'est déjà arrivé, de me demander comment j'allais ? », ou encore : « Pauvre chérie, ta fille est trop folle pour aller à l'école, même si elle dit qu'elle va bien. Pauvre chérie, parce que c'est pas toi, peut-être, qui es folle ? Avec tes régimes débiles que tu gardes secrets alors que tout le monde est au courant ? Et tes bras que tu ne veux jamais montrer ? »

Certains de mes élèves étaient partis dans la cuisine pour commencer à préparer le déjeuner pour le groupe et les tables étaient empilées dans les coins afin de faire de la place pour le cours du matin, les peintures versées en petits tas sur de vieilles assiettes, les contours à colorier déjà tracés sur les toiles pour faciliter le travail. J'avais ajouté un mur de briques en arrière-plan et une porte de couleur vive. Au premier plan se trouvait un banc arrondi en option. J'avais aussi distribué à ceux qui le souhaitaient des modèles tout prêts pour ajouter un chat sur le banc.

La plupart des participants étaient déjà installés pour travailler. Il n'y avait plus que la Grande Sheila qui se promenait de chevalet en chevalet en répétant : « Oh bordel, qu'est-ce que c'est beau, ça », déposant chaque fois un petit caillou dans la boîte à gros mots. La femme du vicaire qui ne parlait jamais peignait comme à son habitude des pâtés de couleur par-dessus mes lignes préparatoires en un geste de rébellion silencieuse.

Je leur ai ensuite montré comment utiliser le contour de la porte dans le mur du fond pour la montrer ouverte ou fermée selon leur choix. Je me suis alors souvenue du moment où Susannah m'avait dit : « Alors vas-y, mais t'étonne pas si je ne suis pas là quand tu reviendras. T'attends pas à ce que je sois là où tu m'as laissée. » J'ai dessiné les deux lignes simples à l'intérieur du rectangle de la porte, pour faire apparaître l'ombre de l'ouverture sur un côté, et j'ai vu Susannah soulever le loquet du portillon depuis longtemps disparu au fond de notre vieux jardin, défaire le bout de ficelle orange que nous utilisions pour le tenir fermé et se faufiler jusqu'au chemin de la rivière. J'ai vu l'éclat de son manteau rouge quand elle est sortie de mon tableau, j'ai entendu son rire et le bruit de la rivière qui prenait de la vitesse derrière elle.

J'ai commencé à trembler et à avoir la nausée. Je ne savais pas où j'étais, si ce n'est qu'il fallait que je parte, que je la retrouve tout de suite avant qu'il soit trop tard. À ce qu'il paraît, j'ai crié et pleuré. Je ne me souviens pas de ce moment. Et je l'ai appelée Margaret, chose étrange parce que je n'avais jamais appelé ma mère autrement que Maman.

Tout le monde au centre savait identifier une crise de panique : avec le plus grand sang-froid, ils m'ont appelé un taxi pour rentrer chez moi, où Susannah avait accepté l'efferalgan et le thé sucré que lui proposait Carrie et s'était résignée à ce qu'elle lui fasse les ongles à la table de la cuisine, enveloppée dans ma robe de chambre avec le chien endormi sur ses pieds.

Je suis retournée au centre le lendemain pour récupérer mon vélo et mes peintures. J'ai été mise à pied. Ils avaient beau être gentils, ils avaient besoin d'une enseignante d'art-thérapie, pas d'une patiente de plus. Certains élèves avaient été choqués. Ils m'ont laissé emporter chez moi un sac de nourriture, parce que j'ai pleuré et dit quelque chose de dramatique du genre de : « Qu'est-ce qu'on va devenir ? »

Ce que nous sommes devenues, c'est qu'Edward nous a aidées à payer notre loyer jusqu'à ce que des heures supplémentaires s'ouvrent au café, et que le centre de jour ait mené à bien avec les services de prévention des risques tous les entretiens nécessaires à mon retour. Le tout a pris environ neuf mois.

C'est là que je me suis mise à penser à la carrière d'Edward. Comment avait-il fait pour conserver son emploi quand je refusais d'aller à l'école ? Comment avait-il pu gérer tous ces rendez-vous avec l'unité de santé mentale pour jeunes ? Et toutes les visites de Joe chez le spécialiste de l'eczéma à Liverpool ? Comment s'en était-il sorti ?

J'ai repensé à nos dîners composés de poisson pané légèrement brûlé entre deux tranches de pain de mie, avec une orange pour le dessert, et je me suis dit : bien joué. Protéines, féculents et vitamine C. Et qu'importe si nous remangions la même chose le lendemain. J'ai pensé à lui, assis dans sa voiture pendant que Joe était à son entraînement de foot, corrigeant ses copies qu'il empilait dans un énorme carton sur le siège passager. Ou encore assis dans la brume chlorée de la galerie de la piscine pendant que j'apprenais à nager, à parcourir une pile de candidatures d'étudiants tout en faisant mine de m'avoir réellement vue plonger et attraper la brique noire au fond de l'eau.

À une époque où presque aucun père ne s'occupait de ses enfants, le mien passait son temps à me conduire à des rendez-vous et à surveiller le moindre de mes repas, tout en s'accrochant à sa carrière et en prenant soin de mon petit frère. J'aurais vraiment dû garder Joe plus souvent. J'étais assez grande pour aider mon père dans de nombreuses tâches. Pourtant, j'ai été à peu près inutile jusqu'à mes dix-sept ans environ.

Je ne me rappelle pas l'avoir entendu s'en plaindre. Le seul souvenir que j'ai d'en avoir eu conscience, c'est une image de lui dans l'encadrement d'une porte de salle d'attente, en train d'appeler son département pour reprogrammer un rendez-vous qu'il allait manquer parce que mon psy était en retard.

La seule remarque qu'il m'ait jamais faite à ce sujet a été : « Fais tout ce que tu peux pour garder ton travail. Au bout du compte, c'est cela qui te permettra de garder la tête sur les épaules. » Au bout du compte. Ce qui veut dire : à un moment donné, une fois atteint le point où tu as le cerveau trop embrouillé pour comprendre ce que tu fais. Au bout du compte. Tu seras bien contente d'avoir gardé ton travail.

Avec toutes ses étudiantes admiratives, toutes les jeunes femmes qui ont rejoint son département au fil des années, on croirait qu'il aurait pu compter sur toute une série de belles-mères potentielles pour le soulager, mais non. S'il a eu des maîtresses, nous ne les avons jamais rencontrées. Et il est difficile de voir quand il aurait eu la liberté ou le temps d'en avoir. La plupart des parents célibataires ont des week-ends à eux pour rencontrer d'autres partenaires ou aller à des rendez-vous. Mais tout cela ne fonctionne que s'il y a un autre parent quelque part qui attend son tour.

Je crois que Joe ne quittera jamais la maison : ce n'est donc toujours pas un endroit idéal pour ramener des femmes. Joe invite à la maison toutes sortes d'amis des deux sexes, et j'ai du mal à distinguer parmi les filles lesquelles sont des petites amies ou simplement des connaissances. Quand il est entré à la fac, il n'a pas quitté la maison. Il a choisi celle qui se trouvait le plus près de chez nous, soi-disant pour économiser de l'argent. Et aussi parce qu'il ne supportait pas d'abandonner sa collection de vieilles motos pourries.

Quoi qu'il en soit, avec leur mode de vie de vieux garçons excentriques qui affichent leurs menus de la semaine sur la porte du placard de la cuisine et ont une routine de ménage reposant sur un système de points que personne ne comprend à part eux, leur maison est à peu près semblable à une colocation d'étudiants.

Joe, qui a hérité de Grand-Oncle Matthew son talent d'ingénieur, a presque entièrement rempli le jardin d'une rangée de cabanons adossés au garage de briques, chacun appuyé contre le précédent. Il a un cabanon rien que pour ses vélos et sa planche de surf, un autre pour ses pièces détachées et un abri en plastique sur le côté duquel est peint le mot : « DIVERS ». Il est diplômé en technologie intermédiaire, une spécialité dont presque personne ne connaît l'existence et qui consiste plus ou moins à faire fonctionner des engins dans des endroits où l'approvisionnement en énergie et les équipements sont inexistants ou de mauvaise qualité.

Joe a installé un vélo d'appartement sur le palier afin d'alimenter la salle de bains en eau chaude sans utiliser d'électricité. Personne ne s'en est jamais servi. Il l'avait imaginé pour un projet et ni lui ni mon père n'a eu le cœur de le démonter. Il a au moins trois types de panneaux solaires différents sur le toit du garage. Le lit-cabane dans lequel il dormait jusqu'à l'âge de treize ans est devenu un système complexe de bac à plantations surélevé, pour faire pousser des légumes au moyen de tuyaux d'irrigation alimentés par la sortie d'eau propre de la salle de bains. La construction obstrue presque entièrement les fenêtres de la cuisine, la privant de lumière.

Il élève des poules dans le jardin de devant, devenu un carré verdâtre de vase gluante. Les poules ne sont pas vraiment en liberté mais elles aiment à le croire, ce qui les pousse à s'aventurer dans les jolis jardins soignés de la rue. Le plus cruel dans tout cela, c'est que Joe aurait adoré la Vieille Maison. Edward dit parfois, en le voyant rentrer à la maison avec une poule fugitive sous chaque bras : « C'est bien le fils de sa mère. »

Cette remarque est une allusion aux poules de ma mère. Une allusion indirecte, parce que les poules font partie des choses dont nous ne pouvons pas parler autrement. Ma mère avait toujours six poules, des petites *bantams* noires à la tête surmontée d'un plumeau rouge et aux pattes chaussées de plumes noires, qui pondaient des petits œufs tachetés. Les poules se succédaient mais quand de nouvelles recrues arrivaient, elles recevaient toujours les mêmes noms.

Les trois premières se sont appelées Elsie, Lacie et Tilly, à cause des trois sœurs qui vivent dans le puits de mélasse dans *Alice au pays des merveilles.* Ensuite, nous avons eu Elsie Deux, Lacie Deux et Tilly Deux, parce que les trois nouvelles poules risquaient d'être jalouses que les premières aient reçu les meilleurs noms.

Les poules ont vécu longtemps sous la garde de ma mère. Elle les réunissait à la tombée de la nuit avant que les renards sortent et elle les comptait en les appelant par leur prénom, avant de les enfermer à clé pour la nuit. Elle leur gardait des restes de nourriture. Je n'ai jamais été forcée de manger des choses que je n'aimais pas : ce qui restait dans mon assiette partait dans le bol des poules.

Quand elle sortait, les poules lui couraient après dans l'espoir de recevoir quelques-uns des grains de maïs qu'elle gardait dans la poche de son manteau : elle traversait le jardin, suivie d'une ombre courbe de *bantams* qui balayaient le sol derrière elle comme la traîne d'une longue robe de plumes.

Les poules ne lui ont pas survécu longtemps. Une semaine, peut-être deux. Je suppose que le vieux renard devait les guetter depuis des années en attendant son heure. Plusieurs fois, nous avons perdu la notion du temps et nous sommes sortis en courant, trop tard pour les trouver avant la tombée de la nuit : il nous a fallu les récupérer perchées dans des arbres. Une nuit, nous ne les avons pas rentrées à temps : quand Joe a été enfin endormi et qu'Edward et moi avons pu partir à leur recherche avec des lampes-torches, elles étaient toutes mortes.

Nous avons trouvé la première sur le chemin près du cabanon, à quelques pas seulement de la porte de la maison, et j'ai cru qu'il s'agissait d'un corbeau mort parce qu'elle n'avait plus sa tête et que, sans son plumeau rouge, elle était entièrement noire. Un peu plus haut sur le chemin, la suivante dépassait d'une touffe de monnaie-du-pape : ses plumes éparses et ébouriffées lui donnaient l'air de porter des chaussettes noires trouées, à moitié arrachées de ses pieds jaunes et tristes. Elle avait le cou rompu et sa tête pendait au bout d'un petit fil sanglant.

Edward m'a dit : « Rentre à la maison, Marianne, ça ne va pas aller en s'arrangeant. » J'ai quand même continué à le suivre tandis qu'il se dirigeait vers le poulailler et nous avons dépassé deux autres cadavres avant de trouver les deux dernières poules massacrées, jetées en travers des pondoirs éclaboussés de sang.

Nous leur avons creusé une tombe sous un pommier, ce qui a nécessité beaucoup de travail. Il nous fallait un très grand trou et, au bout d'un moment, les racines de l'arbre nous ont gênés. Nous avons dû suspendre la lampe-torche à une branche pour voir ce que nous faisions. À notre première tentative de jeter les poules dedans, le trou était rempli à ras bord.

Edward a dit : « Ça ne va pas, il faut qu'on les ressorte et qu'on creuse plus profond. » Nous avons recommencé sans dire un mot, à part pour discuter de la taille du trou. De temps à autre, mon père me renvoyait à la maison pour tendre l'oreille et vérifier que Joe dormait encore.

J'ai creusé autant que j'ai pu et nous avons tous deux eu d'horribles ampoules. Je me suis demandé s'il avait pensé la même chose que moi quand nous avions trouvé les poules : comment allons-nous lui annoncer ça quand elle va revenir à la maison ? Puis plus tard, pendant que nous creusions, une pensée bien pire, bien plus affreuse : si elle ne revient pas, elle ne saura jamais ce que nous avons fait.

Quatorze ans plus tard environ, Joe a fait éclore une nichée de poussins dans une couveuse au collège et les a ramenés à la maison dans un carton. J'ai demandé à Joe comment ils s'appelaient.

« Bock, a-t-il répondu. Ils s'appellent tous Bock. Je leur ai demandé quel nom ils voulaient et ils ont tous répondu la même chose. »

Edward lui a demandé où il avait l'intention de les mettre et il a répondu : « Euh, ils sont encore trop petits pour sortir. Alors je vais les garder dans ce carton dans la cuisine pendant que je fabrique un poulailler avec des trucs que je viens de trouver dans une benne. » Il venait toujours de trouver des trucs dans une benne.

En l'occurrence, il s'agissait d'un buffet marron des années 1950 aux grosses pattes noueuses. Il a vissé dessous une plaque de métal pour empêcher les renards d'entrer, l'a peinte avec du vernis imperméabilisant et a fixé des plaques bitumées sur le toit. Le poulailler a plutôt bien fonctionné pendant un an, jusqu'à ce que Joe trouve un truc encore mieux dans une autre benne et le remplace.

Un jour, tandis que nous regardions Joe installer un petit moulin à vent sur le pignon du toit du garage, Edward a dit : « Si on l'avait laissé grandir à la campagne, tu crois qu'il se serait rebellé et qu'il aurait passé son temps à jouer avec des ordinateurs ? » Edward ne dit jamais ce genre de choses avec tristesse. Il est incapable d'être triste en regardant Joe. Il le regarde comme s'il irradiait de la lumière – et c'est peut-être le cas.

19

Une paire de chaussures en fer

Dans le jardin de mon père
J'ai trouvé un écu d'Eire.
Je l'ai donné à ma mère
Pour acheter un petit frère.
Mon frère était si vilain
Que je l'ai cuit dans un pain.
Le pain était trop dur
Je l'ai jeté par-dessus le mur.
Je l'ai jeté par-dessus le mur.
Meurs une fois ! Meurs deux fois ! Meurs trois fois,
Et plus jamais après ça.

J'ai souvent rêvé que nous reviendrions à la Vieille Maison. Un jour, les nouveaux propriétaires se réveilleraient et s'apercevraient qu'ils n'avaient pas signé tous les papiers, qu'il y avait une clause secrète dans le testament de Grand-Oncle Matthew leur interdisant d'habiter là. Ou bien la foudre frapperait la cheminée en signe d'avertissement chaque fois qu'ils s'approcheraient de la maison jusqu'à ce qu'ils comprennent le message et s'enfuient.

Ou alors un jour, ils rentreraient du travail et toute la maison, doucement soulevée par l'immense flot lent et brun de la crue, passerait devant eux, balançant ses rideaux aux fenêtres en guise d'adieu, et s'en irait au fil de l'eau retrouver ses propriétaires légitimes. Des rêveries d'enfant auxquelles j'étais trop vieille pour croire, même à l'époque.

Pendant toutes les années où la Vieille Maison était en vente et où personne ne l'achetait, il y avait de longues conversations entre adultes sur les taux d'intérêt, les servitudes de passage et quelque chose qu'on appelait une chaîne. Il y avait tout le temps quelqu'un qui demandait : est-ce que l'acheteur est dans une chaîne ? Je n'avais qu'une idée très vague du genre de chaîne dont il pouvait s'agir et de la manière dont ces gens avaient pu se retrouver pris dedans mais je savais, comme le savent tous les enfants, qu'il n'est jamais bon d'être enchaîné.

Ceux qui ont fini par l'acheter n'étaient pas enchaînés. J'étais bien contente. Je ne voulais pas que des gens viennent traîner leurs maillons partout sur le sol de pierre froide, fassent résonner leur boucan tragique dans l'escalier de bois, promènent le goût métallique de leur tristesse à travers le jardin en friche. Il y avait déjà assez de boue comme ça.

Je n'ai pas rencontré les nouveaux propriétaires. Au moment où ils ont fait leur offre et réclamé une visite supplémentaire, Edward m'a invitée à venir avec lui leur montrer la maison. Il a dit que ce serait plus facile pour moi de les imaginer là-bas si je les rencontrais. Mais je ne voulais imaginer personne là-bas. S'il fallait que j'imagine quelque chose, je préférais mes propres inventions : des méchants mélodramatiques avec une fine moustache et des femmes sinistres en robe longue, flottant à quelques centimètres au-dessus du palier. Des spectres malfaisants. Des poltergeists lanceurs d'assiettes. Des portes qui claquent toutes seules. Des ombres sans visage aux longues robes faites de têtes de chardons, ces petites bombes collantes que nous utilisions comme projectiles à l'école.

Mais cette fois-ci, je suis retournée à la maison. Pas à l'intérieur, ni dans aucune pièce qui existait quand j'étais enfant. C'était un dimanche soir à la fin des Veillées, la fête foraine était en train d'être démontée et l'odeur de popcorn et de diesel planait encore dans les haies autour de l'église.

Susannah avait trouvé un groupe de jeunes du village auxquels on avait promis des tarifs réduits dans un manège qui s'appelait les Soucoupes Volantes s'ils restaient jusqu'à la fin de la journée. Je l'avais laissée assise en bordure du groupe de filles, dans le triangle d'ombre derrière le camion à hot-dogs, en train d'arracher des brins d'herbe et de faire tourner indéfiniment leurs bracelets autour de leurs poignets. J'ai dit que je n'en avais pas pour longtemps mais elle était trop occupée à se donner l'air cool pour me répondre, alors je suis partie avec le chien le long de la rivière qui mène à la Chapelle Verte pour y déposer comme de coutume mon bouquet de fleurs.

Un nouveau portillon avait été construit tout près de l'emplacement où le nôtre ouvrait sur le chemin de la rivière, une petite porte en bois blanc surmontée d'un auvent. Il était presque au bon endroit. Mais pas tout à fait. Derrière la porte se trouvait un chemin de gravier incurvé avec des bordures en bois entouré de plants d'allium, de roses trémières et de diverses plantes à feuilles tendres.

Sous la haie et à travers le gravier, je voyais pointer, malicieuse, la menthe de ma mère. Une menthe qu'elle aurait dû planter dans un bac, mais elle ne le savait pas : depuis, la plante s'était propagée et multipliée, plongeant ses entrelacs dans chaque haie et chaque bordure.

Derrière le sentier incurvé, on apercevait le mur de briques orangées du potager, désormais recouvert de treilles impeccables et de pommiers en espalier. À l'autre bout, je voyais la porte entrouverte dans le mur du jardin, peinte en vert vif. Mon chien, aussi curieux que moi, tirait sur sa laisse pour essayer de fourrer sa truffe dans une odeur sous la haie.

Quelqu'un est arrivé à quelques pas seulement derrière moi, poussant une brouette le long du chemin de la rivière, et j'ai reculé dans le renfoncement de la porte pour le laisser passer. Mais il n'est pas passé. Il a arrêté sa brouette et il a dit : « Pardon, je voudrais entrer. Il faudrait que vous passiez de ce côté-ci. »

C'est ainsi que j'ai rencontré le nouveau propriétaire. En lui bloquant l'accès à son propre jardin. Le temps que nous échangions de place, que je démêle la laisse du chien de sa brouette, que je finisse d'admirer son nouveau portail et les splendides alliums de son allée et que j'empêche le chien de lécher la boue sur ses bottes en caoutchouc, il avait compris qui j'étais. La sœur de Joe, a-t-il dit.

D'un côté, ce n'était pas surprenant. Joe se fait des amis partout où il va. Dès qu'il est entré à l'école, je suis devenue « la sœur de Joe ». Dans la Nouvelle Maison, la cuisine est souvent pleine de gens qui m'appellent « la sœur de Joe ». Mais d'un autre côté, c'était extrêmement surprenant. Si je n'avais jamais rencontré les nouveaux propriétaires, comment Joe avait-il réussi à le faire ? Est-ce qu'il était venu là toute sa vie et avait sympathisé avec ces gens, tandis que le reste de la famille était enfermé dehors à jamais ? Ou bien est-ce que nous étions les bienvenus depuis le début et que j'avais été la seule à être assez têtue pour ne pas m'en apercevoir ?

« Je suppose que vous êtes venue pour les Veillées ? Antonia est dans le jardin. Venez, je vais vous présenter. La sœur de Joe ! Elle va être tellement contente ! »

Je l'ai suivi à travers le jardin, puis nous avons longé le mur de la vieille cuisine près duquel sa femme était en train de cueillir les dernières framboises sous la vieille fenêtre, vêtue seulement d'un haut de bikini et d'un short en jean coupé. Quand elle a entendu que c'était la sœur de Joe qui leur rendait visite, elle s'est avancée vers moi en souriant, puis a semblé se rappeler qu'elle était presque nue et m'a passé le bol de framboises avant de disparaître dans la cuisine pour chercher une chemise.

La senteur des framboises mêlée à l'odeur salée-sableuse des murs sous le soleil de la fin d'après-midi, le sillage de crème solaire et de parfum d'Antonia. J'ai senti l'odeur de l'endroit comme si elle me pénétrait par la peau plutôt que par la bouche et le nez. Je l'ai perçue comme une vague qui m'envahissait par les pieds. Je me suis emplie d'elle et j'ai su que quand elle atteindrait mes yeux, elle se déverserait sous forme de larmes. Je devais me concentrer pour la garder quelque part dans ma poitrine tout en suivant Ted vers l'arrière de la maison, les framboises en équilibre dans leur bol et leur parfum sous mes côtes.

Quand nous avons débouché dans le verger, Ted m'a dit qu'Antonia et lui avaient acheté la maison aux gens à qui nous l'avions vendue, qui étaient restés une dizaine d'années. Ils étaient tous deux avocats et maintenant, leurs deux filles étaient elles aussi en fac de droit, ce qui, selon moi, expliquait comment ils avaient eu assez d'argent pour rendre tout si beau. Il a dit que ses filles avaient grandi là et joué dans le jardin. Ici, il y avait la cabane qu'il avait construite pour elles. Ici, ils avaient eu un âne, qui s'appelait Clive of India mais il ne se souvenait plus de la raison de ce nom.

« Vous avez eu un âne ici ? Non ? Peut-être que c'étaient les gens après vous. Nous avons trouvé une petite carriole dans la grange. C'est ça qui nous a donné l'idée. Mais les ânes, franchement ! Ils font beaucoup de bruit, et Clive avait tellement mauvais caractère que nous n'avons jamais essayé de l'atteler. »

J'ai dit que non, que nous avions seulement eu des poules et des canards. Il a semblé déçu.

« La carriole ne date pas de votre temps ? Ou de juste avant vous, peut-être ? On se disait que c'était peut-être ça. Non ? »

Comme pour me rafraîchir la mémoire au sujet de la carriole, il m'a montré la grange restaurée, qui était magnifique et plus du tout dangereuse. Toutes les inventions avaient été évacuées et le sol avait été peint. C'était ainsi qu'ils avaient rencontré Joe, qui avait demandé à venir étudier les inventions dans la grange et avait aidé à les cataloguer avant qu'elles soient emportées dans un obscur musée des techniques.

Ted a dit en plaisantant que maintenant qu'ils étaient là depuis quinze ans, certains habitants du village commençaient tout juste à les accepter. Quinze ans ! Cela voulait dire que lui et sa femme avaient vécu ici deux ans de plus que moi. À peu près aussi longtemps que mes parents. Comment était-ce possible ? Ces gens ne se rendaient donc pas compte que c'était ma maison ?

Antonia est arrivée de derrière la maison, vêtue d'une chemise à fleurs nouée à la taille et d'un short en lin rose.

« Venez dans la véranda, a-t-elle dit. Nous allons vous montrer la véranda que nous avons construite de l'autre côté ! Restez au moins pour un rafraîchissement, avec ce temps ! »

Si le mot véranda vous évoque une boîte en plastique blanche collée à l'arrière d'une maison où on range le panier du chien et des cartons de jouets un peu moisis, alors revoyez votre idée. Celle-ci était plus proche d'une orangerie. Un jardin botanique. Une structure de bois élaborée avec un toit pointu délicat et une girouette en forme de dragon.

« Vous vous souvenez de la girouette ? m'a demandé Ted. Nous l'avons trouvée dans la grange. J'ai supposé que ça datait de votre époque. Ou d'avant. »

Je n'avais aucun souvenir d'une quelconque girouette. Je voyais bien que j'étais une déception pour eux. Antonia a examiné mon visage en essayant de trouver une ressemblance avec Joe.

« La dernière fois qu'il est venu, il a réussi à apprivoiser notre chien adopté. On n'arrivait à rien avec lui, tu te souviens ? Mais il suivait Joe comme une ombre. Il l'aurait suivi jusque chez lui, pas vrai ? »

Au même moment, mon chien se tenait très mal et essayait de manger le crottin de cheval qu'ils avaient étalé sous leurs rosiers traditionnels. Mais même sans le chien, je crois qu'ils m'avaient déjà identifiée comme l'enfant prodigue de la famille.

Ted a fait tourner une succession de rouages en bois sur les côtés de la véranda pour ouvrir les fenêtres du toit, et j'ai traîné mon chien mangeur de crottin à l'intérieur, où nous attendait un plateau de citronnade, avec des feuilles de la menthe de ma mère posées en équilibre sur les glaçons.

Antonia a dit qu'ils s'étaient tellement amusés la dernière fois que Joe était venu, à chercher la boîte au trésor qu'il avait enterrée dans le jardin pour les habitants suivants. Il l'avait laissée sous un pommier, mais elle avait disparu, évanouie, tombée en poussière, et ils ne l'avaient jamais retrouvée. Les propriétaires précédents n'en avaient jamais parlé mais ils n'étaient pas très bavards, n'est-ce pas ?

J'ai dit qu'il valait mieux éviter de trop fouiller à l'emplacement du pommier contre la haie, parce que c'était là qu'un jour nous avions enterré six poules, dont quelques-unes décapitées, et que ce n'est pas le genre de trésor qu'on a envie de trouver.

Ils m'ont aussi demandé des nouvelles d'Edward : ils l'avaient vu dans cette émission de télévision, celle qui parlait de la reconstitution d'un bourg médiéval, et tout le village l'avait regardé : leur expert local. J'ai répondu que oui, c'était vraiment génial, alors qu'en fait je n'avais vu que la seconde partie et que mon père n'y apparaissait même pas. Ils se sont exclamés que je devais être tellement fière de lui, de tout ce qu'il avait accompli. J'ai dit que c'était vrai, que les pères célibataires étaient rares à l'époque et qu'il avait dû se sentir seul. Devant leur air perplexe, j'ai supposé qu'ils avaient voulu dire que je devais être fière de lui pour les livres savants qu'il avait écrits et ses passages à la télévision.

Ted a dit que je pourrais peut-être résoudre un mystère : pourquoi y avait-il cette forme sur la pelouse juste devant la terrasse qui apparaissait par temps sec, comme les contours d'un petit bâtiment ? Nous sommes sortis de la véranda en longeant le mur de la cuisine. Et la forme était là. Le palimpseste de notre ancienne buanderie, l'endroit où s'empilaient mon tricycle trop petit pour moi, la poussette de ma poupée et des pots de fleurs pour l'année d'après. Plus rien qu'un rectangle légèrement plus clair parmi les bandes d'herbe parfaitement tondues.

Je me suis enthousiasmée pour ces traces dans l'herbe. J'ai dit que oui, c'étaient les toilettes extérieures. Et la porcherie. Et après ça, il y avait un genre de mur ici, et parfois j'allais allumer un feu derrière pour m'amuser. Mais les toilettes et les porcheries ne sont pas des endroits très romantiques. Ted et Antonia semblaient de moins en moins envoûtés.

« Il y avait des histoires. Vous savez, des vieilles histoires sur la maison. Des choses dont votre frère devait être trop jeune pour se souvenir. »

Antonia contemplait fixement les marques jaunâtres dans l'herbe tandis que Ted lançait des regards gênés par-dessus ses lunettes. Est-ce qu'elle essayait de me questionner sur les histoires de fantômes ? Ou bien sur quelque chose à propos de ma mère ? Je n'en étais pas sûre.

D'un coup, je me suis souvenue de Susannah qui m'attendait à la fête foraine, alors j'ai dit : « Merci pour la citronnade, c'est un plaisir de voir comme vous avez bien pris soin des lieux », et j'ai traîné mon chien qui était en train d'essayer de creuser un trou dans leur pelouse impeccable.

Je ne me souvenais plus de ce qu'il y avait de ce côté de la maison avant leur orangerie. Peut-être rien. Était-ce l'endroit où la clôture longeait le bord de la pâture à moutons ? Ou bien y avait-il les dalles brisées d'une vieille terrasse, disjointes par les plantes grimpantes qui poussaient à travers ? Mais n'était-ce pas de l'autre côté ? Normalement, j'aurais dû passer devant, si j'étais arrivée du chemin de la rivière. Sauf que leur portillon était au mauvais endroit.

Peut-être que j'avais fait le tour par le mauvais côté de la maison sans m'en apercevoir. Comment les lieux s'étaient-ils ainsi mélangés dans ma tête ? Est-ce que tous mes souvenirs étaient sens dessus dessous ? J'ai repris le chemin en courant, les fleurs pour la Chapelle Verte toujours à la main, inquiète à présent de ne pas avoir retrouvé ma route du premier coup ; peut-être étais-je en train de m'éloigner de l'église et de la fête foraine, comme dans ces cauchemars où l'on s'éloigne de plus en plus de l'endroit où l'on cherche à aller.

Je me suis demandé si les fantômes de la Chapelle Verte seraient en colère contre moi d'être partie avec leurs fleurs. J'ai pensé aux rituels funéraires où le corps est enterré avec la tête du mauvais côté : ainsi, quand l'esprit remonte pour retourner à son ancienne demeure, il se trouve désorienté et se perd. J'ai aussi pensé au rituel où le corps est enterré dans le bon sens parce que, comme chacun sait, les fantômes effectuent un demi-tour de 180 degrés quand ils remontent hors de la terre. Puis je me suis demandé à quelle sorte de revenants j'appartenais, ceux qui sont enterrés dans la bonne direction ou bien ceux qu'on oriente du mauvais côté : quoi qu'il en soit, j'avais fini par me tromper et me perdre, incapable de retrouver le chemin de chez moi.

Quand Joe et Edward avaient-ils fabriqué et enterré dans le verger un coffre au trésor pour que les prochains propriétaires le retrouvent ? Pourquoi ne m'avaient-ils pas demandé à moi aussi de mettre des choses dedans ? Peut-être qu'ils l'avaient fait, et que j'avais refusé. Quand étaient-ils sortis dans le jardin pour enterrer le trésor sans moi ? Et pourquoi Joe avait-il tenu secrètes ses visites ici ? Quand était-il venu recenser les inventions dans la grange, charmant au passage les avocats et leur chien adopté ? Pourquoi n'avais-je pas été invitée ? Et pourquoi, après toutes ces années, continuais-je à me comporter comme une enfant pas sage, tapant du pied sur le chemin avec mon chien délinquant mangeur de merde, combattant la panique, les larmes et le pollen de cerfeuil sauvage, regrettant de ne pas avoir dit quelque chose d'autre, de plus adapté ou en tout cas de moins mauvais ?

Une joggeuse est arrivée derrière moi sur le chemin, alors j'ai tiré le chien contre la haie avec moi pour la laisser passer. Une joggeuse en short de lin rose et chemise à fleurs. Antonia. Elle s'est arrêtée pour reprendre son souffle, une petite enveloppe à la main.

« J'ai fait tomber quelque chose ? Désolée. »

J'ai aussitôt cherché dans mes poches mes clés de voiture et de maison, les choses que j'aurais pu faire tomber.

« Le trésor. Après votre départ, je me suis souvenue. Nous en avons trouvé un, de trésor. Nous nous sommes dit qu'il devait venir de la boîte que votre frère avait laissée ici. Il y avait un nid de pie. Des petits bouts de papier aluminium, et ceci. Ted s'en est souvenu à l'instant. »

Elle m'a tendu l'enveloppe. Elle contenait quelque chose de dur et de métallique dans un des coins. Joe avait dit qu'il avait laissé une petite voiture et des bouts de Meccano. Je l'ai ouverte. Il y avait dedans un objet qui ressemblait à une boîte argentée de moins d'un centimètre de côté, avec des décorations en forme de feuilles sur l'une de ses faces, ternie par la terre et le sable.

« Vous la reconnaissez ?

– Non, désolée. Je pense que Joe saura ce que c'est.

– Embrassez-le de notre part. Passez-lui le bonjour de la part de Ralf.

– Ralf ?

– Le chiot.

– Oh, d'accord. Merci. Pour le trésor. Et la citronnade. »

Elle a fait demi-tour et elle est repartie sur le chemin à petites foulées en me faisant au revoir de la main.

J'ai pensé aux trésors que j'avais laissés dans ce jardin et sur lesquels j'aurais pu les interroger, mais je ne l'avais pas fait. Les petits morceaux de papier aluminium qu'ils avaient trouvés dans le nid de pie et jetés à la poubelle étaient à coup sûr les pièces de monnaie que j'avais découpées pour jouer à « Raggle Taggle Gypsies », et que je jetais par la fenêtre de ma chambre en chantant : « *What care I for my money-oh*[14]*!* » À défaut d'une boîte marquée TRÉSOR et enterrée sous un arbre, j'avais laissé derrière moi toute une piste d'objets perdus : chaussures, cordelettes de soie tressée, bonshommes en cure-pipes aux visages

14. « Que m'importe mon argent-oh ! »

brodés, portes secrètes de maisons de fées gravées dans la base des arbres et peintes à la peinture laquée, décorées de minuscules points appliqués du bout d'un cure-dent.

J'aurais pu retracer toute l'histoire des « Raggle Taggle Gypsies » : depuis la fenêtre de ma chambre où je chantais le premier couplet en écoutant au loin les bohémiens qui chantaient au portillon, jusqu'à l'endroit où je me débarrassais de mes chaussures à talons – « faites de cuir espagnol-oh ! » – puis, une fois sortie par la porte de derrière, à ma course dans l'herbe et à ma fuite à califourchon sur mon poney, un pommier à moitié tombé auquel j'avais accroché un bout de ficelle agricole pour les rênes, et enfin le pré tout au bout où je pouvais m'allonger sous les étoiles au son de leur belle musique.

Quelque part derrière moi, dans le rôle ennuyeux du mari abandonné, il y avait ma mère qui faisait semblant de ne pas me voir et chantait de sa voix éraillée : « *Oh he rode east, and he rode west, he rode north and south also*[15] », galopant aux quatre coins du jardin en bottes en caoutchouc, jusqu'à ce qu'elle me trouve et entonne sur une note grave et bourrue la partie du mari :

How can you leave your house and lands?
How can you leave your money-oh!?

15. « Il a chevauché à l'est, chevauché à l'ouest, chevauché au nord et au sud aussi. »

How can you leave your new wedded Lord
To run with the raggle taggle gypsies-oh[16]*?*

Alors, dans un élan dramatique, je bondissais hors de l'herbe et, les poings sur les hanches, je chantais ma réplique :

Oh what care I for my house and lands?
What care I for my money-oh?
What care I for my new wedded Lord?
I'll run with the raggle taggle gypsies-oh[17]*!*

Pendant des années, il ne m'a jamais effleurée que la chanson préférée de ma mère parlait de s'échapper de sa maison sans rien emporter avec soi, pas même des chaussures à ses pieds. Une chanson où, même si votre mari vous poursuit à cheval au nord, au sud, à l'est et à l'ouest, vous le mettez au défi. Que vous importent toutes ces choses ? Draps, lits de plume, argent, chaussures et or ? Vous préférez dormir dans la prairie et écouter les belles chansons des bohémiens.

16. « Comment peux-tu quitter ta maison et tes terres ? / Comment peux-tu quitter ton argent-oh ? / Comment peux-tu quitter ton Seigneur tout juste épousé / Pour courir avec les bohémiens dans leurs guenilles ? »
17. « Oh, que m'importent ma maison et mes terres ? / Que m'importe mon argent-oh ? / Que m'importe mon Seigneur tout juste épousé / Je vais courir avec les bohémiens dans leurs guenilles. »

Si je le pouvais, je déterrerais toute la chanson à travers chaque accessoire, chaque déguisement, sous les pierres de leur terrasse parfaite, parmi les racines des herbes sauvages, enfoui sous terre avec les squelettes des six poules, jusqu'à arriver à la grande prairie ouverte où je confronterais ma mère – qui d'autre sinon elle ? – à son abandon.

Comment peux-tu laisser ta maison et ta terre ? Et ta fille ? Et ton bébé ?

Je courais vers la fête foraine, la gorge remplie de cerfeuil sauvage, les narines pleines de l'odeur du diesel, des hot-dogs et du popcorn. J'ai pensé à Susannah à bord des Soucoupes Volantes avec ses nouvelles amies, la fille qui n'est pas d'ici, celle qu'on invite pour remplir la place restante dans la petite nacelle. Je me suis demandé si elle avait peur et si elle était trop timide pour le reconnaître. Je me suis demandé si les autres avaient été gentilles avec elle, si elles l'avaient complimentée sur ses cheveux ou ses vêtements, comme le font les filles quand elles veulent se faire des amies. Comment était-elle habillée ce jour-là ? Ses vêtements étaient-ils à son goût ? Est-ce que la coiffure que je lui avais faite lui plaisait ?

Je l'ai imaginée planant au-dessus du cimetière, ses pieds pointure trente-six chaussés de baskets d'occasion modernisées par l'ajout de jolis lacets, scrutant le chemin et me voyant revenir en courant. Aurait-elle préféré que je ne revienne pas tout de suite ? Ou bien étais-je déjà en retard ? Au moment où je suis arrivée suffisamment près pour entendre ses hurlements ravis, tandis qu'elle volait en cercles au-dessus de ma tête, je me suis sentie furieuse contre ma mère.

Vous pouvez toujours quitter votre maison et votre terre, votre mariage, votre argent, vos chaussures inconfortables et tout ce qu'ils représentent. Mais quand vous arrivez au tournant du chemin et que vous imaginez votre bébé se réveillant sans vous, quand le lait monte que vous le vouliez ou non, se répandant dans vos vêtements jusqu'à ce que votre robe colle à votre ventre, alors vous faites demi-tour pour retrouver votre maison. Normalement.

Sauf qu'en réalité, cette chanson n'était pas vraiment la préférée de ma mère. C'était la mienne. J'adorais le déguisement, les bijoux en or faits de papier aluminium, les chaussures à talons, la longue robe, le cheval avec sa ficelle, les questions-réponses chantées, le jeu de cache-cache dans le jardin. J'imagine que ma mère devait en avoir assez de rejouer cette scène, chaque fois dans le rôle ennuyeux du mari rejeté, de devoir arrêter d'étendre son linge, de pétrir son pain, de repiquer ses plants de tomates, afin de seller son cheval imaginaire et de partir dans le verger pour se voir rejetée.

Maintenant que j'ai eu moi-même une fille de cinq, puis six, puis sept ans qui adore jouer à faire semblant, je sais qu'on se trouve souvent contrainte d'arrêter ce qu'on est en train de faire pour se glisser dans la peau d'une princesse ou, plus fréquemment, d'un méchant, et taper des pieds dans le salon avec moult grondements et grognements, en essayant de ne pas perdre patience parce que la casserole de riz est en train de déborder.

C'est plutôt moi qui passais mon temps à chanter cette chanson qui parlait de s'enfuir avec les bohémiens. Ma mère, elle, préférait une autre histoire où il est question de partir au nord, au sud, à l'est puis à l'ouest pour à la fin trouver ce qu'on cherche : non pas une femme fugitive mais un lieu où l'on se sent chez soi.

La fille dans cette histoire est retenue au sol par une paire de chaussures de fer. Exactement comme ma mère avec ses bottes alourdies par la boue, qui sort sous la pluie battante avant le coucher du soleil pour trouver sa dernière poule et l'enfermer à l'abri pour la nuit. Voici l'histoire :

Il était une fois une princesse qui avait grandi enfermée dans une haute tour. Ou du moins, tous les gens qui lui faisaient parvenir ses repas dans un petit panier lui disaient qu'elle était une princesse. Mais elle n'en était peut-être pas une. C'était peut-être une histoire qu'elle se racontait quand elle était toute seule là-haut. Personne n'en était vraiment sûr. Et au fond, cela n'avait pas d'importance. Elle voulait voir le monde du dehors, mais elle n'avait aucun moyen de sortir.

Un jour, une guerre terrible éclata dans ce pays et les gens qui lui donnaient à manger furent tués ou s'enfuirent, et dans tous les cas, il ne restait plus de nourriture à lui envoyer. Tous les champs avaient été brûlés et les animaux qui n'avaient pas pu s'échapper étaient morts de faim.

La jeune fille comprit alors qu'il lui faudrait trouver une issue par elle-même. Elle ne pouvait pas se laisser tomber jusqu'en bas et elle n'avait rien qui puisse lui servir de corde, alors elle se mit à creuser le sol. Elle ne savait pas combien de temps il lui faudrait : elle devait donc faire attention à faire durer le plus longtemps possible les aliments qui lui restaient.

Plus elle creusait et plus c'était dur, et bientôt tous ses vêtements furent en lambeaux, ses mains tailladées et écorchées, et ses beaux cheveux tellement salis par la terre et la poussière qu'elle préféra les couper. Elle tomba à court de nourriture, mais elle savait que son seul espoir était de continuer à creuser, alors elle but l'eau de pluie qu'elle récupérait sur le toit et mangea de la mousse et des insectes qui se promenaient sur ses murs.

Quand elle eut enfin creusé un tunnel sous la tour et qu'elle fut ressortie de terre, elle ne ressemblait plus à une princesse.

Elle rencontra une vieille femme, aussi sale et déguenillée qu'elle, qui partagea avec elle son pain et son feu de camp et lui donna ce conseil : « Tu devras user une paire de chaussures en fer avant de trouver ce que tu cherches. »

Le matin, la vieille femme avait disparu et la jeune fille trouva à ses pieds une paire de chaussures en fer.

Elles n'étaient guère confortables, et elle n'avait jamais été nulle part à pied de sa vie, mais les chaussures restèrent accrochées à ses pieds et elle se mit en route pour sa quête.

Elle voyagea au nord, au sud, à l'est, puis à l'ouest, travaillant dans les champs ou dans n'importe quel endroit où elle pouvait gagner de quoi se nourrir, dormant dans des granges ou sous des haies, s'abritant avec les animaux pour se tenir au chaud, jusqu'au jour où, en se réveillant, elle vit ses pieds sur le sol. Ses chaussures de fer étaient tellement usées qu'elles avaient disparu, et ses pieds nus touchaient la boue.

La jeune fille était enchantée de se trouver débarrassée de ces chaussures. En regardant autour d'elle, elle vit les ruines d'une vieille tour, entourées d'enfants qui jouaient et escaladaient ses murs écroulés. Les champs environnants étaient cultivés, il y avait des fermes avec des poules, des cochons et des chèvres qui entraient et sortaient des cours et fouinaient dans les haies.

En demandant aux enfants quel était ce pays, elle fut stupéfaite d'entendre qu'ils parlaient son propre langage. Elle avait entendu tellement de voix différentes au long de ses voyages. Les enfants lui rapportèrent l'histoire d'une pauvre jeune fille enfermée dans une tour : comme elle devait être triste de vivre ainsi enfermée ! Ils lui dirent que personne ne savait ce qui était arrivé à cette jeune fille pendant la guerre.

La jeune fille leur raconta l'histoire de son évasion, qu'ils trouvèrent fort impressionnante, et ils la menèrent rencontrer le nouveau roi. Le nouveau roi, ravi d'apprendre qu'elle avait survécu, lui souhaita la bienvenue dans son propre pays, où elle vécut heureuse jusqu'à la fin de ses jours. Et les enfants continuèrent à jouer dans les ruines de la tour et à raconter l'histoire, et plus personne n'enferma jamais ses enfants dans des tours.

D'accord, elle avait peut-être modifié l'histoire ici et là. Surtout la fin. Et peut-être aussi une bonne partie du début, et du milieu. Mais je trouvais le dénouement très satisfaisant. En particulier quand ma mère me racontait l'histoire et qu'à la fin, elle contemplait le monde autour d'elle, ses poules sous les arbres, les buissons recouverts de baies. Elle enlevait alors ses bottes et repliait ses pieds sur l'herbe, et je savais qu'elle voulait dire que la princesse, c'était elle, qu'elle était de retour chez elle où elle pourrait vivre heureuse jusqu'à la fin de ses jours, et qu'importe la ruine de cette vieille tour idiote dont plus personne ne se souvenait.

20

La Chapelle Verte

Solomon Grundy
Né un lundi
Baptisé un mardi
Marié un mercredi
Malade un jeudi
Agonisant un vendredi
Mort un samedi
Enterré un dimanche
Et ce fut la fin
De Solomon Grundy.

Parfois, j'oublie complètement ma mère. Des journées entières passent et je pense à autre chose, à des choses qui ne laissent aucune place à son absence. Je le fais exprès : je fixe mon esprit sur d'autres choses. Quand je dessine ou que je peins, je l'oublie complètement. J'oublie tout. Je dois mettre une alarme sur mon téléphone pour me souvenir de m'arrêter et d'aller chercher Susannah ou de mettre le dîner au four. Et quand l'alarme sonne et que je reviens au monde qui m'entoure, ma mère est à nouveau là, quelque part dans les marges, un vide ombreux, un sentiment coupable, une porte qui se ferme juste à l'extérieur de mon champ de vision, le courant d'air qui s'en échappe, quelque chose qui m'évoque l'odeur du jardin, un goût creux comme la paille. Du rien.

J'ai parfois passé des semaines entières sans lui parler. J'ai voyagé dans de nouveaux endroits sans penser à lui dire ce que je voyais. J'ai abandonné mon impossible livre sur elle, inachevé, dans des greniers de maisons de location, et à la fin de mon bail, j'ai omis de grimper par la trappe pour le récupérer. J'ai passé mon diplôme sans elle, je suis tombée enceinte sans pouvoir lui téléphoner, j'ai pris les premières photos de ma fille sans lui en envoyer une copie. Je me suis éloignée de l'endroit où je l'avais connue, dans tous les sens du terme. J'ai mis une distance entre nous. Le temps a mis une distance entre nous. Je n'ai fait que tenir le coup suffisamment longtemps pour que cela puisse se produire.

Oublier, ce n'est pas le pire. Se souvenir non plus. Le pire, c'est quand on a oublié et que d'un coup, on se souvient. Quand on se fait surprendre. L'espace d'un instant, d'une journée, d'une semaine, d'un mois, on a oublié mais l'effet est le même chaque fois qu'on se souvient. On sent que ça reflue dans tout le système lymphatique, la douleur qui revient. Il y a toute une partie de nous qui se dit qu'au bout d'un moment, la douleur n'est peut-être plus obligatoire. Qu'est-ce que ça ferait, de vivre sans elle ? Ce serait une trahison. On se déteste pour cela.

Vous pourriez croire que depuis le temps, je m'y suis habituée : ces souvenirs qu'on retourne comme on fouille sans cesse la même terre pour y dénicher des éclats des mêmes pots cassés et chercher des indices dans tout. Mais pour une raison qui m'échappe, je n'ai pas fait le lien entre ma mère et la petite boîte argentée. Elle ressemblait trop à un jouet. Je ne me rappelais pas l'avoir vue la porter. Et puis, c'était Joe qui avait caché une boîte à trésor dans le jardin.

En revenant des Veillées, Susannah et moi sommes passées chez Edward et Joe pour manger un repas chinois à emporter avec eux avant de rentrer chez nous. Nous étions assis autour de la table de la cuisine en train de lire le menu, et nous avions déjà changé d'avis à trois reprises, quand Susannah s'est souvenue de l'enveloppe.

« Au fait, les gens de la Vieille Maison ont trouvé une partie de ton trésor.

– Ah bon. C'est un jouet ?

– Non, c'est une petite boîte. Je vais la chercher dans la voiture. »

Susannah a secoué l'enveloppe pour en faire tomber la boîte et un petit tas de poussière couleur sable s'est déposé sur les pommes ridées du saladier à fruits. Joe a pris la boîte et l'a retournée. Il a fait glisser un fermoir sur le côté, l'a ouvert et a soufflé sur la terre.

« Attends un peu, a dit Edward. Fais voir. »

Aussitôt, la texture de l'air environnant a changé. Il s'est solidifié. Son goût s'est gâté. J'ai regardé Edward fermer la main sur la boîte, puis la rouvrir. J'ai soudain eu conscience de l'âge de ses doigts, la peau comme du papier jauni, les fins poils blancs en travers de ses phalanges, les lignes dans sa paume. J'ai posé ma main sur la sienne et Joe a demandé : « Qu'est-ce que c'est ? »

Edward a refermé ses doigts et il a pris son poing dans l'autre main, comme s'il avait peur de le perdre.

« C'était à ta mère. Elle l'aimait beaucoup. Ils t'ont dit où ils l'avaient trouvée ?

– Dans un nid de pie, ils ont dit. Elle le portait quand elle est partie ?

– Non. Elle l'avait perdu des mois plus tôt. Avant la naissance de Joe, en tout cas. On avait cherché à l'endroit où elle avait creusé, mais sans succès. Après tout, le jardin est grand.

– Je ne me souviens pas de l'avoir vue avec.

– Non ? Elle ne la portait pas toujours. »

Joe a tendu la main pour prendre la boîte, a soufflé dedans pour en chasser les grains de poussière et a fait glisser le minuscule fermoir de haut en bas.

« Donc la question, c'est : qu'est-ce qu'il y avait à l'intérieur ? Qu'est-ce qui manque ?

– C'est une amulette. Traditionnellement, on garde une prière à l'intérieur. Mais le papier à l'intérieur finissait toujours par se mouiller ou se salir, donc elle devait sans cesse le remplacer par un nouveau. Tout ce qu'elle écrivait dessus, c'était la date : le 10 février. Elle n'avait même pas mis de nom.

– C'est l'anniversaire de Jonathan ? Le 10 février ?

– Oui.

– Pourquoi est-ce qu'elle avait besoin de le garder autour de son cou ? Ce n'est pas comme si elle risquait d'oublier.

– Non. Elle pensait que ça portait malheur d'avoir son nom écrit sur le papier. Tu sais, comme quand on nomme une effigie. On croit toujours qu'il y a de la magie dans le nom qu'on donne.

– Comme dans le conte du Nain Tracassin[18].

– Exactement.

– Donc elle avait écrit la date au lieu de son prénom ?

– Quelque chose comme ça. Un sortilège, mais sans danger. »

Joe et Susannah ont échangé un regard. Joe a dit : « Je crois qu'on a tous besoin de manger un bout. Si

18. *Le Nain Tracassin*, ou *Outroupistache*, est un conte populaire allemand repris dans le recueil des frères Grimm. Pour se débarrasser du nain qui menace d'emporter son premier-né, une reine est mise au défi de deviner son nom. Grâce à un messager qui a entendu le nain parler tout seul, la reine parvient à répondre : quand elle prononce le nom de Tracassin, le nain disparaît à jamais.

j'allais avec Susy chercher la commande chez le chinois au coin de la rue ? »

J'ai posé ma main sur celle d'Edward et je l'ai laissée là, prudemment, comme si nous étions deux invalides, des personnes très âgées dont la peau pouvait être blessée par le moindre contact. Une fois qu'ils ont été partis, avant de revenir presque aussitôt, en se souvenant que le restaurant n'acceptait que le liquide, pour fouiller toutes les poches de manteaux et repartir, Edward a dit : « Elle n'avait pas besoin de porter ça pour se souvenir de lui. Pour se souvenir de son anniversaire.

– Je sais, ai-je répondu. Mais je crois qu'elle l'a manqué. Elle y a pensé trop tard. Cette année-là, quand Joe était bébé, je crois qu'elle a oublié.

– Mais elle est allée à la rivière.

– Trop tard. Elle y est allée le 23. Elle avait treize jours de retard. »

J'aurais voulu pouvoir lui dire : mais nous y sommes allées chaque année. Nous apportions des fleurs, et une bougie dans un pot de confiture. Nous chantions sa chanson. Elle m'avait raconté l'histoire de Sire Gauvain et de son périple jusqu'à la Chapelle Verte. Je savais qu'il ne fallait pas se tromper de date[19]. Même s'il pleuvait fort,

19. Dans le roman médiéval *Sire Gauvain et le Chevalier vert*, Gauvain, l'un des chevaliers de la Table ronde du roi Arthur, affronte lors d'un tournoi un chevalier vert. Celui-ci permet à Gauvain de prendre sa hache et de lui porter un coup, à condition d'accepter qu'il lui rende son coup dans un an et un jour. Gauvain décapite le chevalier vert qui

nous ne pouvions pas reporter cela à un autre jour. Même lorsque le chemin était à moitié emporté par la pluie.

Il fallait souvent prendre un parapluie, alors nous transportions nos pots de confiture, nos bougies, nos allumettes et nos fleurs dans un vieux bac à crème glacée dans le sac à dos. Nous devions porter des bottes et même alors, nos pieds étaient aspirés par la boue. Nous devions traverser le champ du bas, où les énormes saules pleureurs étêtés se dressaient au-dessus du marécage comme des cages géantes, puis le champ qu'on appelle Draconie : l'œil du dragon. Nous passions le premier pont, puis nous arrivions au second.

Je me rappelle qu'une fois, je portais un lapin en bois. Je ne sais pas pourquoi. C'était peut-être mon idée. Ou peut-être que ma mère avait apporté des cadeaux d'anniversaire pour lui. Nous chantions des chansons. Des chansons sous forme de questions-réponses, même si nous devions marcher en file indienne sur le chemin et si, quand il pleuvait, nous ne pouvions pas vraiment nous entendre à travers nos capuches.

> *I'll give you two-oh! Green grow the rushes-oh!*
> *What is your two-oh?*
> *Two, two, the lily-white boys, clothed all in green ho-ho!*

---

se relève, va ramasser sa tête et rappelle au jeune chevalier sa promesse, lui donnant rendez-vous dans un an et un jour à la Chapelle Verte.

One is one and all alone and ever more shall be, so[20]*!*

Je n'avais jamais douté que notre Chapelle Verte soit la vraie, celle que Sire Gauvain avait dû trouver en voyageant vers le nord, le sud, l'est et l'ouest comme la fille aux chaussures de fer. Elle était verte et moussue, entourée d'orties et de lichens. Elle était cachée au bout d'un ancien sentier à moitié écroulé dans la rivière. C'était une chapelle avec les noms des morts gravés sur des tablettes au mur. Gauvain avait dû affronter les hommes sauvages, les ours et les loups. Nous, nous devions affronter les ronces, la boue et les trous creusés dans le sentier par les blaireaux.

Nous devions trouver un coin abrité pour allumer la bougie dans son pot de confiture et poser les fleurs sur le sol. Le bouquet était entremêlé de fils colorés. La voix de ma mère était rauque, éraillée par le froid tardif de l'hiver. La pluie coulait sur l'arrière de nos manteaux et sous nos cols. La bougie s'éteignait et il fallait la rallumer. Les gouttes dégoulinaient sur le visage de ma mère.

Dans mon esprit, je ne parviens pas à distinguer les visites d'une année sur l'autre. Peut-être qu'il n'a pas plu à chaque fois. Peut-être que certaines fois, j'ai tenu sa

20. « Je t'en donne deux-oh ! Verts sont les joncs-oh !
Qui sont tes deux-oh ?
Deux, deux gars blancs comme lys, tout de vert vêtus-ho-ho !
Un c'est un, le solitaire, et il le sera toujours ! »

main sur le sentier, s'il n'était pas trop raviné pour que nous puissions marcher côte à côte. Mais si je passais en revue mes souvenirs de ce pèlerinage, je ne m'en rappelais aucun où nous avions Joe avec nous.

Si nous avions emmené Joe, la seule année où il était présent pour nous accompagner, il aurait été un tout petit bébé et il est impossible qu'une poussette ait pu passer sur ce chemin. Il aurait fallu que ma mère le prenne dans son porte-bébé, et elle m'aurait confié la tâche importante de porter le bac à glace plein d'objets importants.

Joe détestait son porte-bébé. Il hurlait toujours quand il était dedans. Il aurait pleuré tout le long de la rivière. Nous aurions peut-être attendu qu'il soit endormi, à moins que nous l'ayions laissé à la maison avec Mrs Wynne. Mais si je ne me souviens pas d'avoir emprunté avec Joe le chemin de la rivière qui mène à la chapelle, c'est peut-être parce qu'il n'est jamais venu avec nous. Peut-être que cette année-là, nous avons raté la date. Peut-être que nous avons oublié.

À la maison, sans école pour nous dicter notre emploi du temps, il nous arrivait souvent de ne plus savoir quel jour de la semaine nous étions. Les week-ends, c'était différent parce qu'Edward était là. Mais le reste du temps, nous ne distinguions pas les jours entre eux. Le matin, la radio était toujours allumée mais nous ne l'écoutions pas beaucoup pendant la journée. Il n'y avait pas de calendrier pour y inscrire les activités périscolaires ou les invitations chez des camarades de jeux. De plus, cette année-là, ma mère avait un nouveau bébé dont elle devait s'occuper. Elle était épuisée et distraite, elle vivait un jour à la fois. C'est compréhensible. Personne ne lui en aurait voulu d'avoir manqué une date.

Je ne sais pas si le fantôme de mon frère était envahissant. Ma mère croyait-elle que les enfants fantômes grandissaient ? Qu'en vieillissant, ils devenaient jaloux des jeux et des animaux de leurs frères et sœurs, qu'ils restaient dans la maison et vivaient avec le reste de la famille, regardant tous les autres recevoir cadeaux et câlins ? Qu'ils chipaient un bonbon de temps à autre, juste pour qu'on sache qu'ils étaient encore là ?

Finalement, les questions de la police étaient les seules qui comptaient depuis le début. Quels étaient le jour et la date ? Quel chemin avait-elle emprunté ? Quel temps faisait-il ? Qu'avait-elle pris avec elle ? La vérité était juste sous nos yeux.

Je me suis rendu compte que j'avais cherché la réponse à la disparition de ma mère dans le mauvais poème. Pendant toutes ces années à lire *Perle*, à parcourir encore et encore le cycle de la consolation, je ne m'étais pas sentie très consolée.

Mes années de deuil avaient été rythmées par mes relectures de l'histoire de cet homme éploré dans son jardin qui se dispute avec Dieu. J'avais scandé les strophes, les comptant sur mes doigts comme on égrène un chapelet, j'avais récité leurs sons étranges dans ma tête et peint d'interminables séries d'images des parterres d'herbes, des berges de la rivière à la boue luisante, des galets au fond de l'eau lumineux comme des joyaux, des rives peuplées de jeunes enfants vêtus des aubes blanches du purgatoire. J'avais suivi le Rêveur quand il sortait du jardin par le portillon d'en bas, du côté de la rivière, et je m'étais réveillée dans le jardin pour reprendre mon voyage depuis le début. Et jamais je ne m'étais sentie consolée. Pendant tout ce temps à relire *Perle*, c'est plutôt à Sire Gauvain que j'aurais dû penser et à son voyage vers la Chapelle Verte.

Ma mère était épuisée par son nouveau-né, par tous ces jours et ces nuits qui pleuvaient sur la maison, chacun se fondant dans le suivant tels les champs de l'autre côté du vallon submergés peu à peu par la rivière, jusqu'à ce que même les haies ne soient plus que des traînées d'ombre sous l'eau grise. Elle était tellement fatiguée qu'Edward avait fait venir Mrs Wynne tous les après-midis pour qu'elle puisse dormir une heure avec le bébé, pendant que la dame me surveillait en faisant une lessive ou d'autres tâches silencieuses pour ne pas les déranger à l'étage. Elle était tellement fatiguée qu'elle ne savait pas quel jour de la semaine nous étions, et encore moins quelle date. Elle avait vaguement conscience qu'on était en février et qu'il faisait toujours aussi mauvais.

Admettons qu'un jour, elle ait vu la date et découvert que nous avions manqué son anniversaire. Est-elle alors sortie précipitamment, sans bottes à ses pieds ni manteau contre la pluie, sans bougie, sans fleurs ni chanson, les cheveux plaqués sur la tête, ses larmes rincées par la pluie ?

Est-elle parvenue jusqu'au chemin inondé, les pieds lourds de boue, accrochant ses vêtements dans les ronces, s'écorchant les mains aux épines chaque fois qu'elle glissait et tentait de se rattraper ? Et ensuite, quoi ? Est-elle allée à la Chapelle Verte prier le chevalier-fée et implorer sa pitié ? Les nouveau-nés ne sont pas réputés pour être accommodants. Elle a un prix à payer. Un tribut dont elle doit s'acquitter.

Le temps d'arriver à la rivière, elle est tellement mouillée qu'elle pourrait aussi bien être sous l'eau. Ses pieds ne sentent plus rien. Ses mains sont pleines d'épines et de boue. Le pont est à moitié englouti. Plus rien n'a d'importance : au lieu d'emprunter le pont, elle s'avance tout droit dans le flot en crue pour atteindre la chapelle sur l'autre rive. Elle s'abandonne à la merci de la rivière. Elle s'offre à l'eau. La rivière est sans pitié. Elle l'a toujours été.

Le garçon-ange sur l'autre rive a grandi jusqu'à devenir un enfant de dix ans, vêtu des habits blancs des anges, lumineux comme les galets mouillés dans le lit du cours d'eau. Il lui dit de faire demi-tour, de retourner au jardin, de rester en sécurité de son côté de la rivière. Il essaie de la renvoyer à la réalité de sa vie sans lui, mais sa voix est noyée par le son de la rivière en crue, par la distance entre les vivants et les morts.

Ses oreilles sont pleines de cette eau lourde, ses yeux rougis de larmes d'insomnie. Il n'y a aucune intention inavouable. Il n'y a aucune intention du tout. Elle ne sent plus rien d'autre que l'horreur d'avoir oublié et de se souvenir à nouveau. Elle ne veut abandonner aucun de ses enfants. Elle veut les aimer tous, mais l'un d'entre eux se trouve de l'autre côté de cette rivière et elle ne peut pas le rejoindre.

Elle n'avait pas prévu de nous laisser. Elle nous aimait. L'impulsion qui l'a poussée à partir le long de la rivière, ce n'était pas l'abandon. C'était son amour pour son fils perdu. Le courant qui l'a prise sous le pont et entraînée vers les profondeurs était le flot de la mémoire qui coulait, tel un poison, dans son corps, le terrible froid qui nous prend quand on se souvient après avoir oublié.

Je me suis levée pour préparer du thé dans la théière marron préférée de ma mère, et nous l'avons bu dans les mugs souvenirs de Scarborough, qui étaient déjà dans le placard quand nous avons emménagé. Pas terrible, comme cérémonie, pas vrai ? Deux personnes qui partagent une théière à la fin du dernier week-end férié du mois d'août, les rideaux ouverts sur le ciel qui refuse obstinément de s'assombrir. Pas de poignée de terre, pas de poèmes, pas de chants. Pas d'oraison funèbre, pas de promesse de vie éternelle. En moins de temps qu'il n'en faut pour aller chercher un dîner à emporter au bout de la route.

Joe et Susannah ont fait irruption dans la pièce dans une bouffée d'entrain et de glutamate. Ils ont disposé les barquettes aluminium sur la table et Joe a pris la petite boîte en argent de ma mère en disant : « Où est-ce qu'on pourrait la mettre pour qu'elle soit en sûreté ? », et comme ni Edward ni moi ne savions quoi répondre, il a ajouté : « Bon, je vais la garder dans l'enveloppe pour le moment, d'accord ? »

Puis, une fois le dîner terminé, Joe a déclaré : « Vous vous souvenez que vous avez toujours dit qu'on ferait un enterrement le jour où on aurait quelque chose à enterrer ? Eh bien, est-ce que ça ne ferait pas l'affaire ? On ne pourrait pas enterrer ça ? De toute manière, il est bien temps qu'elle ait sa pierre à elle. »

Nous pouvons placer un nouveau papier à l'intérieur de l'amulette d'argent et écrire son nom à l'encre et à la plume d'or, exactement comme dans sa chanson. Nous pouvons l'enterrer à côté de la stèle de son fils, et en ajouter une pour elle. Susannah peut choisir un des anges sculptés de l'escalier et le poser près d'elle. Je chanterai « Green Gravel ». Nous planterons peut-être de la menthe citronnée ou de la lavande. L'an prochain, aux Veillées, son nom sera lu avec la liste de tous les gens dont les restes ont été enterrés dans le cimetière de l'église au cours des douze derniers mois. Margaret Brown, regrettée paroissienne.

21

Le problème avec le bonheur

Green gravel, green gravel,
Ton herbe est si verte,
Jamais on ne vit
Demoiselle si parfaite.

Dans le lait frais te baignerai,
Dans la soie t'envelopperai,
Et ton nom écrirai
À l'encre et à la plume d'or.

Tout le monde veut toujours savoir ce qui la rendait si malheureuse. Pourquoi était-elle si malheureuse ? À force de chercher sa tristesse, ils ont mis la maison sens dessus dessous. Mais ils faisaient fausse route. En cherchant l'origine de son malheur, ils ont détruit les indices du contraire. Elle était heureuse. Je me souviens qu'elle chantait. Je me souviens d'elle en train de préparer le couffin d'osier pour Joe. Je me souviens de son visage quand elle le soulevait du couffin pour embrasser son nez et le faire rire.

Elle était heureuse. C'était ça, le problème. Elle était tellement heureuse qu'elle avait oublié d'être triste. Elle avait laissé chaque jour se fondre dans le suivant, s'endormant dans mon lit en pleine lecture d'*Alice*, perdant sa page du soir d'avant et relisant le même passage sans que cela ne nous dérange ni l'une ni l'autre, oubliant ce que nous avions mangé la veille au dîner et préparant exactement la même chose, puis s'amusant de sa propre distraction, s'endormant, allaitant le bébé, pétrissant le pain et recommençant.

Elle a perdu le fil des jours et de sa tristesse. Si bien que quand tout lui est revenu, elle a été prise au dépourvu. Sa tristesse s'est élevée, furieuse, et l'a criblée d'accusations : comment as-tu pu m'oublier ? Comment oses-tu être heureuse ? Et elle était trop fatiguée, vulnérable et joyeuse pour opposer la moindre défense. La tristesse l'a arrachée à son bonheur, l'a menée à la rivière et lui a maintenu la tête sous l'eau.

Le chemin qui mène à notre Vieille Maison s'appelle Finsdale. Fin est le nom ancien du diable. Le mot signifie la vallée du diable. Si vous demandez pourquoi, tout ce qu'on vous répondra, c'est que la rivière est sujette aux crues. L'endroit a toujours été dangereux à traverser du temps où il n'y avait pas encore de pont. Pourtant, il ne ressemble en rien à un repaire satanique. L'air sent l'ail sauvage. Le passage est plein d'orties. La végétation est sombre et emmêlée, la senteur de l'ail pique les yeux quand en passant on écrase les feuilles vert vif sous ses bottes. La berge est bordée de grès veiné, tendre et rosâtre, aux courbes doucement érodées.

L'année où ma mère a disparu, le lit de la rivière a été piétiné par les bottes jusqu'à ce qu'il n'en reste plus qu'une vase rouge. L'eau est devenue dense, rougeâtre et sablonneuse. Le banc de sable dans le tournant, écrasé, a laissé place à une bordure grêlée. Il y avait un troupeau de bœufs dans le pré à côté de la rivière. Les bêtes en rang ont formé une barre compacte de muscle chaud et dirigé vers nous leur haleine tiède et saline d'herbe mâchée à travers leurs énormes naseaux carrés. Ils avançaient en masse, comme un essaim de mouches, faisant résonner le tonnerre de leurs sabots dans le silence.

Ils ont ravagé la berge, enfoncé dans la boue les profondes empreintes de leurs sabots, piétiné le seul indice jamais trouvé de la présence de ma mère : une unique trace de pied nu au bord de la rivière. Et quand la police a eu fini d'arpenter en long et en large notre jardin, de mettre en pièces les ruines de la grange, de vider les cabanons et de fouiller les paniers à linge, les livres, les jouets, les piles de dessins, les catalogues de graines et les objets intéressants déterrés dans le potager, on aurait pu croire que le même troupeau de bœufs avait traversé la maison et le jardin.

Ils n'ont jamais trouvé de message. Ce n'était pas nécessaire. Tout ce qu'elle nous a laissé était un message. Les chansons qu'elle m'a mises en tête, les contes de fées, les comptines pour sauter à la corde, les conversations avec les morts.

La théière au milieu de la table, à l'abri des enfants. Le panier de brins de laine qu'elle me prêtait pour que je joue pendant qu'elle faisait la sieste avec le bébé. Le pain qui levait dans le tiroir en bas du buffet. L'odeur de menthe fraîche par la fenêtre ouverte. Le linge étendu à sécher dehors. Le marque-page laissé dans *Alice au pays des merveilles* sous mon oreiller. Le tas de copeaux de crayons multicolores dans la poubelle de la cuisine. Le pull à rayures à moitié tricoté pour quand Joe aurait grandi d'une taille. Le catalogue de graines calé dans un coin de la fenêtre de la cuisine.

Le message disait : je serai de retour quand le bébé se réveillera. Je descendrai pour remercier Mrs Wynne d'avoir épluché les pommes de terre, repassé le linge et lessivé le sol de la cuisine. Je serai de retour pour mettre ce pain au four et refaire une théière. Je vais décrocher le linge et le plier dans le panier. Je serai là pour planter les graines et repiquer les jeunes pousses, et arracher la menthe pour leur faire de la place. Je finirai de tricoter ce pull et je regarderai mon bébé grandir jusqu'à ce que le pull lui aille, puis lui soit trop petit, en attendant le suivant.

Pendant tout ce temps où les gens ont piétiné le jardin, laissé le linge se raidir en séchant et reprendre la pluie, dispersé les paquets de graines, laissé le pain lever jusqu'à remplir tout le bas du buffet, défait par accident la dernière maille sur l'aiguille à tricoter, ils ont effacé son message. Le message, c'était tout cela, et tout a été détruit, vidé de son sens : l'odeur de la menthe disparue sous la boue, le parfum du pain remplacé par l'odeur vide de la levure, les catalogues plissés et collés par l'humidité, *Alice* oubliée, la page jamais tournée, le pull détricoté.

Tout ce qui avait fait ma vie jusqu'au jour de sa disparition était la preuve de son bonheur. Même nos pèlerinages annuels sur la tombe de mon frère, je les prenais pour des sortes de pique-niques au bord de l'eau. Mais dans les semaines qui ont suivi son départ, nous avons tout remplacé par son contraire. Nous avons tout retourné pour trouver le malheur secret qui se cachait en elle. Et le jour où nous nous sommes arrêtés pour dire : « Hé, fais attention. Si tu démontes ça, tu n'arriveras plus à le remonter ! », il était déjà trop tard.

J'ai été réveillée par le froid un peu après minuit. Un courant d'air entrait par une fenêtre ouverte sur le palier, avec le grondement sourd de la circulation et quelque chose de pas tout à fait normal. Le chien s'est levé, a tourné en rond dans son panier à côté de moi et s'est recouché. Susannah ? J'ai tendu la main pour allumer la lampe de chevet, puis changé d'avis. Quelque chose d'anormal. Des pas sur le palier, un frottement de chaussettes sur la moquette, une respiration légère. Sauf que Susannah dormait chez une amie. Les bruits de pas qui s'approchaient de mon lit n'étaient donc pas les siens. C'étaient ceux de ma mère. L'effluve piquant de pelure d'oignon, de feuilles de thé et de talc pour bébés, c'était l'odeur de ma mère qui venait me border dans mon lit la nuit.

Je l'ai sentie entrer dans le lit à côté de moi. Cela voulait sûrement dire que j'étais en train de mourir. C'était peut-être cela, cette douleur bizarre dans ma poitrine. Elle était venue me chercher. Je me suis sentie soulagée de trouver enfin la paix, sans même avoir à en assumer la faute. On n'allait quand même pas me reprocher d'être morte dans mon sommeil.

Elle a lissé mes cheveux derrière mes oreilles et j'ai senti sur ses mains l'odeur de la vieille cuisine, pierre humide et jardin sablonneux, acidité orange du savon au goudron de houille, arrière-goût de vanille, odeur de peau propre. J'ai senti sa main sur ma poitrine, légère, comme si elle pouvait faire disparaître un bleu rien qu'en l'effleurant. J'ai eu envie de lui dire : « J'ai essayé, je te jure que j'ai essayé, c'est trop dur pour moi, je n'y arrive plus », mais je n'avais pas assez de souffle pour parler.

Ses bras m'ont enveloppée et mon souffle m'est revenu en une vague soudaine, d'un coup, avec des sursauts et des gargouillis comme une vieille voiture qui démarre dans le froid. Elle m'a dit : « Ton cœur va bien, Marianne. Tu n'as pas le cœur brisé. » Et je me suis aperçue qu'elle avait raison.

Puis elle n'était plus là, et je me suis retournée sans effort et sans douleur de l'autre côté du lit, qui était encore un peu défait et tiède de la présence d'une autre personne, et l'oreiller sentait la menthe poivrée, la pelure de pomme et le savon, comme toujours lorsqu'elle sortait de mon lit après l'histoire du soir. Je me suis installée dans la place qu'elle m'avait réchauffée et j'ai dormi jusqu'au matin.

REMERCIEMENTS

Le problème quand on met toute sa vie d'adulte à écrire un petit livre, c'est qu'on doit des remerciements à tous les gens qu'on a rencontrés. Certaines personnes m'ont offert du temps et de l'espace pour écrire dans un coin de leur maison ou de leur jardin : notamment Jane et Nick Toosey, tous les centres Arvon et la Gladstone's Library. Ian Seed de l'université de Chester a accueilli ce livre dans son programme de doctorat avec une patience remarquable. Ellen Edwin-Scott et Sally Toosey ont lu une première ébauche et m'ont aidé à la terminer. Peter Buckman d'Ampersand Agency a accepté de lire une autre version de la même histoire, et Simon Rae n'a jamais cessé de croire en ce projet, y compris quand je n'y croyais plus moi-même. Susie Nicklin et toute l'équipe d'Indigo Press ont cru dans mon manuscrit et en ont fait un livre. Et mes enfants ont dû vivre avec moi tandis que je monopolisais la table de la cuisine et que j'avais toujours l'esprit à moitié parti dans une réalité parallèle.

CHANSONS ET COMPTINES ORIGINALES CITÉES DANS LE ROMAN

Traduction de Valentine Leÿs pour l'ensemble en conversation avec l'autrice Siân Hughes.

1.

Adam and Eve and Pinch-Me
Went down to the river
to bathe.
Adam and Eve were drowned
Who do you think was saved?

Adam et Ève et Pince-Moi
Vont se baigner
à la rivière.
Adam et Ève se noient.
Qui reste-t-il ?

Cette comptine fonctionne comme la devinette française « Pince-mi et Pince-moi sont sur un bateau ». Celui qui répond « *Pinch-Me* » à la question se fait pincer.

2.

Cinderella, dressed in yella, *Went to a ball to kiss* *a fella,* *By mistake,* *kissed a snake,* *How many doctors* *did it take?*	*Cendrillon, en robe citron,* *S'en va au bal embrasser* *un garçon.* *Par accident,* *embrasse un serpent,* *Combien lui faut-il* *de médicaments ?*

Comptine pour sauter à la corde. Quand on arrive à la fin de la chanson, on compte les tours de corde : le nombre de tours qu'atteint sans se tromper l'enfant qui saute sera la réponse à la question.

3.

One, two, three, four, five, *six, seven,* *All good children* *go to heaven.* *Penny on the water,* *Tuppence on the sea,* *Thruppence on the railway,* *Out goes SHE!*	*Huit, sept, six, cinq, quatre,* *trois, deux,* *Les enfants sages* *montent aux cieux.* *Un sou pour la mer,* *Deux sous pour la pluie,* *Trois sous pour le train,* *Et la voilà partie !*

Comptine pour sauter à la corde. Quand on arrive à « *Out goes SHE!* », l'enfant qui saute doit sortir de la corde. On la chante aussi pour tirer au sort un joueur (l'enfant désigné à la fin de la chanson est choisi ou exclu). On retrouve cette comptine dans le recueil *The Oxford Dictionary of Nursery Rhymes* de Iona et Peter Opie (1951). Les deux premiers vers sont repris par les Beatles dans la chanson « You Never Give Me Your Money » (*Abbey Road*).

4.

Oh dear me
Mother caught a flea
Put it in the teapot
To make a cup of tea.
The flea jumped out
And made her shout
In came Daddy
With his shirt hanging out.

Maman bien-aimée
Une puce a attrapé,
L'a mise dans la théière
Pour faire une tasse de thé.
La puce s'est enfuie,
Maman a poussé un cri,
Papa est arrivé
Tout débraillé.

Comptine pour les tout-petits.

5.

Mother's in the kitchen
Doin' a bit of stitchin'
In comes a bogeyman
To push her OUT!

Maman dans la cuisine
Coud à la machine
Arrive le croquemitaine
Qui la jette de-hors !

Comptine pour sauter à la corde. Un premier enfant saute, puis un second rejoint le jeu et, quand la comptine arrive au mot « *OUT!* », pousse l'autre hors de la corde.

6.

As I went over the water,
The water went over me.
I saw two little blackbirds
Sitting in a tree.

One called me a rascal,
One called me a thief,
So I took up my little black stick
And knocked out all their teeth.

Je voguais sur la rivière,
La rivière m'a chaviré,
Et j'ai vu deux petits merles
Sur un grand arbre perchés.

L'un m'a traité de rascal,
L'autre m'a traité de brigand,
Alors j'ai pris mon bâton noir
Et leur ai cassé les dents.

Comptine ancienne, compilée à la fin du XIXe siècle dans le recueil des chansons de *Mother Goose*.

7.

Hinty minty cutey corn,
Apple seed and apple thorn,
Wire, briar, limber lock,
Three geese in a flock.
One flew east,
   and one flew west
One flew over
   the cuckoo's nest.

Hinty minty, *blé joli,*
Épine de pomme, pépin du fruit,
Ronce, verrou, bout de ficelle,
Trois oies volent dans le ciel.
Une vers la Chine,
   une vers le Pérou,
Une au-dessus
   du nid de coucou.

Comptine d'élimination, comparable aux comptines commençant par « am-stram-gram » en français, permettant d'éliminer ou de choisir un joueur. Le dernier vers a été rendu célèbre par le roman de Ken Kesey, *Vol au-dessus d'un nid de coucou*, adapté au cinéma par Milos Forman avec Jack Nicholson dans le rôle principal.

8.

Green peas, mutton pies,
Tell me where
my mother lies.
I'll be there before she dies,
Green peas, mutton pies.

Petits pois, ragoût d'agneau,
Ma mère est-elle
au tombeau ?
Arriverai-je assez tôt ?
Petits pois, ragoût d'agneau.

Chanson traditionnelle.

9.

Eaper Weeper
Chimney Sweeper
Had a wife but couldn't keep her.
He put her in a pumpkin shell
And there he kept
her very well.

Eaper Weeper,
le ramoneur,
Sa femme est allée voir
ailleurs.
Il l'a mise en prison
À l'intérieur d'un potiron.

Comptine pour sauter à la corde.

10.

House to let, enquire within,
Men turned out
for drinking gin,
Smoking tobacco,
pinching snuff,
Don't you think that's quite
enough?

Maison à louer, pour y habiter,
Toquez à la porte
pour vous renseigner.
Interdit de fumer,
de boire et de priser,
Ne trouvez-vous pas
que c'est assez ?

Comptine pour sauter à la corde.

11.

<table>
<tr><td>

Made ya look
Made ya stare
Made the barber
Cut ya hair
Cut it long
Cut it short
Cut it with
A knife and fork.

</td><td>

Je t'ai bien eu,
Tu as regardé,
Le coiffeur
Tes cheveux va couper.
Couper tes mèches,
Couper tes couettes,
Avec un couteau
Et une fourchette.

</td></tr>
</table>

On chante cette comptine après avoir joué un tour à l'autre en lui demandant de regarder quelque chose. Si la victime obéit et regarde dans la direction indiquée, on la taquine en lui chantant cette chanson.

12.

<table>
<tr><td>

The man in the moon
Came down too soon
And asked his way
   to Norwich
He went by the south
And burned his mouth
By eating cold
   pease porridge.

</td><td>

L'homme de la lune,
Dans son infortune,
Descendu sur Terre
   voulut voir Norwich.
Arrivé là-bas,
Il se brûla
En mangeant
   du porridge froid.

</td></tr>
</table>

Comptine traditionnelle dont les variantes figurent dans le recueil de *Mother Goose* de la fin du XIXe siècle.

13.

Have you got a sister?	*As-tu une sœur ?*
The beggarman kissed her.	*Elle embrasse un voleur.*
Have you got a brother?	*As-tu un frère ?*
He's made of India rubber.	*Il est en fil de fer.*
Have you got a baby?	*As-tu un bébé ?*
He's made of bread and gravy.	*Il est en pain saucé.*

Comptine traditionnelle qu'on chante pour taquiner un enfant plus petit.

14.

Lady, baby, gypsy, queen,	*Dame, bébé, gitan, reine,*
Elephant,	*Éléphant,*
monkey, tangerine.	*singe et mandarine.*

Comptine qu'on chante pour compter des objets, par exemple les boutons d'un vêtement ou les pétales d'une pâquerette qu'on effeuille, sur le même principe qu'« un peu, beaucoup, passionnément… ». L'autrice se souvient que cette comptine était aussi utilisée pour sauter à la corde dans son école. Celui ou celle qui trébuchait recevait le nom de la créature sur laquelle s'arrêtait la chanson. « Personne n'avait envie de tomber sur "éléphant", "singe" ou "mandarine". Quand l'un de nous était vraiment fort pour sauter à la corde, on le faisait tourner de plus en plus vite pour essayer de le faire trébucher. »

15.

Hinx, minx,
the old witch winks
The fat begins to fry.
Nobody home
but jumping Joan
Father, Mother and I.

Stick stock, stone dead
Blind man can't see.
Every knave shall have a slave
You or I must be HE!

Friponne, fripon,
grille le lardon,
Clin d'œil de la sorcière.
Personne chez moi
à part Joan,
Moi, mon père et ma mère.

Tic-toc, mort et refroidi
L'aveugle ne voit pas.
Qui obéira au scélérat ?
Est-ce toi ou moi ?

Comptine d'élimination : on désigne chaque enfant tour à tour en chantant, celui ou celle sur qui s'arrête la chanson doit sortir du cercle.

16.

Raspberry, strawberry,
gooseberry jam,
Tell me the name
of your young man!
A – B – C – D – E – F – G

Confiture de fraise,
groseille, abricot,
Dis-moi le nom
de ton Roméo !
A – B – C – D – E – F – G

Cette comptine se chante en se lançant un ballon ou en sautant à la corde. L'autrice se souvient : « Quand on trébuchait, il fallait dire le prénom de quelqu'un qui commençait par la lettre [où s'arrêtait la chanson] : c'était le prénom de votre "amoureux". »

17.

Here comes a candle
To light you to bed
And here comes a chopper
To chop off your head.

Voici une bougie
Pour t'éclairer jusqu'à ton lit,
Et voici une hachette
Pour te trancher la tête.

Dernier couplet de la comptine traditionnelle « Oranges and Lemons », dont chacun des sept couplets précédents évoque les cloches d'une église de la cité de Londres. L'autrice se souvient : « Deux enfants formaient une arche avec leurs mains, sous laquelle passaient les autres. Quand on arrivait au mot "*head*", l'arche se baissait et l'enfant qui était dessous était capturé : il ou elle devait alors se mettre à la file derrière les joueurs qui faisaient la porte, et le jeu reprenait jusqu'à ce qu'il ne reste plus qu'un seul joueur sous l'arche. »

18.

Up the ladder
and down the wall
A penny loaf will serve us all.
You find milk,
and I'll find flour
And we'll have pudding
in half an hour.

Monte à l'échelle,
descends jusqu'en bas,
Un pain à un sou te suffira.
Tu prends le lait,
j'apporte le beurre
Nous aurons un gâteau
dans une demi-heure.

Derniers vers d'une comptine traditionnelle qui remonte au XVIIIe siècle. L'autrice explique : « La comptine commence sur les vers : "*Boys and girls come down to play / The moon doth shine as bright as day / Leave your supper and leave your sleep / And join your playfellows in the street.*"

("Garçons et filles, venez jouer / La lune brille comme en plein jour / Laissez votre lit et votre souper / Et rejoignez vos camarades dans la rue.") J'imagine que la comptine remonte à une époque où les enfants travaillaient toute la journée, et où le seul moment où ils pouvaient jouer avec leurs amis dans la rue était la nuit, au moment où ils étaient censés manger leur dîner ou dormir. »

19.

I went to my father's garden
To find an Irish farthing.
I gave it to my mother
To buy a baby brother.
My brother was so nasty
I baked him in a pasty.

The pasty wasn't tasty
So I threw it over
the garden wall.
I threw it over
the garden wall.
Die once! Die twice!
Die three times
And never no more.

Dans le jardin de mon père
J'ai trouvé un écu d'Eire.
Je l'ai donné à ma mère
Pour acheter un petit frère.
Mon frère était si vilain
Que je l'ai cuit
dans un pain.
Le pain était trop dur
Je l'ai jeté
par-dessus le mur.
Je l'ai jeté
par-dessus le mur.
Meurs une fois ! Meurs deux
fois ! Meurs trois fois,
Et plus jamais après ça.

Il existe de nombreuses variantes de cette comptine traditionnelle. Quand la chanson se termine, l'enfant sur qui tombe le « trois » est exclu de la ronde.

20.

Solomon Grundy,	*Solomon Grundy*
Born on Monday	*Né un lundi*
Christened on Tuesday	*Baptisé un mardi*
Married on Wednesday	*Marié un mercredi*
Sick on Thursday	*Malade un jeudi*
Worse on Friday	*Agonisant un vendredi*
Died on Saturday	*Mort un samedi*
Buried on Sunday.	*Enterré un dimanche*
That was the end	*Et ce fut la fin*
Of Solomon Grundy.	*De Solomon Grundy.*

Vieille comptine populaire qui permet aux enfants d'apprendre les jours de la semaine.

21.

Green gravel, green gravel,	Green gravel, green gravel,
Your grass is so green,	*Ton herbe est si verte,*
The fairest young maiden	*Jamais on ne vit*
That ever was seen.	*Demoiselle si parfaite.*
I'll wash you in new milk	*Dans le lait frais te baignerai,*
And wrap you in silk,	*Dans la soie t'envelopperai,*
And write down your name	*Et ton nom écrirai*
With a gold pen and ink.	*À l'encre et à la plume d'or.*

Chanson traditionnelle qui se chante en faisant la ronde. L'autrice explique que « le couplet suivant dit : "*Oh Mary, Oh Mary / Your true love is dead / He's sent you a letter / To turn round your head*" ("Oh Mary, oh Mary / Ton grand amour est mort / Il t'a écrit une lettre / Pour te faire tourner la tête".) À la fin de ce couplet, l'un des enfants se tournait pour se trouver dos au centre de la ronde. Puis la chanson recommençait et un joueur se retournait à chaque reprise jusqu'à ce que tous soient tournés vers l'extérieur, si bien qu'il devenait de plus en plus difficile de faire la ronde. Le geste de tourner le dos à la ronde proviendrait d'anciens rituels funéraires, ou de superstitions traditionnelles visant à empêcher les fantômes de revenir dans leur maison. J'ai coupé le dernier couplet parce que je voulais que la chanson parle d'un bébé plutôt que d'un fiancé ».

TABLE DES MATIÈRES

CATALOGUE

Sylvia Aguilar Zéleny
Poubelle
Traduit de l'espagnol (Mexique) par Julia Chardavoine
Le livre d'Aïcha
Traduit de l'espagnol (Mexique) par Julia Chardavoine

Mohammed Alnaas
Du pain sur la table de l'oncle Milad
Traduit de l'arabe (Libye) par Sarah Rolfo

Anuk Arudpragasam
Un passage vers le Nord
Traduit de l'anglais (Sri Lanka) par Dominique Vitalyos

Christian Astolfi
De notre monde emporté
L'œil de la perdrix

Rémi Baille
Les enfants de la crique

Hanna Bervoets
Les choses que nous avons vues
Traduit du néerlandais par Noëlle Michel
L'expérience Helena
Traduit du néerlandais par Anne-Laure Vignaux

Xavier Bouvet
Le bateau blanc

Mattia Corrente
La fugue d'Anna
Traduit de l'italien par Jacques Van Schoor

Baptiste Fillon
Un coup de pied dans la poussière

Fabio Fiori
Le souffle de la méditerranée – Voyages et légendes
Traduit de l'italien par Sofia Gérard

Ia Genberg
Les détails
Traduit du suédois par Anna Postel

Paolo Giordano
Tasmania
Traduit de l'italien par Nathalie Bauer

Jan Grue
Ma vie ressemble à la vôtre
Traduit du norvégien par Marina Heide

Anna Hope
Le Rocher blanc
Traduit de l'anglais par Élodie Leplat

Alice Kaplan
Maison Atlas
Traduit de l'américain par Patrick Hersant
Baya ou le grand vernissage
Traduit de l'américain par Patrick Hersant

Marion Lejeune
L'escale

Philippe Manevy
La colline qui travaille

Semezdin Mehmedinović
Le matin où j'aurais dû mourir
Traduit du bosnien par Chloé Billon
Sarajevo Blues
Traduit du bosnien par Chloé Billon

Noëlle Michel
Demain les ombres

Touhfat Mouhtare
Le Feu du Milieu

Sara Mychkine
De minuit à minuit

Maude Nepveu-Villeneuve
Après Céleste
La remontée

Aslak Nore
Le Cimetière de la mer
Traduit du norvégien par Loup-Maëlle Besançon
Les héritiers de l'Arctique
Traduit du norvégien par Loup-Maëlle Besançon

Boris Pétric
Château Pékin

Stine Pilgaard
Le pays des phrases courtes
Traduit du danois par Catherine Renaud
Les monologues d'un hippocampe
Traduit du danois par Catherine Renaud

Anne Sénès
Chambre double

Navid Sinaki
Les larmes rouges sur la façade
Traduit de l'américain par Sarah Gurcel

Michèle Standjofski
Mona Corona

Juan Tallón
Chef-d'œuvre
Traduit de l'espagnol par Anne Plantagenet

Akos Verboczy
La maison de mon père

Lisa Weeda
Le palais des Cosaques perdus
Traduit du néerlandais par Emmanuelle Tardif

Pour en savoir plus sur nos publications
et suivre notre actualité,
vous pouvez consulter notre site Internet
www.lebruitdumonde.com

Ouvrage réalisé par Nord Compo à Villeneuve-d'Ascq

Achevé d'imprimer par
Normandie Roto Impression s.a.s.
N° d'édition : M01018/01
N° d'impression : 2404450

Imprimé en France